El espía que surgió del frío

John le Carré
El espía que surgió del frío

Traducción de Nieves Morón

Diagonal

Título original inglés: *The Spy Who Came in from the Cold*

La primera edición castellana de esta obra apareció
en la editorial Noguer en 1964.

Primera edición en Editorial Diagonal: octubre de 2002.

Peu de la Creu, 4, 08001 Barcelona.
e-mail: correu@grup62.com
internet: http://www.grup62.com

Fotocomposición, Víctor Igual, s.l.
Córcega, 237, bajos, 08036 Barcelona.

Impreso en Liberdúplex, s.l., Constitució, 19,
Bloque 8, local 19, 08014-Barcelona.

ISBN: 84-976-2016-X
Depósito legal: B. 41.405-2002

Puesto de control

El americano ofreció a Leamas otra taza de café y dijo:

—¿Por qué no se vuelve a dormir? Podemos telefonearle si aparece.

Leamas no dijo nada: se quedó mirando absorto por la ventana del puesto de control, a lo largo de la calle vacía.

—No irá a quedarse esperando aquí para siempre. Quizá venga en algún otro momento. Podemos conseguir que la Polizei se ponga en contacto con la Agencia, y usted estaría aquí de vuelta dentro de veinte minutos.

—No —repuso Leamas—, ya ha anochecido casi del todo.

—Pero no puede quedarse esperando aquí todo el rato; ya lleva nueve horas de retraso.

—Si quiere irse, váyase. Se ha portado usted muy bien —añadió Leamas—; le diré a Kramer que se ha portado estupendamente.

—Pero ¿hasta cuándo va a esperar?

—Hasta que llegue.

Leamas se acercó a la ventana de observación y se situó entre los dos policías inmóviles que apuntaban sus gemelos hacia el puesto de control oriental.

—Esperará a que oscurezca —murmuró—; lo sé muy bien.

—Esta mañana dijo usted que pasaría con los trabajadores.

Leamas se volvió hacia él.

—Los agentes no son aviones: no tienen horarios. Éste está perdido, viene huyendo: está aterrorizado. Mundt va en su busca, ahora, en este mismo instante. No le queda más que una probabilidad. Que elija su momento.

El otro —más joven— vaciló queriendo irse, pero sin encontrar el momento oportuno para hacerlo.

Sonó un timbre en la caseta y se quedaron esperando súbitamente alertados. Un policía dijo en alemán:

—Un Opel Rekord negro, matrícula federal.

—No puede verlo a tanta distancia y con esta oscuridad: lo dice por decir —susurró el americano, y luego añadió—: ¿Cómo llegó a saberlo Mundt?

—Cierre el pico —dijo Leamas desde la ventana.

Uno de los policías salió de la caseta y avanzó hasta la barrera de sacos de arena, a sólo un paso de la señal blanca que cruzaba el camino como la línea límite en un campo de tenis. El otro esperó hasta que su compañero estuvo acurrucado en la barrera detrás del catalejo; entonces bajó los gemelos, descolgó el casco negro de la percha detrás de la puerta y se lo encajó cuidadosamente en la cabeza. No se sabía desde dónde, en lo alto, por encima del puesto de control, los focos adquirieron vida de repente, lanzando espectaculares haces a la carretera que tenían delante.

El policía empezó con sus comentarios, que Leamas se sabía de memoria.

—El coche se detiene en el primer control. Sólo un ocupante, una mujer, acompañada a la caseta de los vopos para la comprobación de documentos.

Esperaron en silencio.

—¿Qué dice? —preguntó el americano.

Leamas no contestó. Levantó los gemelos y miró fijamente hacia los controles de los alemanes orientales.

—Concluida la revisión de documentos. Pasa al segundo control.

—Señor Leamas, ¿es ése su hombre? —insistía el americano—. Tengo que llamar a la Agencia.

—Espere.

—¿Dónde está ahora el coche? ¿Qué hace?

—Control de moneda, aduana —le cortó Leamas con brusquedad.

Observó el coche. Había dos vopos* junto a la puerta del conductor, uno entretenido en charlar y el otro algo apartado y esperando. Un tercer vopo vagaba en torno al automóvil. Se detuvo junto al portaequipajes, y luego volvió al lado del conductor. Quería la llave. Abrió el portaequipajes, miró dentro, lo cerró, devolvió la llave y caminó unos treinta metros hasta la carretera, donde, a medio camino entre los dos puestos de control enfrentados, estaba quieto un solitario centinela alemán oriental; una silueta, agazapada, con botas y amplios pantalones bombachos. Los dos se reunieron para hablar, conscientes de sí mismos bajo el resplandor de los focos.

Con ademán rutinario, hicieron una señal con la mano al coche, se apartaron y volvieron a hablar. Por fin, casi de mala gana, dejaron que siguiera cruzando la línea hasta el sector occidental.

—¿Es un hombre al que espera, Leamas? —preguntó el americano.

—Sí, es un hombre.

Leamas se levantó el cuello de la chaqueta y salió al frío viento de octubre. Entonces se acordó del grupo. Era algo que se le olvidaba a uno dentro de la caseta; ese grupo de caras desconcertadas. La gente cambia-

* Vo'po es la abreviatura con la que los alemanes del Este preferían nombrar a la Volks Polizei (policía del pueblo). (*N. de T.*)

ba, pero la expresión era la misma. Era como esa multitud inerme que se reúne en torno a un accidente de circulación, sin que nadie sepa cómo ha ocurrido, ni si habría que retirar el cadáver. Humo o polvo se elevaba a través de los haces de los reflectores; un velo que se mecía constantemente entre los márgenes de luz.

Leamas anduvo hasta el coche.

—¿Dónde está? —le preguntó a la mujer.

—Fueron a por él y echó a correr. Se llevó la bicicleta. No es posible que hayan sabido nada de mí.

—¿Dónde fue?

—Teníamos un cuarto junto a Brandenburgo, encima de un bar. Allí guardaba unas pocas cosas, dinero, papeles. Supongo que habrá ido allá. Luego se pasará.

—¿Esta noche?

—Dijo que vendría esta noche. A los demás, los han cogido a todos: Paul, Viereck, Ländser, Salomon. No ha durado mucho.

Leamas, pasmado, la miró un momento en silencio.

—¿Ländser también?

—Anoche.

Un policía se situó junto a Leamas.

—Tendrán que marcharse de aquí —les ordenó—. Está prohibido obstruir el punto de cruce.

Leamas se volvió a medias.

—¡Al demonio! —replicó bruscamente.

El alemán se puso rígido pero la mujer dijo:

—Suba. Nos pondremos en marcha hasta la esquina.

Él se sentó a su lado, y avanzaron lentamente por la carretera hasta una bocacalle.

—No sabía que tuviera usted coche —comentó él.

—Es de mi marido —contestó ella con indiferencia—. Karl no le dijo nunca que yo estaba casada, ¿verdad? —Leamas se quedó silencioso—. Mi marido y yo trabajamos para una empresa de óptica. Nos mandan a que crucemos para hacer negocios. Karl sólo le dijo mi nombre de soltera. No quería que me mezclara con... con ustedes.

Leamas sacó una llave del bolsillo.

—Necesitará algún sitio donde quedarse... —dijo. Su voz sonaba sorda—. Hay un apartamento en Albrecht-Dürer-Strasse, junto al museo, número 28 A. Encontrará todo lo que necesite. Le telefonearé cuando llegue allí.

—Me quedaré aquí con usted.

—Yo no me voy a quedar aquí. Váyase al piso. Le llamaré. De nada sirve esperar ahora aquí.

—Pero él vendrá a este punto de control.

Leamas la miró sorprendido.

—¿Le dijo eso?

—Sí. Conoce a uno de esos vopos, al hijo de su casero. Quizá le ayude. Por ello eligió esta ruta.

—¿Y eso se lo dijo a usted?

—Confíe en mí. Me lo contó todo.

—¡Dios!

Le dio la llave y volvió a la caseta del puesto de control, donde se resguardó del frío. Los policías estaban musitando entre sí cuando él entró: el más corpulento le volvió la espalda ostensiblemente.

—Lo siento —se excusó Leamas—, siento haberle pegado ese grito.

Abrió una cartera desgastada y hurgó en ella hasta que encontró lo que buscaba: media botella de whisky. Con una cabezada, el de más edad aceptó: llenó hasta la mitad las tazas de café y las completó con café negro.

—¿Adónde ha ido el americano? —preguntó Leamas.

—¿Quién?

—El chico de la CIA; el que estaba conmigo.

—Era ya hora de acostarse —contestó el de más edad, y todos se rieron.

Leamas dejó la taza en la mesa y preguntó:

—¿Cuáles son sus instrucciones en cuanto a disparar para proteger a uno que se pase, a un hombre que huya corriendo?

—Sólo podemos hacer fuego para protegernos si los vopos disparan dentro de nuestro sector.

—¿Eso quiere decir que no pueden disparar hasta que el hombre haya pasado la divisoria?

—No podemos abrir fuego para protegernos, señor... —repuso el de más edad.

—Thomas —dijo Leamas—, Thomas.

Se estrecharon las manos, y los dos policías pronunciaron sus nombres al hacerlo.

—No podemos hacer fuego para protegernos. Ésa es la verdad. Nos dijeron que habría guerra si lo hacíamos.

—Estupideces —intervino el policía más joven, envalentonado por el whisky—. Si no estuvieran aquí los aliados, a estas horas ya no habría muro.

—Tampoco habría Berlín —susurró el más viejo.

—Tengo un hombre que pasa esta noche —dijo Leamas.

—¿Aquí? ¿En este punto de cruce?

—Es muy importante que salga. Los hombres de Mundt le persiguen.

—Todavía hay sitios por donde uno puede trepar —dijo el policía más joven.

—Él no es de ésos. Se abrirá paso con algún truco: tiene documentos, si es que todavía son válidos. Tiene una bicicleta.

Había sólo una luz en el puesto de control, una lámpara de lectura con pantalla verde, pero el fulgor de los reflectores llenaba la caseta como un claro de luna artificial. Había caído la oscuridad, y con ella, el silencio. Hablaban como si tuvieran miedo de que les oyesen. Leamas se acercó a la ventana a esperar: ante sí estaba la carretera, y a ambos lados, el muro, una cosa fea y sucia de bloques de cemento perforado y cabos de alambre de espino, alumbrada con una luz amarilla barata, como un telón de fondo que representase un campo de concentración. Al este y oeste del muro quedaba la parte sin restaurar de Berlín, un mundo a medias, un mundo de ruina, dibujado en dos dimensiones; peñascos de guerra.

«Esta condenada mujer —pensó Leamas—, y ese loco de Karl, que me mintió sobre ella...». Mintió por omisión, como hacen todos, todos los agentes del mundo entero. Uno les enseña a hacer trampas, a borrar sus huellas, y le hacen también trampas a uno. Sólo se la había dejado ver una vez, después de aquella comida en la Schürzstrasse el año pasado. Karl acababa de alcanzar su gran éxito, y Control quería conocerle. Control siempre aparecía cuando había éxito. Habían comido juntos, Leamas, Control y Karl. A Karl le gustaban esas cosas. Se presentó con un aspecto como de niño de escuela dominical, cepillado y reluciente, dando sombrerazos y todo respetuoso. Control le había estrechado la mano durante cinco minutos y había dicho:

—Quiero que sepa qué contentos estamos, Karl, y cuánto nos alegra su éxito.

Leamas lo había observado pensando: «Esto nos

costará otras doscientas al año». Cuando acabaron de comer, Control volvió a estrecharles la mano, hizo un significativo gesto con la cabeza, dando a entender que tenía que ponerse en camino para jugarse la vida en algún otro lugar, y se dirigió a su coche con chófer. Entonces Karl se echó a reír, Leamas se rió con él y se acabaron el champán sin dejar de reírse de Control. Después se fueron al Alter Fass: Karl se había empeñado. Allí estaba esperándoles Elvira, una rubia de unos cuarenta años, fuerte como el acero.

—Alec, éste es el secreto que mejor he guardado —dijo Karl, y Leamas se puso furioso. Después tuvieron una pelea.

—¿Cuánto sabe ella? ¿Quién es? ¿Cómo la conoció?

Karl se enfurruñó y rehusó decírselo. Luego las cosas se complicaron. Leamas trató de variar los métodos, cambiar los sitios de encuentro y las contraseñas, pero a Karl no le gustó. Sabía lo que había detrás de eso, y no le gustó.

—Si no se fía de ella, de todos modos, ya es demasiado tarde —repetía, y Leamas recogió la insinuación y cerró el pico.

Pero después de eso anduvo con mucho más cuidado, le contó a Karl muchas menos cosas y recurrió más a todos los trucos de la técnica del espionaje. Y ahí estaba ella, ahí fuera, en el coche, conociéndolo todo; la red entera, la casa segura, todo; y Leamas juró, sin que fuera la primera vez, que jamás se volvería a fiar de un agente.

Se acercó al teléfono y marcó el número de su piso. Contestó Frau Martha.

—Tenemos huéspedes en Dürer-Strasse... —dijo Leamas—, un hombre y una mujer.

—¿Casados? —preguntó Martha.

—Casi —respondió, y ella se rió con aquella risa terrible.

Cuando colgaba, uno de los policías se volvió hacia él.

—¡Herr Thomas! ¡Deprisa!

Leamas corrió a la ventana de observación.

—Un hombre, Herr Thomas —susurró el policía más joven—, con una bicicleta.

Leamas enfocó los gemelos. Era Karl; su figura era inconfundible incluso a aquella distancia, envuelta en el viejo impermeable de la Wehrmacht, empujando su bicicleta. «Lo ha conseguido —pensó Leamas—, debe haberlo conseguido; ha pasado el control de documentos; sólo le queda por pasar el control de moneda». Leamas observó que Karl apoyaba la bicicleta contra la cerca, y andaba despreocupadamente hacia la caseta de la Aduana. «No lo hagas demasiado bien», pensó. Por fin Karl salió, agitó la mano alegremente hacia el hombre de la barrera que subía oscilando roja y blanca lentamente. Había pasado, venía hacia ellos, lo había conseguido. Sólo el vopo en medio de la carretera, la línea, y a salvo.

En ese momento, a Karl le pareció oír algún ruido, presentir algún peligro; volvió la mirada por encima del hombro y empezó a pedalear furiosamente, inclinándose sobre el manillar. Quedaba aún el centinela solitario en el puente: éste se había vuelto y lo observaba. Entonces, de modo completamente inesperado, los reflectores se movieron, blancos y brillantes, capturando a Karl y reteniéndole en su fulgor como a un conejo frente a los faros de un coche. Surgió el gemido oscilante de una sirena, el ruido de órdenes salvajemente gritadas.

Delante de Leamas, los dos policías se pusieron de rodillas, atisbando por las aspilleras entre los sacos de arena y encajando hábilmente la rápida carga en sus rifles automáticos.

El centinela alemán oriental disparó, muy cuidadosamente, lejos de ellos, dentro de su propio sector. El primer disparo pareció empujar a Karl hacia delante; el segundo, tirar hacia atrás de él. No se sabe cómo, seguía moviéndose, todavía en la bicicleta, al pasar junto al centinela, y el centinela siguió disparándole. Luego se dobló, rodó por el suelo, y se oyó claramente el golpe de la bicicleta al caer. Leamas deseó de corazón que estuviera muerto.

Cambridge Circus

Observó cómo la pista de Tempelhof se hundía por debajo de él.

Leamas no era un hombre reflexivo, sobre todo nada filosófico. Sabía que estaba eliminado: era un hecho de la vida con el que tendría que apechugar en adelante, como quien debe vivir con un cáncer o en prisión. Sabía que no había ninguna clase de preparación que pudiera tender un puente sobre el abismo entre el antes y el ahora. Había encontrado el fracaso como un día encontraría la muerte, probablemente con resentimiento cínico y con la valentía de un solitario. Había durado más que la mayoría; ahora, estaba derrotado. Se dice que un perro vive tanto tiempo como sus dientes: metafóricamente, a Leamas le habían arrancado los dientes y era Mundt quien se los había arrancado.

Diez años atrás podría haber tomado otro camino: en aquel anónimo edificio gubernamental, en Cambridge Circus, había empleos burocráticos que Leamas podría haber desempeñado y conservado hasta muy viejo; pero no estaba hecho para estas cosas. Tan infructuoso hubiera sido pedir a un jockey que abandonara todo para hacerse empleado de apuestas, como suponer que Leamas abandonaría la vida militante a cambio del tendencioso teorizar y el clandestino interés egoísta de Whitehall. Se había quedado en Berlín, consciente de que Personal había señalado su expediente para revisarlo al final de cada año; terco, obstinado, despectivo con las instrucciones, diciéndose que ya saldría algo. El trabajo de espionaje tiene una sola ley moral: se justifica por los resultados. Incluso los sofistas de Whitehall rendían homenaje a esa ley, y Leamas se beneficiaba. Hasta que llegó Mundt.

Era extraña la rapidez con que se había dado cuenta de que Mundt se interponía en su destino. Hans-Dieter Mundt, nacido hacía cuarenta y dos años en Leipzig. Leamas conocía su expediente, conocía la fotografía en el interior de la tapa; el rostro vacío, duro, bajo el pelo de lino; sabía de memoria la historia de la subida de Mundt al poder como segundo hombre de la Abteilung y jefe efectivo de operaciones. Leamas lo sabía por las declaraciones de desertores, y por Riemeck, que, como miembro del Presidium del Partido Socialista Unificado de Alemania Oriental, se reunía en comités de seguridad con Mundt, y le temía. Con razón, según parece, pues Mundt le mató.

Hasta 1959, Mundt había sido un funcionario poco importante de la Abteilung, que actuaba en Londres bajo la cobertura de la Misión Siderúrgica de Alemania Oriental. Volvió a Alemania a toda prisa después de matar a dos de sus propios agentes para salvar su pellejo, y no se oyó hablar de él en más de un año. De repente, reapareció en el cuartel general de la Abteilung en Leipzig como jefe del Departamento de Rutas y Medios, responsable de la distribución de dinero, equipos y personal para tareas especiales. Al final de ese año se produjo la gran lucha por el poder dentro de la Abteilung. El número y la influencia de los oficiales de enlace soviéticos disminuyeron drásticamente; varios de la vieja guardia fueron despedidos por razones ideológicas, y emergieron tres hombres: Fiedler, como jefe del contraespionaje; Jahn, que sustituyó a Mundt como jefe de medios, y el propio Mundt, que se llevó la palma, como vicedirector de operaciones, a la edad de cuarenta y un años.

Entonces empezó el nuevo estilo. El primer agente que perdió Leamas fue una muchacha. Era tan sólo un pequeño eslabón en la red; se la utilizaba para trabajos de enlace. La mataron a tiros en la calle cuando salía de un cine en Berlín Occidental. La policía no pudo encontrar nunca al asesino, y

Leamas, al principio, se inclinó a pasar por alto el incidente como si no tuviera ninguna conexión con su trabajo. Un mes después, un maletero de la estación de Dresde, agente despedido de la red de Peter Guillam, fue hallado muerto y mutilado junto a unos raíles del tren. Leamas comprendió que no era ya una mera coincidencia. Poco después de eso, dos miembros de otra red que estaba bajo el control de Leamas fueron detenidos y sentenciados sumariamente a muerte. Y así siguió: sin remordimientos, enervante.

Y ahora habían cazado a Karl, y Leamas se marchaba de Berlín igual que había llegado: sin un solo agente que valiera un penique. Mundt había ganado.

Leamas era bajo, con un tupido pelo gris hierro, y con el físico de un nadador. Era muy fuerte. Esa fuerza se le notaba en la espalda y los hombros, en el cuello y en la conformación nudosa de las manos y los dedos.

Acerca de la ropa, tenía una opinión práctica, como en casi todas las demás cosas; hasta las gafas que llevaba a veces tenían la montura de acero. La mayor parte de sus trajes eran de fibra artificial y ninguno tenía chaleco. Le gustaban las camisas a la americana, con botones en las puntas del cuello, y los zapatos de ante, con suela de goma.

Tenía un rostro atractivo, musculoso, con una línea de terquedad en su boca delgada. Sus ojos eran oscuros y pequeños; irlandeses, decían algunos. Era difícil clasificar a Leamas. Si llegaba a un club de Londres, era seguro que el portero no le confundiría con un miembro; en las salas de fiesta de Berlín solían darle la mejor mesa. Parecía un hombre que podía traer problemas, un hombre que cuidaba de su dinero, un hombre que no era precisamente un caballero.

La azafata pensó que era interesante. Supuso que era del norte, como de hecho podría haberlo sido, y que no era rico. Le echó unos cincuenta años de edad, con lo que casi estaba en lo cierto. Supuso que era soltero, lo que resultaba cierto a medias. En alguna parte, hacía mucho, había habido un divorcio: en algún sitio había hijos, ahora entre diez y veinte años, que recibían su pensión de un banco particular bastante raro de la City.

—Si quiere otro whisky —dijo la azafata— será mejor que se dé prisa. Dentro de veinte minutos estaremos en el aeropuerto de Londres.

—No, gracias.

No la miró: contemplaba por la ventanilla los campos verdegrises de Kent.

Fawley le recibió en el aeropuerto y le llevó en coche a Londres.

—Control está muy irritado por lo de Karl —dijo mirando de soslayo a Leamas.

Éste asintió.

—¿Cómo ocurrió? —preguntó Fawley.

—A tiros. Mundt le localizó.

—¿Muerto?

—Yo diría que, a estas horas, sí. Más le vale. Casi lo consiguió. No debió haber corrido; no podían estar seguros. La Abteilung llegó al puesto de control inmediatamente después de que acabaran de dejarle pasar. Pusieron en marcha la sirena y un vopo le disparó a veinte pasos de la línea. Se movió en el suelo un momento, y luego se quedó quieto.

—Pobre hijo de...

—Exactamente —dijo Leamas.

A Fawley no le gustaba Leamas, y a Leamas, aunque lo sabía, no le importaba. Fawley era un hombre que pertenecía a varios clubes y llevaba corbatas representativas, que dogmatizaba sobre los méritos de los deportistas y desempeñaba un alto rango burocrático en la correspondencia de la oficina. Consideraba sospechoso a Leamas, y Leamas le consideraba un tonto.

—¿En qué sección está usted? —preguntó Leamas.

—Personal.

—¿Le gusta?

—Fascinante.

—¿Por dónde voy ahora? ¿Resbalando?

—Mejor será que se lo diga Control, amigo mío.

—¿Lo sabe usted?

—Por supuesto.

—Entonces, ¿por qué demonios no me lo dice?

—Lo siento, amigo —replicó Fawley, y de repente Leamas casi perdió el dominio de sí mismo. Luego reflexionó que, de todas maneras, probablemente Fawley mentía.

—Bueno, dígame una cosa, ¿le importa? ¿Tengo que buscar un condenado piso en Londres?

Fawley se rascó la oreja.

—Creo que no, amigo, no.

—¿No? Gracias a Dios.

Aparcaron junto a Cambridge Circus, ante un parquímetro, y entraron juntos en el vestíbulo.

—No tendrá pase, ¿verdad? Mejor será que rellene un impreso, amigo.

—¿Desde cuándo tenemos pases? MacCall me conoce tanto como a su propia madre.

—No es más que un procedimiento nuevo. Cambridge Circus va creciendo, ya sabe.

Leamas no dijo nada, dio una cabezada hacia MacCall y se metió en el ascensor sin pase.

Control le estrechó la mano más bien cuidadosamente, como un médico que palpa los huesos.

—Debe de estar terriblemente cansado —comentó en tono de excusa—; siéntese.

La misma voz funesta, el rebuzno profesoral. Leamas se sentó en una butaca frente a una estufa eléctrica verde oliva con un cacharro de agua en equilibrio encima.

—¿Lo encuentra frío? —preguntó Control.

Se inclinaba sobre la estufa frotándose las manos. Llevaba un jersey debajo de la chaqueta negra, un ajado jersey pardo. Leamas se acordó de la mujer de Control, una mujercita estúpida llamada Mandy que parecía creer que su marido estaba en la Dirección de Carbones. Supuso que ella se lo habría tricotado.

—Está muy seco, eso es lo malo —continuó Control—. Si se vence el frío, se reseca la atmósfera. Es igual de peligroso.

Se acercó a la mesa y apretó un botón.

—Vamos a probar a ver si conseguimos café —le dijo—. Ginnie está de permiso, eso es lo malo. Me han puesto una chica nueva. Realmente, eso está mal.

Era más bajo de lo que recordaba Leamas; por lo demás, lo mismo. El mismo afectado despego, los mismos conceptos profesorales, el mismo horror a las corrientes; cortés, conforme a una fórmula infinitamente lejana de la experiencia de Leamas. La misma sonrisa de leche aguada, la misma reticencia estudiada, la misma fidelidad, pidiendo excusas, a un código de conducta que fingía encontrar ridículo: la misma banalidad.

Sacó de la mesa un paquete de cigarrillos y le dio uno a Leamas.

—Encontrará éstos más caros —comentó, y Leamas asintió con la cabeza cumpliendo con su obligación.

Control se sentó, metiéndose los cigarrillos en el bolsillo. Hubo una pausa, y al fin, Leamas dijo:

—Riemeck ha muerto.

—Sí, así es —afirmó Control, como si Leamas hubiera tenido un buen acierto—. Es una gran desgracia. Lo más... ¿Supongo que esa chica, Elvira, le hizo volar?

—Eso supongo.

Leamas no iba a preguntarle cómo sabía lo de Elvira.

—Y Mundt hizo que le pegaran unos tiros —añadió Control.

—Sí.

Control se levantó y fue dando vueltas por el cuarto en busca de un cenicero. Encontró uno y lo puso torpemente en el suelo entre las dos butacas.

—¿Cómo se sintió usted? Quiero decir, cuando le mataron a Riemeck. Usted lo vio, ¿no?

Leamas se encogió de hombros.

—Me molestó terriblemente —repuso.

Control ladeó la cabeza y entornó los ojos.

—Seguramente sintió algo más que eso, seguramente se quedó trastornado, ¿no? Eso sería más normal.

—Me quedé trastornado. ¿Quién no se iba a quedar así?

—¿Le era simpático Riemeck... como hombre?

—Me parece que sí —contestó Leamas. Y añadió—: Me parece que no sirve de mucho meterse en eso.

—¿Cómo pasó la noche, lo que quedaba de noche, después de que mataran a Riemeck?

—Oiga, ¿qué es esto? —preguntó Leamas acalorado—; ¿adónde quiere ir a parar?

—Riemeck ha sido el último —reflexionó Control— el último de una serie de muertes. Si la memoria no me falla, todo empezó con la muchacha, la que mataron en Wedding, al salir del cine. Luego el hombre de Dresde, y las detenciones de Jena. Como en el cuento de los diez negritos. Ahora Paul, Viereck y Ländser... todos muertos. Y finalmente Riemeck. —Sonrió como esbozando una súplica—: Eso desgasta mucho. Me preguntaba si tendría usted bastante.

—¿Qué quiere decir con «bastante»?

—Me preguntaba si estaría usted cansado. Consumido.

Se produjo un largo silencio.

—Eso ha de decidirlo usted —contestó por fin Leamas.

—Hemos de vivir sin simpatías, ¿no? Desde luego, eso es imposible. Fingimos de cara a los otros toda esta dureza, pero realmente no somos así. Quiero decir... uno no puede estar todo el tiempo fuera, al frío; uno tiene que retirarse, ponerse al resguardo de ese frío..., ¿entiende lo que quiero decir?

Leamas entendía. Veía la larga ruta saliendo de Rotterdam, la larga carretera recta junto a las dunas, y el torrente de refugiados moviéndose a lo largo de ella; veía el pequeño avión a varias millas, la procesión que se paraba a mirarlo, y el avión que se acercaba, elegantemente, sobre las dunas; veía el caos, el infierno sin sentido, cuando las bombas dieron en la carretera.

—No puedo hablar así, Control —dijo por fin Leamas—. ¿Qué quiere que haga?

—Quiero que siga un poco más en el frío, fuera.

Leamas se quedó en silencio, de modo que Control siguió:

—Nuestra ética profesional se basa en un solo supuesto: esto es, que nunca vamos a ser agresores. ¿Cree usted que eso es equitativo?

Leamas asintió con la cabeza. Cualquier cosa para evitar hablar.

—Así hacemos cosas desagradables, pero somos... defensivos. Eso, me parece, sigue siendo equitativo. Hacemos cosas desagradables para que la gente corriente, aquí y en otros sitios, puedan dormir seguros en sus camas por la noche. ¿Es eso demasiado romántico? Desde luego, a veces hacemos cosas auténticamente malvadas. —Hacía muecas como un colegial—. Y, al contrapesar asuntos morales, más bien nos metemos en comparaciones indebidas: al fin y al cabo, no se pueden comparar los ideales de un bando con los métodos del otro, ¿no es verdad?

Leamas se sentía perdido. Otras veces le había oído decir a aquel hombre un montón de vulgaridades antes de dar la estocada, pero jamás le había oído decir nada semejante.

—Quiero decir que hay que comparar método con método, ideales con ideales. Yo diría que, después de la guerra, nuestros métodos, los nuestros y los de los adversarios, se han vuelto muy parecidos. Quiero decir que uno no puede ser menos inexorable que los adversarios simplemente porque la «política» del gobierno de uno es benévola, ¿no le parece? —Se rió silenciosamente para sí—. Eso no serviría nunca —añadió.

«¡Dios mío! —pensó Leamas—, es como trabajar para un clérigo sanguinario. ¿Adónde irá a parar?».

—Por eso —continuó Control—, creo que deberíamos intentar eliminar a Mundt... Pero, bueno

—dijo, volviéndose con irritación hacia la puerta—, ¿dónde está ese maldito café?

Control atravesó la habitación hasta la puerta, la abrió y habló con alguna invisible muchacha en el cuarto de fuera. Al volver prosiguió:

—De veras creo que tendríamos que eliminarle, si lo podemos arreglar.

—¿Por qué? No hemos dejado nada en Alemania Oriental, nada en absoluto. Usted lo acaba de decir; Riemeck era el último. No hemos dejado nada que proteger.

Control se sentó y se miró las manos un rato.

—Eso no es del todo cierto —dijo al fin—, pero me parece que no debo aburrirle con los detalles. Leamas se encogió de hombros.

—Dígame —continuó Control—, ¿está usted cansado de espiar? Perdone que repita la pregunta. Quiero decir que ése es un fenómeno que comprendemos bien, ya lo sabe. Como los constructores de aviones..., «fatiga del metal», creo que se dice así. Diga si está cansado.

Leamas se acordó del vuelo de regreso, aquella mañana, y empezó a darle vueltas.

—Si estuviera cansado —añadió Control—, tendríamos que encontrar algún otro modo de ocuparnos de Mundt. Lo que pienso ahora está un poco fuera de lo normal.

Entró la muchacha con el café. Puso la bandeja sobre la mesa y sirvió dos tazas. Control esperó a que saliera del cuarto.

—Qué chica tan tonta —comentó para sí mismo—. Parece muy raro que ya no puedan encontrarlas buenas. Me gustaría que Ginnie no se fuera de vacaciones en ocasiones como ésta.

Removió con desconsuelo el café durante un rato.

—Realmente, tenemos que desacreditar a Mundt —dijo—. Dígame, ¿usted bebe mucho? ¿Whisky y esas cosas?

Leamas había llegado a creer que estaba acostumbrado a Control.

—Bebo un poco. Más que la mayoría, supongo.

El otro asintió comprensivamente.

—¿Qué sabe usted de Mundt?

—Es un asesino. Estuvo aquí un año o dos con la Misión Siderúrgica de Alemania Oriental. Entonces teníamos aquí un consejero: Maston.

—Así es.

—Mundt tenía en marcha un agente, la mujer de uno del Foreign Office. La mató.

—Trató de matar a George Smiley. Y, desde luego, mató a tiros al marido de esa mujer. Es un hombre muy desagradable. Fue de las Juventudes Hitlerianas y todas esas cosas. En absoluto es el tipo de intelectual comunista. Es un profesional de la guerra fría.

—Como nosotros —observó secamente Leamas.

Control no sonrió.

—George Smiley conocía bien el caso. Ya no está con nosotros, pero creo que tendría usted que sonsacarle algo. Hace cosas sobre la Alemania del siglo XVII... Vive en Chelsea, detrás mismo de Sloane Square. Calle Bayswater, ¿sabe cuál es?

—Sí.

—Y Guillam estaba metido también en el asunto. Está en Satélites Cuatro, primer piso. Me temo que todo habrá cambiado desde sus tiempos.

—Sí.

—Pase un día o dos con ellos. Saben lo que proyecto. Luego, no sé si le gustaría pasar conmigo el fin de semana. Mi mujer —añadió apresuradamente— está cuidando a su madre, según creo. Estaremos solos usted y yo.

—Gracias. Me gustaría.

—Entonces podremos hablar de nuestras cosas cómodamente. Sería muy agradable. Creo que usted podría sacarle al asunto un montón de dinero. Puede quedarse todo lo que saque.

—Gracias.

—Esto, desde luego, si usted está seguro de que le apetece..., sin «fatiga del metal» ni algo así, ¿eh?

—Si es cuestión de matar a Mundt, estoy dispuesto.

—¿De veras que se siente así? —preguntó cortésmente Control. Y luego, después de mirar reflexivamente a Leamas durante unos momentos, añadió—: Sí, de veras creo que sí. Pero no tiene por qué pensar que sea necesario que se lo diga. Quiero decir que en nuestro mundo en seguida nos salimos del registro del odio o del amor..., como esos sonidos que un perro no puede oír. Al final, no queda más que una especie de náusea: uno jamás desea volver a causar sufrimiento alguno. Perdóneme, pero ¿no fue propiamente eso lo que sintió cuando mataron a Karl Riemeck? Ni odio a Mundt, ni afecto a Karl, sino una sacudida mareante, como un puñetazo en un cuerpo embotado... Me han dicho que estuvo toda la noche andando..., nada menos que dando vueltas por las calles de Berlín. ¿Es cierto?

—Es cierto que salí a dar un paseo.

—¿Toda la noche?

—Sí.

—¿Qué ha sido de Elvira?

—Dios sabe... Me gustaría echarle mano a Mundt.

—Bueno..., bueno. Por cierto, si se encuentra algún viejo amigo mientras tanto, no crea que sirve de algo tratar de esto con ellos. En realidad —añadió Control, al cabo de un momento—, yo me mostraría más bien seco con ellos. Que piensen que le hemos tratado mal a usted. Está bien empezar del mismo modo como se piensa seguir, ¿no es cierto?

Decadencia

A nadie le sorprendió demasiado el que metieran en conserva a Leamas. En general, decían, Berlín llevaba varios años siendo un fracaso, y alguien debía pagar por ello. Además, estaba viejo para el trabajo activo, en el que hay que tener unos reflejos tan rápidos como los de un profesional del tenis. Leamas había trabajado bien en la guerra, todos lo sabían. En Noruega y en Holanda, no se sabe cómo, se había mostrado notablemente vivo, y al final le habían dado una medalla y le habían dejado marchar. Después, desde luego, le hicieron volver. Fue mala suerte lo de su paga, realmente mala suerte. La Sección de Contabilidad lo dejó escapar, en la persona de Elsie. Elsie dijo en el restaurante que el pobre Alec Leamas sólo recibiría cuatrocientas libras al año para vivir, por culpa de su interrupción en el servicio. Elsie pensaba que era un reglamento que realmente habría que cambiar: después de todo, el señor Leamas había cumplido su servicio,

¿no? Pero allí estaban, con los de Hacienda a la espalda, muy distintos a los de los viejos tiempos, y ¿qué podían hacer? Aun en los malos tiempos de Maston habían arreglado mejor las cosas.

Leamas, según les dijeron a los nuevos, era de la antigua escuela: sangre, tripas sólidas, críquet y diploma de francés de la escuela. En el caso de Leamas, esto no se adecuaba a su persona, porque era bilingüe en alemán e inglés; y su holandés era admirable; además, no le gustaba el críquet. Pero la verdad es que no tenía título universitario.

Como al contrato de Leamas le faltaban unos pocos meses para quedar rescindido, le pusieron en Bancaria para completar el tiempo. La Sección Bancaria era diferente de la de Contabilidad: se ocupaba de pagos en el extranjero, de financiar agentes y operaciones. La mayor parte de los trabajos de Bancaria los podría haber hecho un botones, a no ser por el alto grado de secreto requerido, por eso Bancaria era una de las secciones del Servicio que se consideraban como dependencias apropiadas para apartar a los empleados que pronto se iban a enterrar.

Leamas pasó a «ir a menos».

El proceso de «ir a menos» generalmente se considera muy largo, pero en el caso de Leamas no fue así. A la vista de todos sus colegas, pasó de ser un hombre honrosamente desplazado a un lado, a ser un náufrago resentido y borracho; y todo ello en pocos meses. Hay un tipo de estupidez entre los borrachos, especialmente cuando no están bebidos; un tipo de desconexión que los que son poco observadores interpretan como despiste, y que Leamas pareció contraer con rapidez poco natural. Hacía pequeños actos deshonestos, pedía prestadas cantidades insignificantes a las secretarias y olvidaba devolverlas, llegaba tarde o se marchaba pronto mascullando algún pretexto. Al principio, sus compañeros le trataron con indulgencia; quizá su decaimiento les asustaba del mismo modo que nos asustan los tullidos, los mendigos y los inválidos, porque tememos que podemos llegar a ser uno de ellos; pero al final su descuido y su malignidad brutal y sin razones le aislaron.

Con cierta sorpresa de la gente, a Leamas no parecía importarle que le hubieran metido en conserva. Su voluntad, de pronto, parecía haberse desplomado. Las nuevas secretarias, reacias a creer que los agentes del Servicio de Inteligencia fueran mortales normales y corrientes, se alarmaban al notar que Leamas se había vuelto francamente putrefacto. Se cuidaba apenas de su aspecto y se fijaba menos en lo que le rodeaba, almorzaba en el restaurante, que normalmente era coto reservado a los empleados más jóvenes, y se rumoreaba que bebía. Se volvió un solitario, perteneciente a esa trágica clase de hombres activos prematuramente privados de actividad; nadadores alejados del agua o actores desterrados del escenario.

Algunos decían que había cometido un error en Berlín, y por eso su red había sido suprimida; nadie sabía nada a ciencia cierta. Todos estaban de acuerdo en que le habían tratado con una dureza desacostumbrada, incluso por parte de una dirección de Personal que no tenía fama de filantrópica. Le señalaban con disimulo cuando pasaba, como señalan los hombres a un atleta de tiempos pasados, y decían: «Es Leamas. Le fue mal en Berlín. Es lamentable la manera como se ha abandonado».

Y luego, un día, desapareció. No dijo adiós a nadie, ni por lo visto a Control. La cosa, por sí sola, no era sorprendente. El carácter del Servicio excluía despedidas formales y regalos de relojes de oro, pero incluso con esos criterios, la marcha de Leamas pareció brusca. Al parecer, su marcha tuvo lugar antes de que concluyera el término de su contrato. Elsie, de la Sección de Contabilidad, ofreció una o dos migajas de información: Leamas había cobrado en metálico toda la cuantía de su paga, lo cual, si es que Elsie entendía algo, quería decir que tenía dificultades con su banco. La gratificación se le pagaría a fin de mes; ella no podía decir cuánto, pero no llegaba a cuatro cifras; pobre chico. Se había mandado su ficha al Seguro Nacional. Personal tenía una dirección suya, añadió Elsie con un resoplido, pero desde luego no eran quiénes, los de Personal, para revelarla.

Luego estaba la historia del dinero. Se supo por indiscreción —como de costumbre, nadie sabía de dónde salía eso— que la marcha repentina de Leamas tenía que ver con irregularidades en las cuentas de la Sección Bancaria. Faltaba una cantidad bastante regular (no de tres cifras, sino de cuatro, según una señora de pelo azul que trabajaba en la centralita telefónica), y la habían recobrado casi toda, y le impusieron un embargo sobre su pensión. Otros dijeron que no lo creían: en el caso de que Alec hubiese querido robar del cajón, decían, conocía medios más apropiados para hacerlo que enredar en las cuentas de la Central. No es que no fuera capaz: sólo que lo habría hecho mejor. Pero los menos convencidos de las posibilidades delictivas de Leamas aludían a su gran consumo de alcohol, a los gastos que acarreaba mantener una familia separada, a la fatal diferencia entre la paga en el país y los gastos permitidos en el extranjero, y, sobre todo, a las tentaciones que se le ponen por delante a un hombre que maneja grandes sumas de dinero contante y sonante cuando sabe que sus días en el Servicio están contados.

Todos se mostraron de acuerdo en que si Alec se había manchado las manos, estaba liquidado para siempre: los de Reinstalación ni le mirarían, y Personal no querría dar referencias sobre él, o las daría de un modo tan frío como el hielo, y aun el patrono más entusiasta sentiría un escalofrío al verlas. El desfalco era el único pecado que los de Personal no dejaban que nadie olvidase y que ellos mismos no olvidaban jamás. Si era cierto que Alec había robado a Cambridge Circus, iba a llevarse consigo a la tumba la cólera de Personal, y Personal no pagaría ni la mortaja.

Durante una semana o dos después de su marcha, unos cuantos se preguntaron qué habría sido de él. Pero sus viejos amigos ya sabían que tenían que evitarle. Se había vuelto un molesto resentido, que atacaba constantemente al Servicio y a su administración, y lo que él llamaba «los chicos de Caballería» que, según decía, llevaban sus asuntos como si fuera el club de oficiales de un regimiento. Nunca perdía la oportunidad de meterse con los americanos y sus servicios de espionaje. Parecía odiarles más que a la Abteilung, a la que aludía rara vez, o casi nunca. Sugería que eran ellos los que habían puesto en peligro su red: esto parecía una obsesión en él, la mala manera con que recompensaba cualquier intento de consolarle.

Así se volvió una compañía desagradable, de modo que los que le conocían, e incluso los que le concedían silenciosamente su simpatía, acabaron por darle por perdido. La marcha de Leamas causó tan sólo una ondulación en el agua; con otros vientos y con el cambio de estaciones, pronto quedó olvidada.

Su piso era pequeño y destartalado, pintado de color pardo y con fotografías de Clovelly. Daba enfrente mismo de las grises traseras de tres almacenes de piedra, con ventanas que, por razones estéticas, habían sido dibujadas con creosota. Encima de los almacenes vivía una familia italiana, que se peleaba cada noche y sacudía las alfombras durante el día.

Leamas tenía pocas cosas con que alegrar las habitaciones. Compró unas pantallas para tapar las bombillas, y dos pares de sábanas para sustituir las fundas de tela basta proporcionadas por el casero. El resto, Leamas lo toleró: las cortinas estampadas con flores, sin forro ni dobladillo, los oscuros revestimientos rozados del suelo, y el tosco mobiliario de madera parda, algo así como de un hostal de marineros. Un grifo amarillo resquebrajado le proporcionaba agua caliente por un chelín.

Necesitaba un empleo. No tenía dinero, nada en absoluto. De modo que tal vez fuese cierto lo que se contaba del desfalco. A Leamas le parecieron tibios y peculiarmente inadecuados los ofrecimientos de nueva colocación que le hizo el Servicio. Primero, trató de obtener trabajo en el sector del comercio. Una empresa de adhesivos industriales se mostró interesada por su aspiración al puesto de subdirector y jefe de personal. Sin hacer caso a la referencia poco útil que el Servicio había dado de él, no le exigieron ni requisitos ni títulos y le ofrecieron seiscientas al año. Se quedó una semana, al cabo de la cual la hedionda pestilencia del aceite de pescado rancio se le había metido en el pelo y la ropa, adhiriéndosele en las narices como el olor de la muerte. No había lavado que la suprimiera, de modo que Leamas se rapó el pelo al cero y tuvo que tirar dos de sus mejores trajes.

Pasó otra semana intentando vender enciclopedias a las amas de casa de las zonas residenciales, pero no era hombre a quien éstas comprendieran o vieran con buenos ojos, no querían a Leamas, o al menos a sus enciclopedias. Noche tras noche volvía fatigado a su piso, con su ridícula muestra bajo el brazo. Al finalizar la semana telefoneó a la empresa y les dijo que no había vendido nada. Sin manifestar sorpresa, le recordaron su obligación de devolver la muestra si dejaba de actuar en su representación, y colgaron. Leamas salió de la cabina telefónica dando furiosas zancadas, se dejó olvidada la muestra, fue a un bar y se emborrachó perdidamente gastándose veinticinco chelines, que no podía pagar. Le echaron por chillar a una mujer que trataba de llevárselo. Le dijeron que no volviera jamás, pero una semana más tarde lo habían olvidado todo. Allí empezaban a conocerlo.

También en otros sitios empezaron a conocer a esa figura gris y bamboleante. No decía ni una mísera palabra: no tenía ni un amigo, hombre, mujer o animal. Adivinaban que estaba en un apuro: probablemente había abandonado a su mujer. Nunca sabía el precio de nada, nunca lo recordaba cuando se lo decían. Se palpaba todos los bolsillos siempre que necesitaba dinero suelto, nunca se acordaba de llevar una cesta, siempre compraba bolsas para llevarse lo que compraba.

En su calle no le tenían simpatía, pero casi le compadecían. Además, pensaban que estaba muy sucio, con aquel modo de no afeitarse los fines de semana, y con las camisas todas desaliñadas.

Una tal señora MacCaird, de Sudbury Avenue, le hacía la limpieza todas las semanas, pero como nunca recibió de él ni una palabra amable, abandonó su trabajo. Ella era una importante fuente de información en aquella calle, donde los tenderos se contaban unos a otros lo que necesitaban saber en caso de que él pidiera que le fiaran. La opinión de la señora MacCaird no aconsejaba que le fiaran. Leamas nunca recibía cartas, decía ella, y llegaron al acuerdo de que eso era grave. No tenía cuadros y sólo unos pocos libros; ella creía que uno de los libros era indecente, pero no podía estar segura porque estaba escrito en un idioma extranjero. Su opinión era que tendría alguna rentilla de qué vivir, y se le estaba acabando. Sabía que los jueves iba a cobrar el subsidio del paro. Todo Bayswater estaba advertido y no había necesidad de más avisos. Se enteraron por la señora MacCaird que bebía como un pez: el de la taberna lo confirmó. Los taberneros y las mujeres de la limpieza no están en situación de fiar a sus clientes, pero su información es muy valiosa para los que sí lo están.

Liz

Por fin, aceptó el trabajo en la biblioteca. La Oficina de Empleo se lo había puesto delante de las narices todos los jueves por la mañana cuando cobraba su subsidio de paro, pero él siempre lo había rechazado.

—La verdad es que no es lo que mejor le va —dijo el señor Pitt—, pero la paga es buena y el trabajo es fácil para un hombre instruido.

—¿Qué clase de biblioteca es? —preguntó Leamas.

—Es la Biblioteca Bayswater de Investigaciones Psicológicas. Es una fundación: tienen miles de libros, y les han hecho un legado de muchos más. Necesitan otro ayudante.

Leamas cogió el subsidio y la tira de papel.

—Son gente rara —añadió el señor Pitt—, pero, por otra parte, usted tampoco es de los que se quedan fijos, ¿no? Me parece que ya es hora de que les ponga a prueba, ¿no cree?

Había algo raro en Pitt. Leamas estaba seguro de haberle visto antes en algún otro sitio. En Cambridge Circus, durante la guerra.

La biblioteca era como la nave de una iglesia y, además, muy fría. Las negras estufas de petróleo, en los extremos, desprendían un olor a parafina. En medio del local había una cabina, como la de los testigos en un tribunal, y dentro estaba sentada la señorita Crail, la bibliotecaria.

A Leamas nunca se le había ocurrido que a lo mejor tenía que trabajar a las órdenes de una mujer. En la Oficina de Empleo nadie le había dicho nada de eso.

—Soy el nuevo ayudante —dijo—, me llamo Leamas.

La señorita Crail levantó la vista bruscamente de su fichero, como si hubiera oído una grosería.

—¿Ayudante? ¿Qué quiere decir con eso de «ayudante»?

—Asistente. De parte de la Oficina de Empleo, del señor Pitt.

Alargó a través del mostrador un impreso hecho en multicopista con sus datos anotados con letra inclinada. Ella lo cogió y lo examinó.

—Usted es el señor Leamas.

No era una pregunta sino la primera fase de una investigación para averiguar los hechos.

—Y es usted de la Oficina de Empleo.

—No, me ha mandado la Oficina de Empleo. Me han dicho que necesitaban ustedes un asistente.

—Ya entiendo.

Una sonrisa adusta. En ese momento sonó el teléfono: cogió el auricular y empezó a discutir ferozmente con alguien. Leamas adivinó que discutían siempre, que no había preliminares. Ella elevó el tono de voz, simplemente, y empezó a discutir sobre unas entradas para un concierto. Él escuchó un par de minutos, y luego se dirigió hacia las estanterías. En uno de los compartimientos, observó que había una muchacha, de pie en una escalera, ordenando unos grandes volúmenes.

—Soy el nuevo —dijo—, me llamo Leamas.

Ella bajó de la escalera y le dio la mano un tanto ceremoniosamente.

—Yo soy Liz Gold. Encantada. ¿Ha conocido a la señorita Crail?

—Sí, pero en este momento está hablando por teléfono.

—Discutiendo con su madre, imagino. ¿Qué va a hacer usted?

—No sé. Trabajar.

—Ahora estamos catalogando; la señorita Crail ha empezado un nuevo fichero.

Era una muchacha alta, desgarbada, de larga cintura y piernas largas. Llevaba zapatos bajos, de «ballet», para reducir su estatura. En su cara, como en su cuerpo, había algo que parecía oscilar entre la fealdad y la belleza. Leamas supuso que tendría veintidós o veintitrés años, y que sería judía.

—Se trata sólo de comprobar que todos los libros estén en los estantes. Ésta es la lista de referencia, ya ve. Cuando lo haya comprobado, apunte en lápiz la nueva referencia y la tacha en el fichero.

—¿Y qué ocurre luego?

—Sólo la señorita Crail está autorizada a pasar a tinta la referencia. Es el reglamento.

—¿El reglamento de quién?

—De la señorita Crail. ¿Por qué no empieza por la arqueología?

Leamas asintió y marcharon juntos al compartimiento siguiente, en cuyo suelo había una caja de zapatos llena de fichas.

—¿Ha hecho usted alguna vez cosas de este tipo?

—No. —Se agachó a recoger un puñado de fichas y las sopló—. Me envió el señor Pitt. De la Oficina.

Volvió a poner en su sitio las fichas.

—La señorita Crail es la única persona que puede pasar a tinta las referencias, ¿no?

—Sí.

Ella le dejó allí. Leamas, tras un momento de vacilación, sacó un libro y miró la portadilla. Se titulaba *Descubrimientos arqueológicos en Asia Menor*, Volumen Cuarto. Al parecer, sólo tenían el volumen cuarto.

Era la una, y Leamas tenía mucha hambre, así que se acercó hacia donde estaba Liz Gold clasificando.

—¿Qué pasa con el almuerzo? —preguntó.

—Ah, yo traigo bocadillos —contestó un poco cohibida—. Puede coger alguno de los míos, si lo desea. No hay café en varias millas a la redonda.

Leamas movió la cabeza.

—Gracias, saldré. Tengo que hacer unas compras.

Ella observó cómo se abría paso de un empujón por las puertas batientes.

Eran las dos y media cuando regresó. Olía a whisky. Traía una bolsa llena de verduras y otra conteniendo diversos comestibles. Las dejó en una esquina del compartimiento y fatigosamente volvió a empezar con los libros de arqueología. Llevaba unos diez minutos poniéndoles referencias cuando se dio cuenta de que la señorita Crail le observaba.

—«Señor» Leamas.

Él estaba a medio subir en la escalera, de modo que miró abajo por encima del hombro.

—¿Qué? —dijo.

—¿Sabe usted de dónde han salido estas bolsas de comestibles?

—Son mías.

—Ya entiendo. Son suyas. —Leamas esperó—. Lamento —continuó ella por fin— que no permitamos meter la compra en la biblioteca.

—¿Dónde puedo ponerla, si no? No hay otro sitio donde pueda ponerla.

—En la biblioteca, no —contestó ella.

Leamas no le hizo caso y volvió a dirigir su atención a la sección de arqueología.

—Si solamente se limitara a almorzar —continuó la señorita Crail—, no tendría tiempo para hacer la compra. Ninguna de nosotras lo tiene, ni la señorita Gold ni yo misma, no tenemos tiempo para compras.

—Entonces, ¿por qué no se toman media hora más? —preguntó Leamas—; así tendrían tiempo. Si tanto les urge, pueden trabajar otra media hora por la tarde; si les apremian.

Ella se detuvo unos momentos, sin hacer otra cosa más que mirarle y pensando, evidentemente, algo que decirle.

—Lo discutiré con el señor Ironside —anunció por fin, y se marchó.

A las cinco y media, la señorita Crail se puso el abrigo, y con un enfático «buenas noches, señorita

Gold», se fue. Leamas adivinó que se había pasado toda la tarde cavilando sobre las bolsas de la compra. Pasó al compartimiento contiguo, donde Liz Gold estaba sentada en el peldaño más bajo de su escalerilla, leyendo algo que parecía un folleto. Al ver a Leamas, lo dejó caer con aire culpable en su bolso y se puso en pie.

—¿Quién es el señor Ironside? —preguntó Leamas.

—Creo que no existe —contestó ella—. Es su mejor recurso cuando no sabe encontrar una respuesta. Una vez le pregunté quién era. Se puso toda elusiva y misteriosa y me dijo: «No se preocupe». Creo que no existe.

—Tampoco estoy seguro de que exista la señorita Crail —dijo Leamas, y Liz Gold sonrió.

A las seis, ella cerró y le dio las llaves al conserje, un hombre muy viejo que en la primera guerra había sufrido un *shock* explosivo y que, según Liz, se pasaba toda la noche despierto por si los alemanes realizaban un contraataque. Fuera, hacía un frío terrible.

—¿Tiene que ir muy lejos? —preguntó Leamas.

—Veinte minutos a pie. Siempre voy andando. ¿Y usted?

—No voy lejos —dijo Leamas—. Buenas noches.

Volvió al piso andando despacio. Abrió y dio al interruptor de la luz. No pasó nada. Probó la luz de la cocinita, y por último la estufa eléctrica enchufada junto a la cama. En la estera de la puerta había una carta. La recogió y la sacó a la pálida luz amarillenta de la escalera. Era de la compañía eléctrica, que lamentaba que el jefe de zona no tuviera más alternativa que cortarle la luz hasta que se pagara la cuenta pendiente de nueve libras, cuatro chelines y ocho peniques.

Se había convertido en un enemigo de la señorita Crail, y a la señorita Crail lo que le gustaba eran los enemigos. O le miraba ceñuda o fingía no verle, y cuando él se acercaba, ella empezaba a temblar, mirando a derecha e izquierda, quizás en busca de algo con que defenderse, o de una línea de escapatoria. A veces sentía un inmenso resentimiento, como cuando él colgó su impermeable en la percha «de ella» y ésta se quedó delante temblando durante sus buenos cinco minutos, hasta que Liz la observó y llamó a Leamas. Leamas se acercó y le dijo:

—¿Qué le disgusta, señorita Crail?

—Nada —contestó ella en un tono jadeante y cortado—, nada en absoluto.

—¿Pasa algo malo con mi impermeable?

—Nada en absoluto.

—Muy bien —contestó él, y se volvió a su compartimiento.

Ella se pasó el día temblando, y durante media mañana estuvo con una llamada telefónica en susurro teatral.

—Se lo está contando a su madre —dijo Liz—. Siempre se lo cuenta a su madre. También le cuenta cosas de mí.

La señorita Crail llegó a sentir un odio tan intenso hacia Leamas, que encontró imposible comunicarse con él. Los días de cobro, cuando él volvía de almorzar, encontraba un sobre en el tercer peldaño de su escalerilla con su nombre fuera, escrito con mala letra. La primera vez ocurrió que él le llevó el dinero con el sobre y dijo:

—Es L-E-A, señorita Crail, y sólo una S.

Debido a esto, ella sufrió un verdadero ataque de epilepsia, moviendo los ojos y enredando confusamente con el lápiz hasta que Leamas se marchó. Después, estuvo conspirando por teléfono durante horas seguidas.

Cuando Leamas llevaba tres semanas trabajando en la biblioteca, Liz le invitó a cenar. Fingió que era una idea que se le había ocurrido de repente aquella misma tarde a las cinco; parecía darse cuenta de que si le invitaba para mañana o pasado, él, simplemente, se olvidaría o no iría, así que le invitó a las cinco. Leamas pareció reacio a aceptar, pero al fin aceptó.

Fueron andando hasta su piso a través de la lluvia, y podrían haber estado en cualquier sitio, Berlín, Londres, cualquier ciudad donde las piedras del pavimento se convirtieran en lagos de luz bajo la lluvia del atardecer, y el tráfico resoplara desesperadamente a través de las calles mojadas.

Fue la primera de muchas cenas que Leamas tomó en su piso. Iba cuando ella se lo pedía, y ella le invitaba a menudo. Él nunca hablaba mucho. Cuando ella descubrió que sí iría, se acostumbró a poner la mesa por la mañana antes de salir hacia la biblioteca. Incluso preparaba por adelantado la ensalada, y ponía velas en la mesa, porque le gustaba la luz de las velas. Siempre sabía que había algo en lo más profundo de Leamas que iba mal, y que algún día, por razones que ella no podía comprender, estallaría y nunca le volvería a ver. Trató de decirle que lo sabía.

—Puedes marcharte cuando quieras; nunca te seguiré, Alec —le dijo una noche, y los ojos oscuros de él descansaron en ella durante un momento.

—Ya te diré cuándo —contestó.

El piso no tenía más que un cuarto de estar, a la vez alcoba, y la cocina. En el cuarto había dos butacas, un sofá-cama y una estantería llena de libros en rústica, sobre todo clásicos, que ella no había leído jamás.

Después de cenar, Liz le hablaba; él se tumbaba a fumar en el diván. Nunca sabía ella hasta qué punto la oía, ni le importaba. Se arrodillaba junto a la cama y le cogía la mano, apretándola contra su propia mejilla, mientras hablaba.

Una noche le dijo:

—Alec, ¿en qué crees? No te rías, dímelo.

Ella esperó un momento y por fin él contestó:

—Yo creo que el autobús once me lleva a Hammersmith. No creo que lo conduzca Papá Noel.

Ella se quedó pensativa y por fin volvió a preguntar:

—Pero ¿en qué crees?

Leamas se encogió de hombros.

—Tienes que creer en algo —insistió—; en algo como Dios. Sé que crees, Alec; a veces pones una cara como si tuvieras algo especial que hacer, igual que un cura. Alec, no te rías, es verdad.

Él movió la cabeza.

—Lo siento, Liz, lo has entendido mal. No me gustan los yanquis ni las *public schools*. No me gustan los desfiles militares ni la gente que juega a los soldados. —Sin sonreír, añadió—: Y no me gustan las conversaciones sobre cuál es el sentido de la vida.

—Pero, Alec, es como si dijeras...

—Debería haber añadido —interrumpió Leamas— que no me gusta la gente que me dice lo que debería pensar.

Ella sabía que se estaba irritando, pero ya no podía contenerse.

—¡Eso es porque no quieres pensar, no te atreves! Hay algún veneno en tu alma, algún odio. Eres un fanático. Alec, sé que lo eres, pero no sé de qué. Eres un fanático que no quiere convertir a la gente, y eso es peligroso. Eres como un hombre que... ha jurado venganza, o algo así.

Los ojos oscuros se posaron en ella. Al hablar, Liz se asustó de la amenaza que había en su voz.

—Si yo estuviera en tu lugar —dijo ásperamente—, me ocuparía de mis propios asuntos.

Y luego sonrió, con una pícara sonrisa de irlandés. Nunca había sonreído así, y Liz comprendió que estaba fingiendo ese encanto.

—¿En qué cree Liz? —preguntó.

—No se puede sacar tan fácilmente —contestó ella.

Después, esa noche, volvieron a hablar de ello. Leamas lo planteó; le preguntó si era religiosa.

—Me has entendido mal —dijo—, al revés. Yo no creo en Dios.

—Entonces, ¿en qué crees?

—En la Historia.

Él la miró un momento con asombro, y luego se echó a reír.

—Ah, Liz..., ¡ah, no! ¿No serás una maldita comunista?

Ella asintió con la cabeza, ruborizándose como una niña ante las risas de Leamas, irritada y aliviada de que a él no le importara.

Esa noche le retuvo y se hicieron amantes. Él se marchó a las cinco de la mañana. Liz no podía entenderlo: ella estaba muy orgullosa, y él parecía avergonzado.

Leamas salió del piso y bajó por la calle desierta en dirección al parque. Había niebla. Un poco más abajo —no lejos de allí, a unos treinta pasos, quizás algo más— se destacaba la figura de un hombre con impermeable, bajo y más bien rechoncho. Apoyado contra la verja del parque, se recortaba entre la niebla cambiante. Cuando se acercó Leamas, la niebla pareció espesarse y cerrarse en torno a la figura de la verja, y cuando se disipó, el hombre ya se había ido.

No se fía

Poco después, aproximadamente una semana más tarde, Leamas dejó de ir un día a la biblioteca. La señorita Crail estaba encantada; a las once y media se lo había contado a su madre, y al volver del almuerzo se quedó parada ante las estanterías de arqueología donde él había trabajado desde que llegó. Permaneció mirando, con una fijeza teatral, las hileras de libros, y Liz comprendió que fingía averiguar si Leamas había robado algo.

Liz prescindió completamente de ella durante el resto del día, dejando de contestar cuando ella le preguntaba, y trabajando con aplicación. Al llegar la noche, volvió a casa a pie y se durmió llorando.

A la mañana siguiente llegó pronto a la biblioteca. Sin saber por qué, pensaba que cuanto antes llegase, antes podría acudir Leamas; pero a medida que pasaba lentamente la mañana, sus esperanzas se extinguían, y comprendía que él no llegaría jamás. Aquel día se había olvidado de prepararse unos bocadillos, de modo que decidió coger un autobús que la llevase a Bayswater Road para ir a comer al A.B.C. Se sentía mareada y vacía, pero sin hambre. ¿Y si fuera a buscarle? Había prometido no seguirle nunca, pero él le prometió contárselo todo. ¿Iría a buscarle?

Hizo señas a un taxi y le dio la dirección de Alec.

Subió por la deslucida escalera y apretó el timbre de su puerta. El timbre parecía roto: no oyó nada. Había tres botellas de leche en la estera de la puerta y una carta de la compañía eléctrica. Vaciló un momento; luego golpeó la puerta y oyó el leve gemido de un hombre. Se precipitó por las escaleras al piso de abajo, aporreó la puerta y pulsó el timbre. No recibió respuesta, de modo que bajó corriendo otro tramo y se encontró en la trastienda de un comercio de comestibles. En un rincón había una vieja sentada, meciéndose hacia delante y atrás en su butaca.

—En el piso de arriba —casi gritó Liz— hay alguien que se encuentra muy mal. ¿Quién tiene una llave?

La vieja la miró durante un momento, y luego dirigió la vista hacia donde estaba la tienda.

—Arthur, entra acá; Arthur, ¡hay uña chica aquí!

Un hombre con un peto pardo y un sombrero tirolés gris asomó la cabeza por la puerta.

—¿Una chica?

—Hay alguien gravemente enfermo en el piso de arriba —anunció Liz—, no puede llegar a la puerta de la escalera y abrirla. ¿Tiene usted una llave?

—No —contestó el tendero—, pero tengo un martillo.

Y se precipitaron escaleras arriba juntos; el tendero, siempre con su sombrerito, llevando un gran destornillador y un martillo. Golpeó reciamente la puerta y esperaron conteniendo el aliento alguna respuesta. Pero ésta no llegó.

—Antes oí un gemido, le aseguro que lo oí —susurró Liz.

—¿Pagará usted esta puerta si la echo abajo?

—Sí.

El martillo hizo un ruido terrible. Con tres golpes arrancó un trozo de marco, y la cerradura saltó con ella. Liz entró delante y el tendero la siguió. El cuarto estaba terriblemente frío y oscuro, pero en la cama del rincón pudieron distinguir la figura de un hombre.

«Ay, señor —pensó Liz—, si está muerto, creo que no podré tocarlo».

Pero se acercó a él, y aún estaba vivo. Descorrió las cortinas y se arrodilló junto a la cama.

—Ya le llamaré si le necesito, gracias —dijo.

Y el tendero asintió y se fue escalera abajo.

—Alec, ¿qué es eso? ¿Qué te ha puesto malo? ¿Qué es esto, Alec?

Leamas movió la cabeza en la almohada. Sus ojos hundidos estaban cerrados. La barba oscura resaltaba en la palidez de su cara.

Alec, tienes que decírmelo, por favor, Alec.

Apretaba una de sus manos entre las suyas, mientras las lágrimas le caían por las mejillas. Desesperadamente, pensó qué podía hacer; luego se levantó y corrió hacia la cocina para poner agua a hervir. No sabía claramente qué debía hacer, pero le consolaba hacer algo. Después de poner el agua al fuego, recogió el bolso, se llevó la llave de Leamas de la mesilla, bajó corriendo los cuatro tramos hasta la calle y cruzó a la farmacia de enfrente. Compró gelatina de ternera, extracto de carne y aspirinas. Cuando estaba a punto de llegar a la puerta, volvió atrás y compró un paquete de galletas. En total le costó dieciséis chelines, lo que la dejó con cuatro chelines en el bolso y once libras en la libreta de la caja de ahorros, pero hasta el día siguiente no podía sacar nada. Cuando volvió al piso, el agua había empezado a hervir.

Hizo el té con el extracto de carne, como lo hacía su madre, en un vaso con una cucharilla dentro para que no se resquebrajara, todo el tiempo mirándolo como temiendo que estuviera muerto.

Tuvo que ponerle algún apoyo para lograr que se bebiese el té. Sólo tenía una almohada y en la habitación no había almohadones, de modo que descolgó el abrigo que había detrás de la puerta, hizo con él un lío y lo arregló detrás de la almohada. Le asustaba tocarle; estaba tan empapado en sudor, que tenía el corto pelo gris húmedo y resbaladizo. Puso la taza junto a la cama, le sostuvo la cabeza con una mano y le dio el té con la otra. Después de hacerle tomar unas cuantas cucharadas, aplastó dos aspirinas y se las dio en la cuchara. Le hablaba como si fuera un niño, sentada en el borde del colchón, mirándole, pasándole a veces los dedos por la cabeza y la cara, y susurrando su nombre una y otra vez:

—Alec, Alec.

Poco a poco, su respiración se hizo más regular y su cuerpo se ablandó, al pasar del tenso dolor de la fiebre a la calma del sueño. Liz, observándole, comprendió que lo peor había pasado. De pronto se dio cuenta de que casi había oscurecido.

Entonces se sintió avergonzada, porque sabía que debería limpiar y ordenar. Se incorporó de un salto, buscó la escoba y un plumero en la cocina, y se puso a trabajar con energía febril. Encontró un mantel de té limpio, lo extendió bien sobre la mesilla y fregó las tazas y platos sueltos que había por la cocina. Cuando acabó, miró el reloj y vio que eran las ocho y media. Puso a hervir más agua y volvió junto a la cama.

—Alec, no lo tomes a mal, por favor —dijo—; me iré, te lo prometo; pero deja que te haga una comida decente. Estás mal, no puedes seguir así, estás... ¡oh, Alec!

Y se derrumbó llorando, con las manos en la cara, y las lágrimas corriendo por entre sus dedos, como las lágrimas de un niño. Él la dejó que llorase, mirándola con sus ojos oscuros, las manos aferradas a la sábana.

Le ayudó a lavarse y afeitarse, y encontró ropa de cama limpia. Le dio gelatina de ternera del tarro que había comprado en la farmacia. Sentada en la cama, miraba cómo comía y pensaba que jamás había sido tan feliz.

Pronto se quedó dormido; ella le remetió la manta por los hombros y se acercó a la ventana. Separó las ajadas cortinas, levantó el bastidor y se asomó. Había otras dos ventanas con luz en el patio. En una veía la centelleante silueta azul de una pantalla de televisión, con las figuras a su alrededor, inmovilizadas por su hechizo; en la otra, una mujer muy joven se arreglaba unos rizadores en el pelo. Liz sintió deseos de llorar por el áspero engaño de sus sueños.

Se quedó dormida en la butaca y no despertó hasta que casi fue de día, sintiéndose rígida y fría. Se acercó a la cama: Leamas se movió algo cuando lo miró y le tocó los labios con la punta de los dedos. No abrió los ojos, pero extendió suavemente el brazo y la atrajo a la cama, y de repente ella lo deseó terriblemente, y nada importaba, y le volvió a besar una y otra vez. Cuando lo miró, él parecía sonreír.

Durante seis días, Liz fue día tras día. Él nunca le hablaba mucho, y una vez que ella preguntó si la quería, contestó que no creía en cuentos de hadas. Ella se tumbaba en la cama, apoyándole la cabeza en el pecho, y a veces él le pasaba sus recios dedos entre el pelo, apretándoselo fuertemente, y Liz se reía y decía que le hacía daño. El viernes por la tarde le encontró vestido, pero sin afeitar, y le extrañó que no se hubiera afeitado. Por alguna razón inexplicable, se sentía alarmada. Faltaban del cuarto algunas pequeñas cosas: el reloj y la radio portátil barata que estaba en la mesa. Quiso hacerle una pregunta, pero no se atrevió. Había comprado huevos y jamón, y los preparó de cena, mientras Leamas, sentado en la cama, fumaba un cigarrillo tras otro. Cuando estuvo todo dispuesto, fue a la cocina y volvió con una botella de vino tinto.

Él apenas habló durante la cena, y ella le observó con un temor creciente, hasta que no pudo soportarlo más y exclamó de repente:

—Alec..., oh, Alec..., ¿qué es eso? ¿Es la despedida?

Él se levantó de la mesa, le cogió las manos y la besó de un modo como no lo había hecho nunca, hablándole suavemente durante mucho tiempo de cosas que ella sólo entendía oscuramente y que sólo oía a medias, porque durante todo el tiempo supo que era el final y ya nada le importaba.

—Adiós, Liz —dijo—. Adiós.

Y luego.

—No me sigas. No lo vuelvas a hacer.

Liz asintió murmurando:

—Como acordamos.

Agradeció el mordiente frío de la calle y la oscuridad que ocultaba sus lágrimas.

A la mañana siguiente, sábado, fue cuando Leamas pidió al tendero que le fiara. Lo hizo sin mucho arte, de un modo que no era el más apropiado para lograrlo. Encargó media docena de cosas —no sumaban más de una esterlina—, y cuando estuvieron envueltas y metidas en la bolsa, dijo:

—Sería mejor que me mandara esta cuenta.

El tendero sonrió con dificultad.

—Me temo que no podré hacerlo —le respondió.

Faltaba claramente la palabra «señor».

—¿Por qué diablos no? —preguntó Leamas, y la cola de clientes detrás de él se removió con inquietud.

—No le conozco a usted —contestó el tendero.

—No sea majadero —dijo Leamas—. Llevo cuatro meses viniendo aquí.

El tendero enrojeció.

—Siempre pedimos la referencia de un banco antes de fiar cualquier cosa —repuso, y Leamas perdió la compostura.

—No me venga con chulerías imbéciles —gritó—, la mitad de sus clientes no han entrado nunca en un banco, ni entrarán en su asquerosa vida.

Eso era una herejía, porque era verdad.

—No le conozco a usted de nada —repitió el tendero estropajosamente—, ni es una persona de mi agrado. Ahora váyase de mi tienda.

Y trató de recuperar el paquete que, por desgracia, Leamas ya había agarrado. Después hubo diferentes opiniones sobre lo que ocurrió a continuación. Unos dijeron que el tendero, tratando de recuperar la bolsa, empujó a Leamas; otros dijeron que no. Lo hiciera o no, Leamas le golpeó —la mayoría de la gente creía que dos veces—, sin abrir la mano derecha, con la que seguía sosteniendo la bolsa. Pareció lanzar el golpe, no con el puño, sino con el canto de la mano izquierda, y luego, en el mismo movimiento, asombrosamente rápido, con el codo izquierdo. El tendero se desplomó al instante y quedó inmóvil como una piedra. Después se dijo ante el tribunal, y no lo negó la defensa, que el tendero había recibido dos lesiones: un pómulo fracturado en el primer golpe y una mandíbula dislocada en el segundo. Las noticias en la prensa diaria fueron precisas, pero no muy detalladas.

Contacto

Por la noche, estaba tumbado en su litera oyendo los ruidos de los presos. Había un muchacho que sollozaba y un viejo reincidente que cantaba *On Ilkley Moor bar t'at*, llevando el compás con la lata de la comida. Había un carcelero que gritaba: «Cierra el pico, George, miserable zoquete», después de cada verso, pero nadie le hacía caso. Había un irlandés que cantaba canciones sobre el Ejército Republicano Irlandés, aunque los demás decían que estaba allí por una violación.

Leamas, durante el día, hacía todo el ejercicio que podía, con la esperanza de lograr dormir por la noche, pero era inútil. De noche, uno sabía que estaba en la cárcel; de noche no había nada, no había truco de visiones o autoengaño que le salvara a uno del encierro nauseabundo de la celda. No podía uno cerrar el paso al sabor de la prisión, al olor del uniforme de la prisión, al hedor de las instalaciones sanitarias de la prisión, intensamente desinfectadas, a los ruidos de los presos. Entonces, de noche, era cuando la indignidad del cautiverio se hacía apremiantemente insufrible; entonces era cuando odiaba la grotesca jaula de acero que le retenía, y había de refrenar a la fuerza el afán de lanzarse contra los barrotes con los puños desnudos, de partirles el cráneo a los carceleros y lanzarse a la libertad, al espacio libre de Londres. A veces pensaba en Liz. Fijaba su mente en ella brevemente, como el objetivo de una cámara; recordaba por un momento el contacto ligeramente duro de un cuerpo largo, y luego la apartaba de su memoria. Leamas no era un hombre acostumbrado a vivir de sueños.

Despreciaba a sus compañeros de celda, y ellos le odiaban. Le odiaban porque lograba ser lo que todos, en el fondo de su corazón, anhelaban ser: un misterio. Él preservaba de la comunidad una parte visible de su personalidad: a él no se le podía impulsar a que, en momentos sentimentales, hablara de su novia, de su familia o de sus hijos. No sabían nada de Leamas; esperaban, pero él no se acercaba a ellos. Los presos nuevos son, generalmente, de dos especies: unos, por vergüenza, miedo o trastorno esperan con fascinado horror a que los inicien en las astucias de la vida de la prisión, y otros comercian con su mísera condición de novatos para hacerse querer por la comunidad. Leamas no hacía ninguna de esas dos cosas. Parecía satisfecho con despreciarlos a todos, y todos le odiaban porque, como el mundo exterior, no tenía necesidad de ellos. Al cabo de unos diez días, se sintieron satisfechos. Los grandes no recibieron homenaje alguno, los pequeños no obtuvieron ningún consuelo, de modo que le dieron un «apretón» en la cola de la comida. El «apretón» es un ritual carcelario semejante a la costumbre dieciochesca del «empujón». Simula ser un accidente, tan sólo aparente, en el que se vuelca el plato de estaño del preso, vertiéndole el contenido sobre el uniforme. A Leamas le empujaron por un lado, mientras una mano oportuna bajaba sobre su antebrazo, y la cosa quedó hecha. Leamas no dijo nada, miró pensativamente a los dos hombres que tenía al lado y aceptó en silencio los sucios insultos de un carcelero que sabía muy bien lo que había pasado.

Cuatro días después, mientras trabajaba con una azada en los macizos de flores de la cárcel, pareció tropezar. Sujetaba la azada con las dos manos a través del cuerpo, con el extremo del mango sobresaliendo unas seis pulgadas del puño derecho. Cuando se esforzó por recobrar el equilibrio, el prisionero que estaba a su derecha se dobló con un gruñido de angustia, los brazos cruzados en el vientre. Después de eso ya no hubo más «apretones».

Quizá la cosa más extraña de todo lo de la cárcel fue lo del paquete de papel de estraza cuando salió. Con una asociación ridícula, le recordó la ceremonia de la boda: con este anillo te caso, con este paquete de papel de estraza te devuelvo a la sociedad. Se lo entregaron, al tiempo que le hacían firmar un recibo que contenía todo lo que poseía en el mundo.

Parecía un preso tranquilo. No hubo quejas contra él. El director de la cárcel, que estaba vagamente interesado en su caso, lo atribuía todo a la sangre irlandesa que juraba notar en Leamas.

—¿Qué va a hacer —le preguntó— cuando se vaya de aquí?

Leamas contestó, sin asomos de sonrisa, que le parecía que iba a empezar otra vez por el principio, y el director de la cárcel dijo que le parecía excelente.

—¿Y qué hay de su familia? —preguntó—. ¿No podría arreglarse con su mujer?

—Lo intentaré —contestó Leamas con indiferencia—. Pero se ha vuelto a casar.

El funcionario que se ocupaba de la libertad bajo vigilancia le pidió que se hiciera enfermero en un manicomio de Buckinghamshire, y Leamas estuvo de acuerdo en solicitarlo. Incluso anotó la dirección y apuntó el horario de los trenes, que salían de Marylebone.

—Ahora hay tren eléctrico hasta Great Missenden —añadió el funcionario, y Leamas dijo que eso le vendría bien.

Y así, le dieron el paquete y se marchó. Cogió un autobús hasta Marble Arch y se puso a pasear. Tenía en el bolsillo un poco de dinero y pensaba regalarse con una comida decente. Pensó en ir paseando por Hyde Park hasta Piccadilly, luego, a través de Green Park y St. Jame's Park, hasta Parliament Square, y después erraría por Whitehall abajo, hasta el Strand, donde podía ir al gran café cercano a la estación de Charing Cross y tomarse un buen bistec por seis chelines.

Londres estaba hermoso ese día. La primavera había llegado con cierto retraso y los parques se hallaban llenos de narcisos y azafranes. Soplaba del sur un viento frío, purificante; podría haberse pasado todo el día paseando. Pero seguía con el paquete encima y tenía que librarse de él. Las papeleras eran demasiado pequeñas; su aspecto hubiera parecido absurdo intentando meter a empujones su paquete en una de ellas. Recordó que había un par de cosas que tenía que sacar; sus miserables papeles, la tarjeta del Seguro Nacional, el carnet de conducir y su E.93 —fuera lo que fuera—, en un sobre amarillento de Servicio Oficial, pero de repente, se le fueron las ganas de hacerlo. Se sentó en un banco y tiró el paquete a un lado, no demasiado cerca, y se alejó un poco de él. Al cabo de un par de minutos se volvió atrás por la vereda y dejó el paquete donde estaba. Acababa de entrar por la vereda, cuando oyó un grito: se volvió, quizá con cierta brusquedad, y vio a un hombre con impermeable militar que le hacía señas con una mano, sosteniendo el paquete de papel de estraza con la otra.

Leamas tenía las manos en los bolsillos y no las sacó; se quedó quieto, mirando por encima del hombro al del impermeable. El hombre vaciló; evidentemente, esperaba que Leamas se le acercara o hiciera alguna señal de interés, pero Leamas no la hacía. Al contrario, se encogió de hombros y siguió por la vereda adelante. Oyó otro grito y no hizo caso, aunque notó que el hombre le seguía. Oyó sus pasos en la grava, medio corriendo, que se acercaban deprisa, y luego una voz, un poco jadeante, un poco ofendida:

—¡Eh, oiga..., usted, a ver!

Y después se dirigió a él a quemarropa, de modo que Leamas se detuvo, se volvió y le miró.

—¿Qué?

—Este paquete es suyo, ¿no?, se lo dejó en el banco. ¿Por qué no se detuvo cuando le llamé?

Alto, con el pelo oscuro bastante rizado; corbata naranja y camisa verde pálido: un poquito presumido, un poquito afeminado, pensó Leamas. Podía ser un maestro de escuela, un graduado de la Escuela de Economía de Londres, y dirigir un grupo dramático de barrio.

—Déjelo donde estaba —dijo Leamas—. No lo quiero.

El hombre enrojeció.

—No lo puede dejar ahí así como así —repuso—. Es basura.

—Sí que puedo, demonios —contestó Leamas—. Alguien encontrará en qué usarlo.

—Iba a continuar adelante, pero el desconocido seguía plantado ante él sosteniendo el paquete con los brazos como si fuera un niño pequeño.

—No me quite la luz —dijo Leamas—. ¿Le importa?

—Mire usted —dijo el desconocido, y su voz había subido de tono—: estoy tratando de hacerle un favor. ¿Por qué se muestra tan grosero?

—Si tanto empeño tiene usted en hacerme un favor —replicó Leamas—, ¿por qué me viene siguiendo desde hace media hora?

«Está muy bien —pensó Leamas—, no ha acusado el golpe, pero hay que pegarle hasta dejarle tieso».

—Creía que era usted uno que conocí en Berlín, si se empeña en saberlo.

—¿Y por eso me ha seguido durante media hora?

La voz de Leamas estaba cargada de sarcasmo: sus ojos oscuros no abandonaban por un momento la cara del otro.

—Nada de hace media hora. Le vi en Marble Arch y pensé que era Alec Leamas, un hombre que me prestó dinero. Yo estaba en la BBC en Berlín, y allí estaba ese hombre que me prestó dinero. Lo tengo en la conciencia desde entonces, y por eso le he seguido. Quería convencerme.

Leamas siguió mirándole y pensó que no estaba tan bien, pero que estaba suficientemente bien. Su cuento era apenas creíble... eso no importaba. Lo importante era que había sacado algo nuevo y se aferró a ello después que Leamas hubo echado a perder lo que prometía ser un arranque clásico.

—Soy Leamas —dijo por fin—, ¿quién demonios es usted?

Afirmó que se llamaba Ashe, con e, añadió rápidamente, y Leamas comprendió que mentía. Fingió no estar muy seguro de que Leamas fuera realmente Leamas, de modo que mientras almorzaban abrieron el paquete y miraron la tarjeta del Seguro Nacional, según pensó Leamas, como un par de maricas miran una postal indecente. Ashe pidió el almuerzo con un poco menos del cuidado debido al precio, y bebieron Frankenwein para recordar los viejos tiempos. Leamas, desde un principio, se empeñó en que no era capaz de recordar a Ashe, y Ashe dijo que le sorprendía. Lo dijo en un tono como dando a entender que le ofendía. Se habían conocido en una reunión, dijo, que dio Derek Williams en su piso junto al Ku-Damm (en eso acertaba), y todos los periodistas habían estado allí: seguro que Leamas lo recordaba, ¿no? No. Leamas no se acordaba. Bueno, seguramente se acordaría de Derek Williams, el del *Observer*, aquel tan simpático, que daba unas reuniones tan estupendas a base de pizza. Leamas tenía una memoria catastrófica para los nombres; al fin y al cabo, hablaban del año 54; desde entonces, había llovido mucho... Ashe se acordaba (su nombre de pila, por cierto, era Williams, pero casi todos le llamaban Bill): Ashe lo recordaba de un modo «vívido». Habían bebido combinados, coñac y crema de menta, y estaban todos bastante «trompas». Derek había llevado unas chicas realmente estupendas, medio cabaret de Malkasten: seguro que ahora sí se acordaría Alec, ¿no? Leamas pensó que probablemente volvería a caer en ello, si Bill seguía un poco adelante con el asunto.

Bill siguió adelante, improvisando, sin duda, pero lo hacía bien, exagerando un poco el lado picante: cómo habían acabado en un cabaret con tres de aquellas chicas; Alec, un tipo de la oficina del consejero político y Bill; y Bill se había visto tan apurado porque no llevaba dinero encima, y Alec había pagado, y Bill se había querido llevar una chica a su casa, y Alec le había prestado otro de diez...

—Demonios —dijo Leamas—: ahora sí que me acuerdo.

—Ya sabía yo que sí se acordaría —dijo Ashe, feliz, asintiendo con la cabeza hacia Leamas, mientras bebía—. Mire, vamos a bebernos la otra media; es muy divertido.

Ashe era un ejemplar típico de ese estrato de la humanidad que actúa en las relaciones humanas conforme a un principio de acción y reacción. Donde había blandura, avanzaba; donde encontraba resistencia, se retiraba. Sin tener él mismo ninguna opinión ni gusto especial, se atenía a lo que les fuera bien a los que acompañara. Estaba tan dispuesto a tomar té en Fortnum como cerveza en el Prospect de Whitby; escuchaba música militar en St. Jame's Park lo mismo que jazz en algún sótano de Compton Street; su voz temblaba de identificación cuando hablaba de Sharpeville o de indignación ante el crecimiento de la población de color en Gran Bretaña. A Leamas, este papel notoriamente pasivo le resultaba repelente; hacía que aflorase lo que había en él de chulo, de modo que llevaba al otro cautamente a alguna posición comprometedora y luego se retiraba él mismo, con lo que Ashe continuamente tenía que retirarse de algún callejón sin salida donde Leamas le había metido con algún cebo. Hubo momentos durante aquella tarde en que Leamas fue tan descaradamente perverso que Ashe tenía motivos para poner fin a su charla; razón de más, ya que pagaba él, pero no lo hizo. El hombrecillo con gafas, sentado solo a una mesa de al lado y sumergido en un libro sobre la fabricación de rodamientos de bolas, podría haber deducido que Leamas se entregaba a un juego sádico, o quizá (si era hombre de especial sutileza) que Leamas estaba demostrando para su propia certidumbre que sólo un hombre que tuviera una verdadera razón secreta podía aguantar tal clase de tratamiento.

Eran casi las cuatro cuando pidieron la cuenta; Leamas se empeñó en pagar su parte. Ashe no quería ni oír hablar de ello: pagó la cuenta y sacó su talonario para ajustar su deuda con Leamas.

—Veinte de las buenas —dijo, y rellenó la fecha en el cheque.

Luego levantó la vista hacia Leamas, servicial y con los ojos muy abiertos.

—Supongo que le parecerá bien un cheque, ¿no?

Enrojeciendo un poco, Leamas contestó:

—En este momento, no tengo banco... acabo de regresar de fuera; tengo un asunto que arreglar. Mejor deme un talón y lo cobraré en su banco.

—Mi querido amigo, ¡ni hablar de eso! Tendría usted que ir hasta Rotherhithe para cobrar éste.

Leamas se encogió de hombros y Ashe se echó a reír, y luego acordaron en reunirse en el mismo sitio al día siguiente, a la una; Ashe le llevaría el dinero al contado.

Ashe cogió un taxi en la esquina de la calle Compton y Leamas agitó su mano hasta que se perdió de vista. Cuando se hubo marchado, miró el reloj. Eran las cuatro. Sospechó que todavía debían seguirle, de modo que bajó a pie hasta Fleet Street y tomó una taza de café solo en el Black and White. Miró unas librerías, leyó los periódicos de la tarde que estaban expuestos en los escaparates de las oficinas de las redacciones, y luego, de repente, como si se le hubiera ocurrido la idea en el último instante, subió de un salto a un autobús. El autobús llegó hasta Ludgate Hill, donde quedó bloqueado en un atasco de circulación junto a una estación del metro: Leamas bajó y cogió un metro. Había sacado un billete de seis peniques: se situó en el extremo del vagón y se apeó en la estación siguiente. Allí cogió otro tren hacia Euston y emprendió la vuelta a Charing Cross. Eran las nueve cuando alcanzó la estación y el frío había aumentado bastante. Una camioneta estaba esperando allí delante; el conductor se había dormido. Leamas lanzó una ojeada a la matrícula, se acercó y llamó por la ventanilla:

—¿Viene de parte de Clements?

El conductor despertó sobresaltado y preguntó:

—¿El señor Thomas?

—No —contestó Leamas—. Thomas no pudo venir. Soy Amies, de Hounslow.

—Suba, señor Amies —contestó el conductor abriendo la puerta.

Marcharon hacia el oeste, hacia King's Road. El conductor conocía el camino.

Abrió la puerta Control.

—George Smiley está fuera —dijo—. Me ha prestado la casa. Adentro.

Sólo cuando Leamas estuvo dentro y cerró la puerta de la casa, Control encendió la luz del vestíbulo.

—Me siguieron hasta la hora del almuerzo —dijo Leamas.

Entraron a una salita. Había libros por todas partes. Era una habitación muy bonita: alta, con molduras dieciochescas, largas ventanas y una chimenea.

—Fueron a buscarme esta mañana. Un tal Ashe —encendió un cigarrillo—. Un mariquita. Mañana nos reuniremos otra vez.

Control escuchó atentamente el relato de Leamas, paso a paso, desde el día en que golpeó a Ford, el tendero, hasta su encuentro de esa mañana con Ashe.

—¿Qué tal encontró la cárcel? —preguntó Control. Lo mismo podría haber preguntado si Leamas había pasado bien sus vacaciones—. Lamento no haber podido mejorar las condiciones de su estancia y haberle proporcionado algunas comodidades especiales, pero eso no hubiera sido conveniente.

—Claro que no.

—Uno debe ser coherente. En todas las coyunturas, uno debe ser coherente. Además, estaría mal romper el encanto. Tengo entendido que estuvo usted enfermo. ¿Qué tuvo?

—Un poco de fiebre.

—¿Cuánto tiempo estuvo en cama?

—Unos diez días.

—¡Qué trastorno! Y nadie que le cuidara, desde luego.

Hubo un silencio muy largo.

—Usted sabe que ella es del Partido, ¿no? —preguntó sosegadamente Control.

—Sí —contestó Leamas. Otro silencio—. No quiero que se la meta en esto.

—¿Por qué habría que meterla? —preguntó Control con vivacidad, y por un momento, un momento tan sólo, Leamas creyó haber perforado su revestimiento de despego académico—. ¿Quién dice que ha de ser así?

—Nadie —contestó Leamas—; sólo quiero dejarlo bien claro. Sé cómo evolucionan esas cosas, todas las operaciones son ofensivas. Tienen derivaciones; entran en giros repentinos, en direcciones inesperadas. Uno piensa haber pescado un pez, y se encuentra que ha atrapado otro. Quiero que ella quede al margen de todo.

—Ah, por supuesto, por supuesto.

—¿Quién es ese hombre de la Oficina de Empleo... Pitt? ¿No estaba en Cambridge Circus durante la guerra?

—No conozco a nadie que se llame así. ¿Pitt, dice usted?

—Sí.

—No, ese nombre no me dice nada. ¿En la Oficina de Empleo?

—Ah, vamos, ya está bien —masculló sonoramente Leamas.

—Lo siento —dijo Control poniéndose en pie—. Descuido mis deberes de anfitrión sustituto. ¿Quiere algo de beber?

—No. Quiero marcharme esta noche, Control. Ir al campo y hacer un poco de ejercicio. ¿Está abierta la casa?

—He preparado un coche... —dijo él—. ¿A qué hora verá a Ashe mañana? ¿A la una?

—Sí.

—Llamaré a Haldane y le diré que necesita usted pasta. Además, le iría bien que visitara a algún médico. Por eso de la fiebre.

—No necesito ningún médico.

—Como quiera.

Control se sirvió un whisky y empezó a mirar distraídamente los libros de las estanterías de Smiley.

—¿Por qué no está aquí Smiley? —preguntó Leamas.

—No le gusta la operación —contestó Control con indiferencia—. La encuentra desagradable. Ve su necesidad, pero no quiere tomar parte en ella. La fiebre de Smiley —añadió Control con sonrisa caprichosa— es recurrente.

—No me recibió precisamente con los brazos abiertos.

—Eso es. No quiere tomar parte en ello. Pero

¿le ha hablado de Mundt, le ha dado las referencias esenciales?

—Sí.

—Mundt es un hombre muy duro —reflexionó Control—. No deberíamos olvidarlo nunca. Y un buen agente de espionaje.

—¿Sabe Smiley el motivo de la operación, el interés especial?

Control asintió con la cabeza y tomó un sorbo de whisky.

—¿Y sigue sin gustarle?

—No es cuestión de moral. Es como el cirujano que se ha cansado de la sangre. Le parece bien que otros operen.

—Dígame —continuó Leamas—, ¿cómo está usted tan seguro de que esto nos llevará adonde queremos? ¿Cómo sabe usted que son los alemanes orientales quienes están metidos en ello y no los checos o los rusos?

—Esté tranquilo —repuso Control con cierta pomposidad—, ya se ha pensado en eso.

Cuando llegaron a la puerta, apoyó suavemente la mano en el hombro de Leamas.

—Éste es su último trabajo —dijo—. Luego puede retirarse del frío. En cuanto a esa chica... ¿quiere que hagamos algo por ella, dinero o lo que sea?

—Cuando se acabe todo. Entonces, yo mismo me ocuparé de ello.

—Muy bien... Sería muy arriesgado hacer algo ahora.

—Sólo quiero que se quede sola —repitió con empeño Leamas—; no quiero que la compliquen en esto. No quiero que tenga ni ficha ni nada. Quiero que la olviden.

Movió la cabeza hacia Control y se deslizó saliendo hacia el aire de la noche. Hacia el frío.

Kiever

Al día siguiente, Leamas llegó con veinte minutos de retraso a su almuerzo con Ashe y el aliento oliendo a whisky. Sin embargo, no por eso fue menor el placer de Ashe al verlo. Afirmó que él también acababa de llegar en ese momento: se había retrasado un poco yendo al banco y le entregó un sobre.

—De una —dijo Ashe—. Espero que estará bien, ¿no?

—Gracias... —contestó Leamas—, vamos a beber algo.

No se había afeitado y tenía el cuello de la camisa sucio. Llamó al camarero y pidió de beber, un whisky largo para él y una ginebra con angostura para Ashe. Cuando llegaron las bebidas, a Leamas le tembló la mano al echar la soda en el vaso y estuvo a punto de volcarlo.

Comieron bien, y bien rociado. Ashe llevaba la voz cantante. Tal como Leamas había supuesto, empezó por hablar de sí mismo: un viejo truco, y no demasiado malo.

—A decir verdad, últimamente me he metido en una cosa bastante buena —dijo Ashe—; reportajes ingleses, de corresponsales independientes, para la prensa extranjera. Después de Berlín, al principio se me complicaron bastante las cosas; la BBC no me quiso renovar el contrato y acepté un empleo, la dirección de un horrible semanario de quiosco, dedicado a pasatiempos para los ancianos. ¿Puede imaginarse usted algo más espantoso? Se hundió a la primera huelga de impresores; no le sabría explicar qué alivio sentí. Luego me fui a vivir con mi madre a Cheltenham durante una temporada; ella lleva una tienda de antigüedades y se las arregla muy bien, cómo no, a decir verdad. Más tarde recibí una carta de un viejo amigo, se llama Sam Kiever, por cierto, que ponía en marcha una nueva agencia para pequeños reportajes sobre la vida inglesa especialmente apropiados para periódicos extranjeros. Ya sabe cómo es eso: seiscientas palabras sobre bailes folclóricos, etc. Sin embargo, Sam tenía un nuevo truco, vendía el material ya traducido, y, como sabe, eso significa una diferencia tremenda. Uno se imagina siempre que cualquiera puede pagar un traductor o hacerlo él mismo, pero si uno busca rellenar media columna con un reportaje sobre el extranjero, no le apetece desperdiciar tiempo y dinero en traducciones. La jugada de Sam fue ponerse en contacto personal con los directores de periódicos: dio vueltas por toda Europa como un gitano, el pobre, pero esto se paga a tocateja.

Ashe se detuvo, esperando que Leamas aceptara la invitación a hablar de sí mismo, pero Leamas no hizo caso. Se limitó a asentir aturdidamente y a decir:

—Fenomenal.

A Ashe le hubiera gustado pedir vino, pero Leamas dijo que seguiría con el whisky, y a la hora del café ya se había tomado cuatro de los largos. Parecía estar en mala forma; tenía la costumbre de los bebedores, de alargar la boca hacia el borde del vaso antes de beber, como si fuese a fallarle la mano y la bebida se le fuera a escapar. Ashe se quedó callado un momento.

—Usted conoce a Sam, ¿no? —preguntó.

—¿Sam?

Una nota de irritación apareció en la voz de Ashe.

—Sam Kiever, mi jefe; el tipo del que le hablaba.

—¿También estaba en Berlín?

—No. Conoce bien Alemania, pero nunca ha vivido en Berlín. Hizo un poco de «negro» en Bonn, reportajes independientes. Quizá le haya conocido. Es muy simpático.

—No creo.

Una pausa.

—¿Qué hace usted ahora, amigo? —le preguntó Ashe.

Leamas se encogió de hombros.

—Estoy en conserva —contestó sonriendo un tanto estúpidamente—. Retirado de la circulación y en conserva.

—No me acuerdo de lo que hacía en Berlín. ¿No era usted uno de esos misteriosos «guerreros fríos»?

«Dios mío —pensó Leamas—; las cosas están avanzando un poco». Vaciló, luego enrojeció y dijo furiosamente:

—Un botones de oficina para los asquerosos yanquis, como todos nosotros.

—Fíjese —dijo Ashe, como si llevara algún tiempo dando vueltas a la idea—; debería conocer a Sam. Le gustaría. —Y luego, preocupado—: Por cierto, ni siquiera sé dónde se le puede encontrar, Alec.

—No se puede —replicó Leamas con descuido.

—No lo entiendo, amigo. ¿Dónde para?

—Por ahí. Tengo algunos problemas. No tengo trabajo. Esos hijos de perra no me quisieron dar una pensión decente.

Ashe pareció horrorizado.

—Pero, Alec, eso es espantoso: ¿por qué no me lo dijo? Mire, ¿por qué no viene y se queda donde estoy yo? Es pequeño pero hay sitio para uno más si no le importa dormir en un catre. No se puede vivir entre los árboles, mi querido amigo.

—Estoy bien para pasar una temporada —replicó Leamas golpeándose el bolsillo que contenía el sobre—. Voy a buscar un trabajo —asintió decidido con la cabeza—; lo encontraré en una semana o así. Entonces estaré perfectamente.

—¿Qué clase de trabajo?

—Ah, no sé, cualquier cosa.

—Pero no se puede echar a la cuneta así como así, Alec. Usted habla alemán como un alemán, recuerdo que sí. Tiene que haber muchas cosas que pueda hacer.

—He hecho toda clase de cosas. Vender enciclopedias para una maldita empresa americana; clasificar libros en una biblioteca de psicología, perforar fichas de trabajo en una hedionda fábrica de pegamentos. ¿Qué demonios puedo hacer?

No miraba a Ashe, sino a la mesa que tenía delante, y sus temblorosos labios se movían deprisa. Ashe respondió a su animación, inclinándose hacia delante sobre la mesa, y hablando con énfasis, casi triunfalmente.

—Pero, Alec, usted necesita contactos, ¿no lo ve? Sé lo que es eso, yo también he hecho cola para comer. Entonces es cuando le hace falta conocer gente. No sé qué hacía usted en Berlín, ni quiero saberlo, pero no era el tipo de trabajo en el que podía encontrar gente que le interesara, ¿verdad? Yo, si no hubiera conocido a Sam en Poznan hace cinco años, aún seguiría haciendo cola. Mire, Alec, venga a vivir conmigo una semana o así. Invitaremos a Sam a que vaya, y quizás a uno o dos de aquellos viejos periodistas de Berlín, si hay alguno en la ciudad.

—Pero yo no sé escribir —repuso Leamas—. No sabría escribir ni la cosa más tirada.

Ashe apoyó la mano en el brazo de Leamas.

—Vamos, no se preocupe —dijo apaciguador—; vamos a tomar las cosas una a una. ¿Dónde tiene sus bártulos?

—¿Mis qué?

—Sus cosas: ropa, equipaje y todo eso.

—No tengo. He vendido lo que tenía... excepto el paquete.

—¿Qué paquete?

—El paquete de papel de estraza que usted recogió en el parque. El que yo trataba de abandonar.

Ashe tenía un piso en Dolphin Square. Era exactamente lo que Leamas esperaba: pequeño y anónimo, con unos pocos recuerdos de Alemania reunidos aprisa y corriendo: latas de cerveza, una pipa de campesino y unas piezas de Nymphenburg de segunda categoría.

—Paso los fines de semana con mi madre en Cheltenham —dijo—. Este sitio lo uso sólo entre semana. Me viene muy a mano —añadió como excusándose.

Arreglaron el catre en la diminuta salita. Eran cerca de las cuatro y media.

—¿Cuánto tiempo lleva aquí? —preguntó Leamas.

—Ah..., alrededor de un año o más.

—¿Lo encontró fácilmente?

—Estos pisos, ya sabe, vienen y van. Uno se apunta, y un día le llaman y le dicen que ya lo ha conseguido.

Ashe hizo té y bebieron. Leamas, huraño, como un hombre no acostumbrado a la comodidad. El mismo Ashe parecía un poco apagado. Después del té, Ashe dijo:

—Tengo que salir a comprar algunas cosas antes de que cierren las tiendas, luego decidiremos qué vamos a hacer. Podría llamar a Sam por teléfono esta noche; creo que cuanto antes se conozcan los dos, mejor. ¿Por qué no duerme un poco? Parece muy cansado.

Leamas asintió.

—Es usted tremendamente amable... —hizo un torpe gesto con la mano— por todo esto.

Ashe le dio un golpecito en el hombro, cogió su impermeable militar y se fue. Tan pronto como Leamas calculó que Ashe había salido de sobra del edificio, dejó entornada cuidadosamente la puerta de entrada y bajó la escalera hasta el vestíbulo central, donde había dos cabinas telefónicas. Marcó un número en Maida Vale, y preguntó por la secretaria del señor Thomas. Inmediatamente respondió una voz de muchacha:

—Aquí la secretaria del señor Thomas.

—Llamo de parte del señor Sam Kiever —dijo Leamas—; ha aceptado la invitación y espera entrar en contacto personal con el señor Thomas esta noche.

—Se lo haré saber al señor Thomas. ¿Sabe él dónde ponerse en contacto con usted?

—Dolphin Square —contestó Leamas, y dio la dirección—. Adiós.

Después de hacer unas averiguaciones en la portería, volvió al piso de Ashe y se sentó en el catre mientras se observaba las manos entrelazadas. Al cabo de un rato se tumbó. Decidió seguir el consejo de Ashe y descansar un poco. Al cerrar los ojos, recordó a Liz, tendida a su lado, en el piso de Bayswater, y se preguntó vagamente qué habría sido de ella.

Le despertó Ashe, acompañado por un hombre bajo, más bien gordo, con largo pelo gris peinado hacia atrás y una chaqueta cruzada. Hablaba con ligero acento centroeuropeo; quizás alemán, era difícil saberlo. Dijo que se llamaba Kiever, Sam Kiever.

Bebieron ginebra con tónica; Ashe era el que más hablaba. Como en los viejos tiempos, comentó, en Berlín: los muchachos reunidos con la noche a su disposición. Kiever dijo que no quería quedarse hasta demasiado tarde; tenía trabajo al día siguiente. Acordaron comer en un restaurante chino que conocía Ashe: estaba enfrente de la comisaría de Limehouse, y uno tenía que llevar su propio vino. Curiosamente, Ashe tenía algo de borgoña en la cocina, y se lo llevó en el taxi.

La cena fue muy buena y se bebieron dos botellas de vino. Kiever se abrió un poco con la segunda: acababa de volver de una gira por Alemania Occidental y Francia. De Gaulle subía y sólo Dios sabía lo que sería de ellos. Con cien mil colonos desmoralizados regresando de Argelia, suponía que el fascismo era inminente.

—¿Y qué hay de Alemania? —preguntó Ashe dándole la entrada.

—Todo es cuestión de saber si los yanquis pueden sujetarlos.

Kiever miró a Leamas como invitándole.

—¿Qué quiere usted decir? —preguntó Leamas.

—Lo que digo. Dulles les dio con una mano una política internacional; Kennedy se la quita con la otra. Se están irritando.

Leamas asintió bruscamente.

—Es típico de esos asquerosos yanquis —dijo.

—Parece que a Alec no le gustan nuestros parientes de America —comentó Ashe jugando fuerte.

Con absoluto desinterés murmuró Kiever:

—¿Ah sí?

Kiever jugaba muy despacio, reflexionó Leamas. Como si estuviera acostumbrado a los caballos, permitía que uno se le acercara. Representaba a la perfección al hombre que sospecha que se le va a pedir un favor, y no se deja ganar fácilmente.

Después de cenar, Ashe dijo:

—Conozco un sitio en Wardour Street; ya has estado allí, Sam. Lo hacen todo muy bien. ¿Por qué no llamamos un taxi y vamos allá?

—Un momento —intervino Leamas, y hubo algo en su voz que hizo que Ashe le mirara con viveza—. Díganme simplemente una cosa, ¿quieren? ¿Quién paga esta juerga?

—Yo —dijo Ashe rápidamente—; Sam y yo.

—¿Lo han tratado?

—Pues... no.

—Porque no tengo ni un céntimo: ya lo sabe, ¿no? No hay nada que rascar.

—Por supuesto, Alec. Le he cuidado hasta ahora, ¿no?

—Sí —contestó Leamas—; sí, es verdad.

Pareció estar a punto de decir algo más, y luego cambió de idea. Ashe parecía preocupado, no ofendido, y Kiever, tan inescrutable como antes.

Leamas rehusó hablar en el taxi. Ashe intentó alguna frase conciliatoria y él se limitó a encogerse de hombros irritado. Llegaron a Wardour Street y bajaron, sin que Leamas ni Kiever hicieran ningún ademán de pagar el taxi. Ashe les condujo por delante de un escaparate lleno de revistas eróticas, entrando por un estrecho callejón en cuyo extremo brillaba un rótulo de neón muy chillón: PUSSYWILLOW CLUB. RESERVADO A LOS SOCIOS. A ambos lados de la puerta había fotografías de chicas, a través de las cuales habían sujetado una estrecha tira de papel escrita a mano, que decía: «Estudio de Naturaleza. Reservado a los socios».

Ashe apretó el timbre. Abrió en seguida la puerta un hombre muy corpulento de camisa blanca y pantalones negros.

—Soy socio —dijo Ashe—. Estos dos caballeros vienen conmigo.

—¿Me enseña su tarjeta?

Ashe sacó de la cartera una tarjeta amarillenta y se la entregó.

—Sus invitados pagan un pavo por cabeza como socios temporales. Con su recomendación, ¿de acuerdo?

Blandió la tarjeta y, mientras lo hacía, Leamas se estiró por delante de Ashe y se la arrebató. La miró durante un momento y luego se la devolvió a Ashe.

Leamas sacó dos libras del bolsillo interior y las puso en la expectante mano del portero.

—Dos pavos —dijo— por los invitados.

Y sin hacer caso de las asombradas protestas de Ashe, les guió a través de la puerta y las cortinas hacia el vestíbulo en penumbra del club. Se dirigió al portero.

—Búsquenos una mesa —le ordenó Leamas—, y una botella de whisky. Y procure que nos dejen solos.

El portero vaciló un momento, decidió no discutir y les acompañó escaleras abajo. Al descender, oyeron el apagado gemido de una música ininteligible. Les dieron una mesa para ellos solos al fondo de la sala. Tocaba un dúo, y había chicas sentadas en grupos de dos y de tres. Cuando ellos entraron, se levantaron, pero el corpulento portero movió la cabeza. Ashe lanzó algunas miradas inquietas a Leamas mientras esperaban el whisky. Kiever parecía ligeramente aburrido. El camarero trajo una botella y tres vasos, y observaron en silencio cómo vertía un poco de whisky en cada uno. Leamas le quitó la botella y añadió otro tanto a cada vaso. Hecho esto, se inclinó sobre la mesa y le dijo a Ashe:

—Ahora tal vez me dirá usted qué diablos está pasando aquí.

—¿Qué quiere decir? —la voz de Ashe parecía insegura—. ¿Qué quiere usted decir, Alec?

—Me ha seguido desde la cárcel el día que me soltaron —empezó tranquilamente—, con el cuento asquerosamente idiota de que me había conocido en Berlín. Me dio dinero que no me debía. Me ha invitado a comidas caras y me está instalando en su piso.

—Si es así como... —empezó a decir Ashe.

—No me interrumpa —le cortó Leamas con ferocidad—. Espere sin rechistar hasta que yo acabe, ¿le importa? Su tarjeta de socio en este sitio está hecha para un tal Murphy. ¿Es ése su nombre?

—No, no lo es.

—Supongo que algún amigo llamado Murphy le prestó su tarjeta de socio.

—No, no es así, en realidad. Debe saber que de vez en cuando vengo aquí a buscar alguna chica. Usé un nombre falso para apuntarme en el club.

—Entonces —insistió inexorablemente Leamas—, ¿por qué Murphy está inscrito como inquilino de su piso?

Fue Kiever quien habló por fin.

—Tú corre a casa —le dijo a Ashe—. Yo me ocuparé de esto.

Una chica hacía striptease, una chica joven, insulsa, con una mancha oscura en el muslo. Tenía esa desnudez heroica y zanquilarga que resulta inquietante, porque no es erótica, porque es sencilla y sin deseo. Daba vueltas lentamente, con sacudidas intermitentes de los brazos y las piernas, como si oyera la música de un modo también intermitente, y todo el tiempo les miraba con el interés precoz de un niño en compañía de los mayores. El ritmo de la música aceleró bruscamente y la chica respondió como un perro al silbato, huyendo de un lado para otro. Al quitarse el sostén en la última nota, lo elevó sobre la cabeza, exhibiendo el flaco cuerpo con sus tres chillones parches de papel de estaño colgando de él como viejos adornos de un árbol de Navidad. Leamas y Kiever observaban en silencio.

—Supongo que me va a decir que en Berlín las hemos visto mejores —sugirió por fin Leamas, y Kiever se dio cuenta de que seguía muy irritado.

—Espero que «usted» sí —contestó en tono placentero—. Yo he estado muchas veces en Berlín, pero me temo que los *night-clubs* no son para mí.

Leamas no dijo nada.

—No es que yo sea un mojigato, fíjese, sino, al contrario, racional. Si necesito una mujer, conozco medios más baratos de encontrarla; si quiero bailar, conozco mejores sitios donde hacerlo.

Parecía como si Leamas no le escuchara.

—Quizás usted me diga por qué me ha recogido ese mariquita —sugirió.

Kiever asintió.

—Por supuesto. Se lo dije yo.

—¿Por qué?

—Usted me interesa. Quiero hacerle una proposición, una proposición periodística.

Hubo una pausa.

—Periodística —repitió Leamas—. Ya veo.

—Tengo una agencia, un servicio internacional de reportajes. Paga bien, muy bien, el material interesante.

—¿Quién publica el material?

—Paga tan bien, en realidad, que un hombre con su experiencia en... la escena internacional, un hombre con su base, ya me entiende, que proporcione material convincente y fáctico, podría librarse, en un tiempo relativamente breve, de sus preocupaciones económicas.

—¿Quién publica el material, Kiever?

En la voz de Leamas hubo un filo de amenaza, y por un momento, un momento sólo, una sombra de temor pareció cruzar la lisa cara de Kiever.

—Clientes internacionales. Tengo un corresponsal en París que despacha buena parte de mi material. Muchas veces ni siquiera sé quién lo publica, y confieso —añadió con una sonrisa que desarmaba— que me importa un comino. Pagan y piden más. Ésa es la clase de gente, ya ve, Leamas, que no crea más complicaciones con detalles incómodos; pagan al contado y les encanta hacerlo a través de bancos extranjeros, donde nadie se preocupa por cosas como los impuestos.

Leamas no dijo nada. Sostenía el vaso con las dos manos mirándole pasmado.

«Diablos, se está lanzando al ataque —pensó—. Es indecente». Se acordó de un estúpido chiste de cabaret: «Ésa es una oferta que ninguna chica decente aceptaría... y además, no sé cuánto vale». «Tácticamente —reflexionó— hacen bien en precipitarse. Yo llevo ventaja con la experiencia carcelaria aún fresca y el resentimiento social bien fuerte. Soy un gato viejo, no necesito ceremonias, no tengo que fingir que han ofendido mi viejo honor de caballero inglés». Por otro lado, ellos esperarían objeciones «prácticas». Esperarían que Leamas tuviera miedo; pues su Servicio de Inteligencia perseguía a los traidores como el ojo de Dios seguía a Caín a través del desierto.

Y, finalmente, ellos sabrían que era un juego de azar. Sabrían que la inconsistencia en las decisiones humanas puede convertir en insensatez el planeamiento de espionaje mejor organizado; que los tramposos, los embusteros y los delincuentes a veces resisten a toda incitación, mientras que respetables caballeros han sido inducidos a horrendas traiciones por turbias sisas en alguna cantina del ministerio.

—Tendrían que pagar una burrada —murmuró por fin Leamas.

Kiever le sirvió más whisky.

—Ofrecen un pago al contado de quince mil libras. El dinero ya ha sido ingresado en la Banque Cantonale de Berna. Puede retirarlo presentando su identificación adecuada, que mis clientes le proporcionarán. Mis clientes se reservan el derecho de hacerle más preguntas durante el término de un año pagándole otras cinco mil libras. Le ayudarán en cualquier... problema de nueva instalación que se pueda presentar.

—¿Cuándo necesita tener la respuesta?

—Ahora. Nadie espera que usted ponga por escrito cuanto recuerde. Usted se encontrará con mi cliente y él arreglará las cosas para recibir el material... escrito por un «negro».

—¿Cuándo se entiende que debo encontrarle?

—Por el bien de todos, nos ha parecido que sería más sencillo entrevistarnos fuera del Reino Unido. Mi cliente sugirió Holanda.

—No tengo pasaporte —dijo Leamas sordamente.

—Me he tomado la libertad de obtenérselo —contestó Kiever con suavidad. No había en su voz o en sus ademanes nada que indicara que hubiera hecho otra cosa más que tramitar un adecuado arreglo de negocios—. Saldremos en avión para La Haya mañana por la mañana a las nueve cuarenta y cinco. ¿Vamos a mi piso a discutir cualquier otro detalle?

Kiever pagó y cogieron un taxi hacia una dirección muy elegante, no lejos de St. Jame's Park.

El piso de Kiever era lujoso y caro, pero su contenido, no se sabía por qué, daba la impresión de haber sido reunido a toda prisa. Se dice que en Londres hay tiendas que venden libros encuadernados por metros, y decoradores que armonizan el colorido de las paredes con el de un cuadro. A Leamas, que no era especialmente sensible a tales sutilezas, le resultó difícil recordar que estaba en un piso particular y no en un hotel.

Cuando Kiever le llevó a su habitación —que daba a un lóbrego patio interior y no a la calle—, Leamas le preguntó:

—¿Cuánto tiempo lleva aquí?

—Oh, no hace mucho —contestó el otro con ligereza—, unos pocos meses, nada más.

—Debe costar una locura. Sin embargo, supongo que usted se lo merece.

—Gracias.

En su habitación había una botella de whisky y un sifón en una bandeja plateada. Una entrada con cortinas, al fondo, daba a un cuarto de baño y a un lavabo.

—Un verdadero nidito para el amor. ¿Todo pagado por el gran Estado de los Trabajadores?

—Cierre el pico —dijo Kiever furioso, y añadió—: Si me necesita para algo, hay un teléfono interior que comunica con mi habitación. Estaré despierto.

—Creo que ya sé abrocharme —contestó Leamas.

—Entonces, buenas noches —dijo Kiever secamente, y salió de la habitación.

«Éste también está en vilo», pensó Leamas.

El teléfono junto a la cama despertó a Leamas. Era Kiever.

—Son las seis —dijo—; el desayuno es a la media.

—Muy bien —contestó Leamas, y colgó.

Le dolía la cabeza.

Kiever debía haber telefoneado pidiendo un taxi, porque a las siete en punto sonó el timbre de la puerta y su anfitrión le preguntó:

—¿Lo tiene todo?

—No tengo equipaje —contestó—, salvo un cepillo de dientes y una máquina de afeitar.

—Eso ya está resuelto. Por lo demás, ¿está dispuesto?

Leamas se encogió de hombros.

—Supongo que sí. ¿Tiene cigarrillos?

—No —contestó Kiever—, pero puede encontrarlos en el avión. Mejor sería que mirara esto —añadió dándole a Leamas un pasaporte británico.

Estaba extendido a su nombre, con su propia fotografía, marcada por el sello en hueco del Foreign Office que la cruzaba por la esquina. No era ni viejo ni nuevo; describía a Leamas como empleado, y su estado civil, soltero. Al tenerlo en la mano por primera vez, Leamas se puso un poco nervioso. Era como casarse: pasara lo que pasara, las cosas nunca volverían a ser lo mismo.

—¿Y dinero? —preguntó.

—No lo necesitará. Va todo a cargo de la empresa.

Le Mirage

Hacía frío esa mañana; la leve niebla era húmeda y gris, y picaba en la piel. A Leamas, el aeropuerto le recordó la guerra: máquinas, medio ocultas en la neblina, esperando pacientemente a sus amos; las voces resonantes y sus ecos, el grito súbito y el incongruente golpeteo de unos tacones de muchacha en el pavimento de piedra; el rugido de un motor que podía estar al lado mismo de uno. En todas partes, ese aire de conspiración que se produce entre la gente que está levantada desde el amanecer, casi de superioridad, nacida de la experiencia común de haber visto desaparecer la noche y llegar la mañana. Los empleados tenían ese aspecto que produce el misterio del alba y que el frío estimula, y trataban a los pasajeros y a su equipaje con el aire remoto de hombres que han regresado del frente; el resto de los mortales no les decían nada esa mañana.

Kiever le había proporcionado equipaje. Era un bonito detalle; Leamas lo admitió. Los pasajeros sin equipaje llaman la atención, y eso no entraba en los planes de Kiever. Se presentaron en la oficina de la línea aérea y siguieron las señalizaciones hasta el control de pasaportes. Hubo un momento difícil cuando se extraviaron y Kiever se puso grosero con un mozo de equipajes. Leamas supuso que estaba preocupado por el pasaporte: no tenía por qué estarlo, pensó Leamas, no le pasaba nada malo.

El funcionario de pasaportes era un hombrecillo juvenil con corbata del Intelligence Corps y una misteriosa insignia en la solapa. Llevaba un bigotillo de mal gusto y tenía un acento del norte que era el enemigo de su vida.

—¿Se va para mucho tiempo, señor? —preguntó.

—Un par de semanas —contestó Leamas.

—Tendrá que recordarlo, señor. Ha de renovar el pasaporte el día treinta y uno.

—Ya lo sé —dijo Leamas.

Entraron juntos a la sala de espera.

—Es usted un tipo suspicaz, ¿verdad, Kiever? —dijo Leamas por el camino.

El otro se rió en silencio.

—No podemos dejar que se escape usted, ¿verdad? —contestó—. No forma parte del contrato.

Tenían que esperar veinte minutos. Se sentaron a una mesa y pidieron café.

—Llévese esas cosas —añadió Kiever al camarero, señalando las tazas, platos y ceniceros usados que había en la mesa.

—Ahora vendrá un carrito —replicó el camarero.

—Lléveselo —repitió Kiever otra vez, irritado—. Es desagradable dejar ahí cacharros sucios como ésos.

El camarero no hizo más que volverse de espaldas y marcharse. No se acercó al mostrador de servicio ni encargó el café. Kiever se puso blanco, enfermo de ira.

—Por amor de Dios —masculló Leamas—, déjelo. La vida es demasiado corta.

—Un descarado hijo de perra, eso es lo que es —dijo Kiever.

—Muy bien, muy bien, arme una escena; ha elegido un buen momento. Aquí nunca nos olvidarán.

Los trámites en el aeropuerto de La Haya no presentaron ningún problema. Kiever parecía haberse recuperado de sus inquietudes. Se volvió animado y locuaz cuando recorrieron la breve distancia entre el avión y los cobertizos de la Aduana. El joven empleado holandés echó una ojeada rutinaria a su equipaje y pasaportes, y declaró en un inglés torpe y gutural:

—Espero que tengan una agradable estancia en Holanda.

—Gracias —dijo Kiever con gratitud casi excesiva—; muchas gracias.

Por el pasillo marcharon desde el local de la Aduana hasta la sala de recepción, al otro lado del edificio del aeropuerto. Kiever se abrió camino hasta la puerta principal, entre los grupitos de viajeros que miraban vagamente absortos los quioscos con escaparates de perfumes, cámaras fotográficas y frutas. Al abrirse paso de un empujón por la puerta giratoria, Leamas miró hacia atrás. De pie junto al puesto de periódicos, sumergido en un ejemplar del *Daily Mail* continental, había una corta figura, con aspecto de rana y con gafas; un hombrecito serio y preocupado. Parecía un funcionario inglés o algo así.

Un coche les esperaba en el aparcamiento, un Volkswagen de matrícula holandesa, conducido por una mujer que no les hizo caso. Conducía despacio, parándose siempre si las luces estaban en ámbar, y Leamas supuso que la habían instruido para que condujera así porque, sin duda, les debía seguir otro coche. Miró el espejo retrovisor de fuera, tratando de reconocer el coche, pero sin éxito. Por un instante vio un Peugeot negro con matrícula diplomática, pero cuando doblaron la esquina sólo había detrás de ellos una camioneta de muebles. A causa de la guerra, conocía La Haya muy bien, y trató de adivinar adónde le llevaban. Le pareció que viajaban hacia el noroeste, hacia Scheveningen. Pronto dejaron atrás las afueras y se acercaron a una colonia de chalets que bordeaban las dunas a lo largo del mar.

Se detuvieron allí. La mujer salió, los dejó en el coche y llamó al timbre de un pequeño bungalow color crema que quedaba en un extremo de la fila. En el porche colgaba un letrero de hierro forjado con las palabras LE MIRAGE, escritas con letra gótica azul pálido. En la ventana había un rótulo indicando que todas las habitaciones estaban alquiladas.

Abrió la puerta una amable mujer regordeta, que miró, más allá de la conductora, hacia el coche. Sin dejar de mirarlo, bajó por el sendero hacia ellos, sonriendo gustosamente. A Leamas le recordó a una vieja tía que una vez le pegó por desperdiciar cordel.

—¡Qué bien que hayan venido! —afirmó—. ¡Cuánto nos alegra que hayan venido!

La siguieron al bungalow, yendo Kiever por delante. La conductora se volvió al coche. Leamas lanzó una ojeada a la carretera por donde acababan de llegar: unos trescientos pasos más allá, un coche negro, quizás un Fiat o un Peugeot, había aparcado. De su interior salía un hombre con impermeable. Una vez en el vestíbulo, la mujer estrechó cálidamente la mano de Leamas.

—Bienvenidos, bienvenidos a Le Mirage. ¿Han tenido buen viaje?

—Estupendo —contestó Leamas.

—¿Han venido en avión o en barco?

—En avión —dijo Kiever—; ha sido un vuelo muy confortable.

Hablaba como si fuera el dueño de la línea aérea.

—Les prepararé el almuerzo —afirmó ella—, un almuerzo especial. Les haré algo especialmente bueno. ¿Qué les traigo?

—Ah, por favor —dijo Leamas en voz baja, y sonó el timbre de la puerta. La mujer se fue rápidamente a la cocina; Kiever abrió la puerta delantera.

Llevaba un impermeable con botones de cuero. Era tan alto como Leamas, pero mayor que él. Leamas le echó unos cincuenta y cinco años. Su cara tenía una tonalidad dura y gris, con marcados surcos: podía haber pasado por un soldado. Extendió la mano.

—Me llamo Peters —dijo. Los dedos eran finos y pulidos—. ¿Han tenido buen viaje?

—Sí —contestó Kiever rápidamente—, sin nada de particular.

—El señor Leamas y yo tenemos mucho que tratar; creo que no necesitamos retenerle, Sam. Puede coger el Volkswagen, de vuelta a la ciudad.

Kiever sonrió y Leamas observó el alivio que reflejaba su sonrisa.

—Adiós, Leamas... —dijo Kiever con voz de bromista—; buena suerte, amigo.

Leamas movió la cabeza como si no viera la mano que le tendía Kiever.

—Adiós —repitió Kiever, y se marchó silenciosamente por la puerta de delante.

Leamas siguió a Peters a un cuarto trasero. Unas pesadas cortinas de encaje colgaban en la ventana, con muchos pliegues y drapeados ornamentales. El alféizar estaba cubierto de tiestos con plantas; grandes cactus, plantas de tabaco y un curioso árbol con anchas hojas gomosas. El mobiliario era pesado, falsamente antiguo. En medio del cuarto había una mesa con dos sillas talladas. La mesa estaba cubierta con un mantel color de herrumbre, parecido más bien a un linóleo; sobre ella, delante de cada silla, había un bloc de papel y un lápiz. Al lado, en un aparador, whisky y soda. Peters fue hacia allí y sirvió de beber para los dos.

—Mire —dijo Leamas de repente—, a partir de ahora puedo comportarme sin ceremonias, ¿me entiende? Los dos sabemos en qué andamos, los dos somos profesionales. Usted tiene un desertor pagado; buena suerte para usted. Por el amor de Dios, no finja que se ha enamorado de mí.

Parecía en vilo, inseguro de sí mismo. Peters asintió.

—Kiever me ha dicho que era usted un hombre orgulloso —observó desapasionadamente. Luego añadió sin sonreír—: Después de todo, ¿por qué, si no, ataca un hombre a los tenderos?

Leamas imaginó que era ruso, pero no estaba seguro de ello. Su inglés era casi perfecto y tenía la tranquilidad y los aires de un hombre acostumbrado desde hacía mucho a las comodidades de la civilización. Se sentaron a la mesa.

—¿Le ha dicho Kiever lo que le voy a pagar? —preguntó Peters.

—Sí. Quince mil libras, a cobrar en un banco de Berna.

—Eso es.

—Dijo que podrían hacerme preguntas sucesivamente durante todo el año siguiente... —prosiguió Leamas—, y me pagarían otras cinco mil si me mantenía al alcance.

Peters asintió.

—No acepto esa condición —continuó Leamas—. Usted sabe tan bien como yo que no funcionaría. Quiero sacarme las quince mil y desaparecer. Vuestra gente trata mal a los agentes que desertan; lo mismo hace mi gente. No me voy a quedar sentado sobre el rabo en Saint Moritz mientras ustedes van desplegando todas las redes que les haya dado. Ellos no son tontos; sabrían a quién buscar. Ya nos persiguen, como usted y yo sabemos.

Peters asintió:

—Desde luego, podría venir a algún sitio... más seguro, ¿no?

—¿Al otro lado del Telón?

—Sí.

Leamas no hizo más que mover la cabeza y continuó:

—Calculo que usted necesitará unos tres días para un interrogatorio preliminar. Después necesitará volver atrás para preparar un informe detallado.

—No es indispensable —contestó Peters.

Leamas le miró con interés.

—Ya veo —dijo—, han mandado al experto. ¿O no está metido en esto el Centro de Moscú?

Peters se quedó callado; no hacía más que mirar a Leamas, como si le tomara las medidas. Por fin, cogió el lápiz que tenía delante y dijo:

—¿Empezamos con su servicio en la guerra? Charlando sólo.

—Me alisté en los Ingenieros en 1939. Estaba acabando mi instrucción cuando pasaron un aviso invitando a los que supieran idiomas a solicitar un trabajo especializado en el extranjero. Yo sabía holandés y alemán y bastante francés, y estaba harto de ser soldado, así que lo solicité. Conocía bien Holanda; mi padre tenía una agencia de máquinas-herramienta en Leyden. Viví allí unos nueve años. Pasé las entrevistas de costumbre, y fui luego a una escuela, cerca de Oxford, donde me enseñaron las tonterías de costumbre.

—¿Quién dirigía esa instalación?

—No lo supe hasta después: luego conocí a Steed-Asprey y a un profesor de Oxford llamado Fielding. Ellos la dirigían. El año 41 me dejaron caer en Holanda y aquí me quedé unos dos años. Perdíamos agentes más deprisa de lo que podíamos encontrarlos en aquellos días; era puro asesinato. Holanda es un mal país para ese tipo de trabajo; no tiene un terreno irregular, ningún sitio fuera del camino donde se pueda tener la central o una radio. Siempre moviéndose, siempre escapando. Resultaba un juego muy sucio. Salí el año 43 y pasé un par de meses en Inglaterra; y después hice una incursión por Noruega. Aquello, en comparación, fue una gira campestre. El año 45 me licenciaron y vine otra vez aquí a Holanda, a ver si me ponía al día en el antiguo negocio de mi padre. No resultó; así que me asocié con un viejo amigo que llevaba una agencia de viajes en Bristol. Eso duró dieciocho meses; luego nos hundimos. Entonces, como llovida del cielo, recibí una carta del departamento: ¿me gustaría volver? Pero yo había tenido bastante de todo eso, pensé, así que dije que lo pensaría y alquilé una casita en Lundy Island. Allí me quedé un año mirándome el ombligo, hasta que me harté de nuevo y les escribí. A finales del año 49 había vuelto a estar en nómina. Desde luego, servicio interrumpido..., con reducción de los derechos de pensión y las mezquindades de siempre. ¿Voy demasiado deprisa?

—Por ahora, no —contestó Peters sirviéndole más whisky—. Sin duda, lo volveremos a tratar, con nombres y fechas.

Llamaron a la puerta y entró la mujer con el almuerzo: una gran cantidad de carne fría, pan y sopa. Peters apartó las notas y comieron en silencio. Había empezado el interrogatorio.

Retiraron todo lo del almuerzo.

—Así que volvió a Cambridge Circus —dijo Peters.

—Sí. Durante algún tiempo me dieron un trabajo burocrático, tramitar informes que daban noticias sobre fuerzas militares en países tras el Telón de Acero, señalando posiciones de unidades y toda esa clase de cosas.

—¿En qué sección?

—Satélites Cuatro. Estuve allí desde febrero del 50 hasta mayo del 52.

—¿Quiénes eran sus compañeros?

—Peter Guillam, Brian de Grey y George Smiley. Smiley nos dejó a principios del 51 y pasó a Contraespionaje. En mayo del 51 fui enviado a Berlín como subjefe de área. Eso quería decir que coordinaría todo el trabajo de operaciones.

—¿A quien tenía a sus órdenes?

Peters escribía velozmente. Leamas supuso que manejaba alguna taquigrafía casera.

—Hackett, Sarrow y De Jong. Murió en un accidente de circulación el año 51. Pensamos que lo habían asesinado, pero nunca pudimos demostrarlo. Todos ellos dirigían redes y yo estaba al mando. ¿Quiere detalles? —preguntó con sequedad.

—Desde luego, pero después. Siga.

—A finales del 54 fue cuando pescamos nuestro primer pez gordo en Berlín: Fritz Feger, segundo de a bordo del Ministerio de Defensa de Alemania Oriental. Hasta entonces, la cosa había ido dura, pero en noviembre del 54 alcanzamos a Fritz. Duró casi exactamente dos años, y luego, un día, no volvimos a oír hablar de él. Me han dicho que murió en la cárcel. Tardamos otros tres años en encontrar a alguien que se pusiera en contacto con él. Luego, en 1959, salió Karl Riemeck. Karl estaba en el Presidium del Partido Socialista Unificado de Alemania Oriental. El mejor agente que he conocido en mi vida.

—Ya está muerto —observó Peters.

Una sombra de algo parecido a la vergüenza cruzó la cara de Leamas.

—Yo estaba allí cuando le dispararon —murmuró—. Tenía una amante, que se pasó un momento antes de que él muriera. Él se lo contó todo; ella conocía toda la maldita red. No es extraño que le hicieran volar.

—Luego volveremos a Berlín. Dígame esto: cuando murió Karl, usted volvió en avión a Londres. ¿Se quedó en Londres durante el resto del servicio?

—Mientras duró, sí.

—¿Qué trabajo tenía en Londres?

—Sección Bancaria, supervisión de los sueldos de los agentes, pagos en el extranjero para servicios clandestinos. Un niño podría haberlo llevado. Recibíamos nuestras órdenes y firmábamos los pagos. De vez en cuando había algún quebradero de cabeza por cuestiones de seguridad.

—¿Trataba directamente con los agentes?

—¿Cómo íbamos a hacerlo nosotros? El delegado en un determinado país hacía una petición; la autoridad le ponía la huella de la pezuña y nos lo pasaba a nosotros para hacer el pago. En la mayor parte de los casos, transferíamos el dinero a algún banco extranjero conveniente, de donde el propio delegado podía sacarlo y dárselo al agente.

—¿Cómo se señalaba a los agentes? ¿Con nombres falsos?

—Con cifras. Los de Cambridge Circus las llaman combinaciones. A cada red se le daba una combinación: cada agente se indicaba con un prefijo unido a la combinación. La combinación de Karl era A-1.

Leamas sudaba. Peters le observaba fríamente, admirándole como a un jugador profesional, al otro lado de la mesa. ¿Cuánto valía Leamas? ¿Qué le haría rendirse, qué le atraería o le asustaría? ¿Qué odiaba y, sobre todo, qué sabía? ¿Guardaría hasta el final su mejor carta y la vendería cara? Peters no lo creía así: Leamas ya estaba muy lanzado para andarse con tonterías. Era un hombre en conflicto consigo mismo; un hombre que no tenía más que una vida, una profesión de fe, y las había traicionado. Peters lo había visto otras veces. Lo había visto incluso en hombres que habían sufrido un cambio ideológico completo, y que en las horas más secretas de la noche encontraron un nuevo credo, y ellos solos, impulsados por la fuerza interna de sus convicciones, habían traicionado su vocación, a sus familias, a sus países; ellos, llenos como estaban de nuevo celo y nueva esperanza, hasta tuvieron que luchar contra el estigma de la traición; ellos incluso luchaban contra la angustia casi física de decir aquello con lo que se les había educado para no confesar nunca jamás. Como apóstatas que temen quemar la cruz, vacilaban entre lo instintivo y lo material, y Peters, atrapado en la misma polaridad, tenía que proporcionarles consuelo y destruir su orgullo. Era una situación de la que se daban cuenta ambos: así, Leamas rechazó forzosamente un trato más humano con Peters, pues su orgullo lo excluía. Peters, no ignoraba que, por esas razones, Leamas mentiría; quizá mentiría sólo por omisión, pero mentiría de todas maneras, por orgullo, por desafío o por la pura perversidad de su profesión; y él, Peters, se vería forzado a descubrir las mentiras. Sabía también que el hecho mismo de que Leamas fuera un profesional acaso redundara contra sus intereses, pues Leamas elegiría cuanto Peters no querría que se eligiera; Leamas sabría por adelantado el tipo de información que necesitaba Peters, y al hacerlo así, podría dejar a un lado algún jirón casual que podría ser de interés vital para los valorizadores. A todo eso, Peters sumaba la caprichosa vanidad de un náufrago alcoholizado.

—Creo —dijo— que ahora vamos a anotar con algún detalle su servicio en Berlín. Esto sería desde mayo de 1951. Tómese otro whisky.

Leamas observó cómo sacaba un cigarrillo del paquete que había en la mesa y lo encendía. Advirtió dos cosas: que Peters era zurdo, y que, por segunda vez, se había puesto el cigarrillo en la boca con la marca hacia fuera, para que se quemara antes. Fue un gesto que le gustó a Leamas: indicaba que a Peters, como también a él, le habían perseguido.

Peters tenía una cara extraña, gris y sin expresión. El color debió haberla abandonado mucho tiempo atrás —quizás en alguna prisión, en los primeros días de la Revolución— y ahora sus rasgos estaban ya bien formados y Peters tendría esa cara hasta que se muriera. Solamente el hirsuto pelo gris podría volverse blanco, pero su rostro no cambiaría. Leamas se preguntó vagamente cuál era el verdadero nombre de Peters, y si estaba casado. Había en él algo muy ortodoxo que a Leamas le gustaba; era la ortodoxia de la fuerza, de la confianza. Si Peters mentía, debía tener una razón. Su mentira sería una mentira calculada, necesaria, muy lejana de la tornadiza falta de honradez de Ashe.

Ashe, Kiever, Peters; había un avance en la calidad, en la autoridad, que para Leamas señalaba la jerarquía en una red de espionaje. También era, según sospechaba, un avance en la ideología. Ashe, el mercenario; Kiever, el compañero de viaje, y ahora Peters, para quien el fin y los medios eran idénticos.

Leamas empezó a hablar de Berlín. Peters rara vez interrumpía, rara vez hacía una pregunta o un comentario, pero cuando los hacía, manifestaba una curiosidad técnica y una altura de experto que iban enteramente de acuerdo con el propio temperamento de Leamas. Leamas incluso parecía responder al desapasionado profesionalismo de su interrogador: era algo que los dos tenían en común.

Había llevado largo tiempo organizar desde Berlín una red decente en la Zona Oriental, explicó Leamas. Al principio, por toda la ciudad pululaban los agentes de segundo orden; el espionaje estaba desacreditado y formaba una parte tan importante de la vida diaria de Berlín que se podía reclutar un hombre en un cóctel, instruirle durante la cena y a la hora del desayuno ya había saltado por los aires. Para un profesional, era una pesadilla: docenas de agencias, la mitad de ellas infiltradas por el otro bando, miles de cabos sueltos: demasiadas pistas, demasiadas fuentes, demasiado poco espacio para actuar. Bien es verdad que en 1954 pudieron abrirse paso con Feger. Pero para el año 56, cuando todos los departamentos del Servicio pedían a gritos informadores de alta calidad, se habían calmado. Feger les había malacostumbrado dándoles material de segunda que iba sólo un poco por delante de las noticias. Necesitaban meterse de veras hasta el fondo, y tuvieron que esperar otros tres años antes de lograrlo.

Entonces, un día, De Jong fue hacer una merienda en los bosques, al borde del Berlín Oriental. Llevaba matrícula militar británica en su coche, que aparcó, cerrado, en una carretera a medio construir junto al canal.

Después de la merienda, sus niños corrieron por delante llevando el cesto. Cuando llegaron al coche, se detuvieron, vacilaron, dejaron caer el cesto y volvieron corriendo. Alguien había forzado la puerta del coche: la manilla estaba rota y la puerta ligeramente abierta. De Jong lanzó un juramento recordando que había dejado la cámara fotográfica en el compartimiento de los guantes. Se acercó a examinar el coche. La cerradura había sido forzada: calculó que lo habían hecho con un pedazo de tubo de acero, ese tipo de cosa que se puede llevar en la manga. Pero la cámara seguía allí, y lo mismo el abrigo, y unos paquetes de su mujer. En el asiento del conductor había una cajetilla de tabaco, y en su interior un pequeño cartucho de níquel. De Jong sabía exactamente lo que contenía: era un cartucho de la película de una cámara de miniatura, probablemente una Minox.

Se puso en marcha camino hacia su casa y reveló la película. Contenía las actas de la última reunión del Presidium del Partido Socialista Unificado de la Alemania Oriental. Por alguna extraña coincidencia, había una información paralela por otra fuente; las fotografías eran auténticas.

Leamas se ocupó entonces del asunto. Necesitaba desesperadamente el éxito. No había presentado prácticamente nada desde que llegó a Berlín, y estaba pasando el acostumbrado límite de edad para el pleno trabajo activo. Una semana después, exactamente, llevó el coche de De Jong al mismo lugar y se fue a pasear.

Era un lugar desolado el que De Jong había elegido para su merienda: un trecho de canal, con un par de casamatas destrozadas por la artillería, unos campos resecos y arenosos, y al lado del Este, un pinar ralo, que se extendía a unos doscientos pasos desde la carretera con grava que bordeaba el canal. Pero tenía la virtud de la soledad, algo difícil de encontrar en Berlín, y era imposible ser vigilado. Leamas se fue a pasear por el bosque. Ni siquiera intentó controlar el coche porque no sabía en qué dirección podía venir el acercamiento. Si le veían mirando el coche desde el bosque, se echaban a perder las probabilidades de conservar la confianza de su informador. No tenía por qué preocuparse.

Cuando volvió, no había nada en el coche, de modo que regresó a Berlín Oeste dándose golpes a sí mismo por ser un maldito imbécil: el Presidium no iba a reunirse hasta dentro de una quincena. Tres semanas más tarde, pidió prestado el coche a De Jong, y metió mil dólares, en billetes de veinte, en una cesta de merienda. Dejó el coche sin cerrar durante dos horas y cuando volvió había una cajetilla de tabaco en el compartimiento de los guantes. La cesta para la merienda había desaparecido.

Las películas estaban llenas de material documental de primer orden. En las seis semanas siguientes lo hizo dos veces más, y ocurrió lo mismo.

Leamas comprendió que había dado con una mina de oro. Le puso a la fuente el nombre convencional de Mayfair y envió una carta pesimista a Londres. Leamas sabía que si revelaba a medias las cosas a Londres, se ocuparían directamente del caso, lo que estaba deseoso de evitar a toda costa. Ésa era sin duda la única clase de operación que podía salvarle de ser retirado del servicio, y era precisamente una de esas cosas lo bastante importantes como para que los de Londres quisieran ocuparse de ella por sí mismos. Aunque guardara las distancias, seguía existiendo el peligro de que Cambridge Circus tuviera teorías, hiciera sugerencias, encargara precaución, pidiera acción. Querrían que diera sólo billetes nuevos de un dólar, con la esperanza de seguirles la pista; querrían que los cartuchos de película fuesen enviados a Londres para ser examinados, planearían torpes operaciones de rastreo y se lo contarían a los departamentos. Sobre todo, querrían contárselo a los departamentos y eso, decía Leamas, hincharía la cosa hasta el cielo. Trabajó como un loco durante tres semanas. Repasó las fichas personales de todos los miembros del Presidium. Estableció una lista de todo el personal de oficina que podía haber tenido acceso a las actas. Por la lista de distribución en la última página de los facsímiles, extendió el total de posibles informadores hasta treinta y uno, incluyendo personal de oficina y secretarias.

Al enfrentarse con la tarea casi imposible de identificar a un informador partiendo de informes incompletos de treinta y un candidatos, Leamas volvió al material original, lo que, como se dijo, era algo que debería haber hecho antes. Le desconcertó que en ninguna de las copias fotográficas de las actas que había recibido hasta entonces estuvieran numeradas las páginas, que ninguna estuviera sellada con una referencia de seguridad, y que en la segunda y la cuarta copias hubiera palabras tachadas con lápiz o pluma. Llegó por fin a una importante conclusión: que las copias fotográficas no eran de los documentos mismos, sino de los borradores de éstos. Lo cual situaba la fuente en el Secretariado, y el Secretariado era muy reducido. Los borradores de las actas estaban bien fotografiados y con cuidado: eso hacía pensar que el fotógrafo había tenido tiempo y un despacho para él solo.

Leamas volvió al índice de datos personales. En el Secretariado había un hombre llamado Karl Riemeck, antiguo cabo del cuerpo médico, que había estado tres años como prisionero de guerra en Inglaterra. Su hermana había vivido en Pomerania cuando los rusos la invadieron, y él no había vuelto a saber nada de ella. Estaba casado y tenía una hija llamada Carla.

Leamas decidió afrontar un riesgo. Averiguó a través de Londres el número de prisionero de guerra de Riemeck, que era el 29012, y su fecha de liberación, que era el 10 de noviembre de 1945. Compró un libro infantil de ficción científica de Alemania Oriental, y escribió en las guardas, en alemán, con letra adolescente: «Este libro es de

Carla Riemeck, nacida el 10 de noviembre de 1945, en Bideford, North Devon. Firmado: Astronauta Lunar 29012», y debajo añadió: «Los candidatos a vuelos espaciales han de presentarse en persona a C. Riemeck para recibir instrucción. Se incluye un impreso de solicitud. ¡Viva la República Popular del Espacio Democrático!».

Trazó con una regla varias líneas en una hoja de papel de escribir, hizo unas columnas para el nombre, dirección y edad, y escribió al pie de la página:

«Todos los candidatos serán personalmente entrevistados. Escriban a la dirección acostumbrada indicando cuándo y dónde desean ser encontrados. Las solicitudes serán estudiadas dentro de siete días. C. R.».

Metió la hoja de papel dentro del libro. Leamas fue al sitio de costumbre, siempre en el coche de De Jong, y dejó el libro en el asiento de pasajeros con cinco billetes usados de quinientos dólares dentro de la tapa. Cuando volvió, el libro había desaparecido, y en su lugar había una cajetilla de tabaco. Contenía tres rollos de película. Leamas los reveló esa noche: una película contenía, como de costumbre, las actas de la última reunión del Presidium; la segunda mostraba un borrador sobre la revisión de las relaciones de Alemania Oriental con el COMECON; y la tercera, era un esquema del servicio de espionaje de Alemania Oriental, completo, con funciones de departamentos y detalles de personalidades.

Peters le interrumpió:

—Un momento. ¿Quiere decir que toda esa información procedía de Riemeck?

—¿Por qué no? Ya sabe cuánto veía él.

—Es casi imposible —observó Peters para sí—; debió tener quien le ayudara.

—Lo tuvo después; a eso voy.

—Ya sé lo que me va a decir. Pero ¿nunca tuvo la sensación de que recibía ayuda desde arriba, tanto como por parte de los agentes que luego adquirió?

—No. No, nunca; nunca se me ocurrió.

—Volviendo a considerarlo ahora, ¿parece probable?

—No mucho.

—Cuando envió todo ese material a Cambridge Circus, ¿no le sugirieron nunca que, incluso para un hombre de la posición de Riemeck, la información era fenomenalmente completa?

—No.

—¿Preguntaron alguna vez de dónde había sacado Riemeck su cámara fotográfica, y quién le había enseñado a fotografiar documentos?

Leamas vaciló.

—No... Estoy seguro de que nunca preguntaron.

—Es curioso —observó Peters con sequedad—. Perdón, siga; no quería adelantarme a lo que va a decir.

Una semana más tarde, continuó Leamas, volvió en coche al canal. Esta vez se puso nervioso. Al dar la vuelta en la carretera a medio construir, vio tres bicicletas tumbadas en la hierba, y, doscientos metros más abajo, en el canal, tres hombres pescando. Salió del coche como de costumbre y empezó a andar hacia la línea de árboles del otro lado del campo. Había recorrido unos veinte metros cuando oyó un grito. Volvió los ojos y vio que uno de los hombres le hacía señas. Los otros dos se habían vuelto y también le miraban. Leamas llevaba un impermeable viejo, tenía las manos en los bolsillos y ya era demasiado tarde para sacarlas. Sabía que los hombres que estaban a los lados protegían al de en medio, y que si sacaba las manos de los bolsillos, probablemente dispararían contra él: creerían que llevaba un revólver en el bolsillo. Leamas se detuvo a diez metros del hombre que estaba en medio.

—¿Quiere algo? —preguntó Leamas.

—¿Es usted Leamas?

Era un hombre bajo, regordete, muy sólido. Hablaba en inglés.

—Sí.

—¿Cuál es el número de su documento de identidad británico?

—PRT-L 58003-1.

—¿Dónde pasó usted la noche de la victoria sobre los japoneses?

—En Leyden, en Holanda, en el taller de mi padre, con unos amigos holandeses.

—Vamos a dar un paseo, señor Leamas. No va a necesitar el impermeable. Quíteselo y déjelo en el suelo, donde está. Mis amigos cuidarán de él.

Leamas vaciló, se encogió de hombros y se quitó el impermeable. Luego caminaron juntos rápidamente hacia el bosque.

Usted sabe tan bien como yo quién era —dijo Leamas fatigosamente—: el tercer hombre del Ministerio del Interior, secretario del Presidium del Partido Socialista Unificado de Alemania Oriental, jefe del Comité de Coordinación para la Protección del Pueblo. Supongo que por eso sabía cosas de mí y de De Jong: habría visto nuestras fichas de contraespionaje en la Abteilung. Tenía tres cuerdas para su arco: el Presidium, la política estrictamente interna, con los informes económicos, y el acceso a las fichas del Servicio de Seguridad de Alemania Oriental.

—Pero sólo un acceso limitado. Nunca le dejarían a uno de fuera recorrer todas sus fichas —insistió Peters.

Leamas se encogió de hombros.

—Sí que le dejaron —repuso.

—¿Qué hizo con su dinero?

—Después de esa tarde, no le di más. Cambridge Circus se ocupó en seguida de eso. Se le pagó por medio de un banco de Alemania Occidental. Incluso me devolvió lo que yo le había dado. Londres se lo ingresó en un banco.

—¿Cuánto le contó usted a Londres?.

—Todo, después de eso. Tenía que hacerlo: entonces, Cambridge Circus se lo contó a los departamentos. Luego —añadió Leamas venenosamente—, fue sólo cuestión de tiempo hasta que la cosa estalló. Con los departamentos en la espalda, Londres se puso ávido. Empezaron a apremiarnos pidiendo más, y querían que le diéramos más dinero. Por último, tuvimos que sugerir a Karl que reclutara otras fuentes y las tomamos para formar una red. Era algo asquerosamente estúpido: puso tenso a Karl, le creó peligros y minó su confianza en nosotros. Fue el principio del fin.

—¿Cuánto le sacó usted?

Leamas vaciló.

—¿Cuánto? Demonios, no sé. Duró un tiempo

excesivamente largo. Creo que ya le habían hecho saltar antes de cazarle. El nivel bajó los últimos meses: creo que empezaron a sospechar de él y lo alejaron del buen material.

—En total, ¿qué le dio? —insistió Peters.

Por partes, Leamas volvió a contar en todo su alcance el trabajo de Karl Riemeck. Peters comprobó gratamente que su memoria era sorprendentemente exacta, considerando lo mucho que bebía. Era capaz de dar fechas y nombres, de recordar las reacciones de Londres, el modo de confirmación cuando lo había. Era capaz de recordar las sumas de dinero pedido y pagado, las fechas de reclutamiento de otros agentes de la red.

—Lo siento —dijo Peters por fin—, pero no creo que un solo hombre, por muy arriba que estuviese, por cuidadoso y aplicado que fuera, pudiese haber adquirido un conocimiento tan detallado en ese campo. Por otra parte, aun suponiéndolo, nunca habría sido capaz de fotografiarlo.

—Sí que era capaz —insistió Leamas, irritado de pronto—; lo hacía fenomenalmente bien, y eso es todo.

—¿Y Cambridge Circus nunca le dijo que averiguara de él exactamente cuándo y cómo veía todo este material?

—No —le cortó Leamas—; Riemeck era suspicaz en eso, y Londres se contentó con no remover el asunto.

—Bueno, bueno —caviló Peters. Al cabo de un momento dijo—: A propósito, ¿ha oído hablar de esa mujer?

—¿Qué mujer? —preguntó con vivacidad Leamas.

—La amante de Karl Riemeck, la que se pasó a Berlín Oeste la noche que mataron a Riemeck.

—Bueno, ¿y qué?

—La encontraron muerta hace una semana. Asesinada. Le dispararon desde un coche cuando salía de su piso.

—Era mi piso —dijo Leamas maquinalmente.

—Quizá —sugirió Peters— ella sabía más que usted de la red de Riemeck.

—¿Qué demonios insinúa? —preguntó Leamas.

Peters se encogió de hombros.

—Es todo muy raro —precisó—. No sé quién pudo matarla.

Cuando hubieron agotado el caso Karl Riemeck, Leamas pasó a hablar de otros agentes menos espectaculares y luego de los procedimientos de su oficina de Berlín, sus comunicaciones, su personal, sus ramificaciones secretas: pisos, transporte, equipo fotográfico y de sonido. Hablaron hasta altas horas de la noche y durante todo el día siguiente, y cuando por fin Leamas se fue a la cama tropezando, sabía que había traicionado todo lo que conocía del espionaje aliado en Berlín y que se había bebido dos botellas de whisky en dos días.

Una cosa le desconcertaba: la insistencia de Peters en que Karl Riemeck debió de tener alguna ayuda, un colaborador de alto nivel. Control le había hecho la misma pregunta, ahora lo recordaba; Control le había preguntó sobre los accesos de que disponía Riemeck. ¿Cómo podían entonces estar tan seguros de que Karl no se las arregló solo? Había tenido auxiliares, desde luego, como los que le protegían junto al canal el día en que Leamas se encontró con él. Pero eran de poca monta: Karl le había hablado de ellos. Sin embargo, Peters —y Peters, después de todo, sabría con exactitud en qué pudo Karl meter las manos— se negó a creer que Karl se las había arreglado solo. En este punto, Peters y Control estaban evidentemente de acuerdo.

Tal vez fuese cierto. Quizás había alguien más. Acaso era ése el interés especial a quien Control estaba tan empeñado en proteger de Mundt. Eso significaría que Riemeck había colaborado con ese interés especial, proporcionando lo que los dos juntos habían obtenido. Tal vez eso era de lo que Control le había hablado a Karl, a solas, aquella noche, en el piso de Leamas en Berlín.

De cualquier modo, mañana se vería. Mañana jugaría sus cartas.

Se preguntó quién habría matado a Elvira. Y se preguntó por qué la habrían matado. Desde luego —ahí había un punto de apoyo, una explicación posible—, Elvira, por conocer la identidad del colaborador especial de Riemeck, había sido asesinada por ese colaborador... No, eso era demasiado arriesgado. Pasaba por alto la dificultad de cruzar del Este al Oeste: al fin y al cabo, Elvira había sido asesinada en Berlín Occidental.

Se preguntó por qué Control no le dijo que Elvira había sido asesinada. ¿Para que pudiera reaccionar debidamente cuando Peters se lo dijera? Eran especulaciones inútiles. Control tendría sus motivos: solían ser tan condenadamente tortuosos que se tardaba una semana en averiguarlos.

Al dormirse, murmuró:

—Karl era un idiota; esa mujer le hundió, estoy seguro.

Ahora Elvira había muerto, y bien que lo merecía. Se acordó de Liz.

El segundo día

Peters llegó a las ocho a la mañana siguiente, y, sin ninguna ceremonia, se sentaron a la mesa y empezaron.

—Así que volvió a Londres. ¿Qué hizo allí?

—Me pusieron en conserva. Comprendí que estaba liquidado cuando aquel burro de Personal me recibió en el aeropuerto. Tuve que ir derecho a Control para informarle sobre Karl. Había muerto; ¿qué más quedaba por decir?

—¿Qué hicieron con usted?

—Al principio me dijeron que podía quedarme en Londres y esperar hasta que estuviera en condiciones para una pensión adecuada. Fueron tan asquerosamente escrupulosos con eso que me irrité: les dije que si tanto afán tenían de echarme dinero encima, por qué no hacían lo más naturalmente posible y me contaban todo el tiempo, en vez de gruñir tanto sobre el servicio interrumpido. Entonces, cuando les dije eso, lo tomaron a mal. Me metieron en la Sección Bancaria, con mujeres. De eso no puedo recordar mucho... empecé a empinar el codo un poco. Pasé una temporada bastante mala.

Encendió un cigarrillo. Peters asintió.

—En realidad, por eso me dieron la patada. No les gustó que bebiera.

—Dígame todo lo que recuerde sobre la Sección Bancaria —sugirió Peters.

—Era un montaje lamentable... Nunca me sentí hecho para un trabajo burocrático, ya lo sabía. Por eso me aferraba a Berlín. Sabía, cuando me llamaron, que me pondrían en conserva, pero ¡demonios...!

—¿Qué hacía usted?

Leamas se encogió de hombros.

—Sentarme sobre mi trasero, en el mismo cuarto que un par de mujeres, Thursby y Larrett. Yo las llamaba *Thursday* y *Friday*, *Jueves* y *Viernes*.

Sonrió de modo bastante estúpido. Peters miraba sin entender.

—No hacíamos más que remover papel. Bajaba una carta de Finanzas: «Se autoriza un pago de setecientos dólares a Fulano con cargo a Zutano. Sírvanse realizarlo», ése era el meollo de todo. Jueves y Viernes le daban unas cuantas vueltas, lo archivaban, lo sellaban, y yo firmaba un cheque o hacía que el banco lo transfiriera.

—¿Qué banco?

—Blatt y Rodney, un pequeño banco muy distinguido en la City. En Cambridge Circus existe la teoría de que los etonianos son discretos.

—En realidad, entonces, ¿usted sabía los nombres de todos los agentes del mundo?

—No exactamente. En eso consistía la astucia. Yo firmaba el cheque, ya ve, o la orden al banco, pero dejábamos un espacio para el nombre del destinatario. La carta de cobertura, o lo que fuera, quedaba toda firmada, y entonces el expediente volvía a los del Despacho Especial.

—¿Quiénes son ésos?

—Los que tienen todos los datos de los agentes. Ellos ponían los nombres de los agentes y enviaban la orden. Condenadamente astuto, tengo que decirlo.

Peters parecía decepcionado.

—¿Quiere decir que no podía enterarse de los nombres de los que recibían los pagos?

—Habitualmente, no.

—Pero ¿de vez en cuando?

—De vez en cuando andábamos muy cerca del asunto. Todos los enredos entre Bancaria, Finanzas y el Despacho Especial llevaban a escapes. Era demasiado complicado. Además, algunas veces nos metíamos en material especial que nos iluminaba un poco la vida.

Leamas se levantó.

—He hecho una lista —dijo— de todos los pagos que puedo recordar. Está en mi habitación. La voy a buscar.

Salió del cuarto, con los andares más bien arrastrados que había tomado desde su llegada a Holanda. Cuando volvió, llevaba en la mano un par de hojas de papel rayado arrancadas de una agenda barata.

—Los apunté anoche —dijo—; pensé que eso nos ahorraría tiempo.

Peters cogió las notas y las leyó despacio y con cuidado. Parecía impresionado.

—Bien —dijo—, muy bien.

—Además, lo que mejor recuerdo es una cosa llamada Piedra Movediza. Hice un par de excursiones por ella. Una a Copenhague y otra a Helsinki. Nada más que meter dinero en bancos.

—¿Cuánto?

—Diez mil dólares en Copenhague, cuarenta mil marcos en Helsinki.

Peters dejó el lápiz.

—¿Para quién? —preguntó.

—Dios sabe. Manejábamos Piedra Movediza con un sistema de cuentas en depósito. El Servicio me dio un pasaporte británico falso; fui al Banco Real Escandinavo, en Copenhague, y al Banco Nacional de Finlandia, en Helsinki, deposité el dinero y saqué un talonario de cuenta indistinta: para mí, con mi nombre falso, y para alguien más; el agente, supongo, con su nombre falso. Yo di a los bancos una muestra de la firma del otro titular, que había recibido de la Oficina de Jefatura. Después le daban al agente el talonario y un pasaporte falso que enseñaba en el banco cuando sacaba el dinero. Lo único que sabía yo era su nombre falso.

Todo aquello le sonaba ridículamente inverosímil, al oírse hablar a sí mismo.

—¿Era corriente ese procedimiento?

—No. Era un pago especial. Eso tenía una lista de acceso limitado.

—¿Qué es eso?

—Tenía un nombre convencional que muy pocos conocían.

—¿Cuál era ese nombre?

—Ya se lo dije: Piedra Movediza. La operación cubría pagos no regulares de diez mil dólares en diferentes divisas y distintas capitales.

—¿Siempre en capitales?

—Que yo sepa, sí. Recuerdo haber leído en la ficha que había habido otros pagos de Piedra Movediza antes de que yo entrara en la sección, pero en esos casos la Sección Bancaria se lo encargaba al delegado local.

—Esos otros pagos que tuvieron lugar antes de que llegara usted, ¿dónde se hicieron?

—Uno en Oslo. No puedo recordar dónde fue el otro.

—¿El nombre falso del agente era siempre el mismo?

—No. Ésa era otra precaución adicional de seguridad. Después oí decir que habíamos copiado toda esa técnica de los rusos. Era el procedimiento de pago más complicado que encontré. Del mismo modo, yo usaba un nombre falso diferente, y, por supuesto, un pasaporte distinto en cada viaje.

—Eso debía gustarle; ayudarle a llenar los huecos.

»Esos pasaportes falsos que les daban a los agentes para que pudieran sacar el dinero, ¿sabía usted algo sobre ellos, cómo se hacían y cómo se entregaban?

—No. Ah, salvo que tenían que ser visados para el país donde estaba depositado el dinero. Y sellos de entrada en el país.

—¿Sellos de entrada?

—Sí. Yo supuse que los pasaportes no se usaban nunca en la frontera, sino que solamente se presentaban en el banco para la identificación. El agente debía de haber viajado con su propio pasaporte, entrando de modo totalmente legal en el país donde estaba situado el banco, y después usaba el pasaporte en el banco. Ésa era mi hipótesis.

—¿Sabe usted algún motivo por el que los pagos anteriores se hicieran por medio de los delegados y los pagos posteriores por alguien que viajaba desde Londres?

—Sé el motivo. Pregunté a las mujeres de la Sección Bancaria, Jueves y Viernes. Control estaba muy preocupado...

—¿Control? ¿Quiere decir que el propio Control manejaba el asunto?

—Sí, lo llevaba él. Temía que al delegado le pudieran reconocer en el banco, de modo que usó a un cartero: yo.

—¿Cuándo hizo esos viajes?

—A Copenhague, el 15 de junio. Volví en avión esa misma noche... A Helsinki, a fines de septiembre. Me quedé allí dos noches, y volví en avión hacia el 28. Me divertí un poco en Helsinki.

Sonrió, pero Peters no se fijó.

—¿Y los otros pagos, cuándo se hicieron?

—No puedo recordarlo. Lo siento.

—¿Pero uno fue con seguridad en Oslo?

—Sí, en Oslo.

—¿Cuánto tiempo hubo entre los dos primeros pagos, los pagos hechos por los delegados?

—No sé. No mucho, creo. Quizás un mes. Tal vez un poco más.

—¿Tuvo la impresión de que el agente llevaba algún tiempo actuando antes de que se hiciera el primer pago? ¿Lo indicaba el expediente?

—Ni idea. El expediente señalaba sólo los pagos efectivos. Primer pago, a principios del 59. No había más datos en él. Ése es el principio que se aplica cuando se tiene una referencia limitada. Los diversos expedientes se refieren a diferentes aspectos de un solo caso. Sólo quien tenga el expediente general podrá reunirlo todo.

Peters escribía ahora continuamente. Leamas supuso que habría un magnetófono escondido en alguna parte del cuarto, pero la transcripción sucesiva requeriría tiempo. Lo que Peters anotaba ahora proporcionaría lo esencial para el telegrama de aquella tarde a Moscú, mientras en la embajada soviética de La Haya las chicas pasarían toda la noche telegrafiando la transcripción verbal, relevándose en sus horarios.

—Dígame —dijo Peters—. Ésas son grandes cantidades de dinero. Los procedimientos para pagarlas eran muy complicados y muy caros. ¿Qué pensaba usted de ello?

Leamas se encogió de hombros.

—¿Qué podía pensar yo? Pensaba que Control debía de tener alguna fuente fenomenal, pero nunca vi el material, así que no sé. No me gustaba el modo de hacerlo: era demasiado potente, demasiado complicado, demasiado astuto. ¿Por qué no se encontraban simplemente con él y le daban el dinero al contado? ¿Realmente le dejaban cruzar fronteras con su propio pasaporte, llevando otro falso en el bolsillo? Lo dudo —dijo Leamas.

Ya era hora de nublar el asunto, de echarle a perseguir una liebre.

—¿Qué quiere decir?

—Quiero decir que, por lo que yo sé, el dinero nunca se retiraba del banco. Suponiendo que fuera un agente de elevada posición detrás del Telón, el dinero estaría en depósito para él cuando pudiera alcanzarlo. Eso es lo que imaginé, por lo menos. No pensaba gran cosa sobre ello. ¿Por qué habría de pensar? Forma parte de nuestro trabajo conocer sólo una parte del conjunto entero. Usted lo sabe. Si uno es curioso, Dios le proteja.

—Si el dinero no se cobraba, como sugiere usted, ¿por qué toda esa molestia con los pasaportes?

—Cuando yo estaba en Berlín, hicimos un arreglo para Karl Riemeck por si alguna vez necesitaba escaparse y no podía encontrarnos. Le guardábamos un pasaporte falso de Alemania Occidental en una dirección de Düsseldorf. En cualquier momento lo podía recoger siguiendo un procedimiento previamente establecido. No caducaba nunca: la Sección especial de Viajes renovaba el pasaporte y los visados conforme caducaban. No sé... es sólo una suposición.

—¿Cómo sabe usted con seguridad que se extendían los pasaportes?

—Había notas sobre la ficha entre la Sección Bancaria y la Sección especial de Viajes. Viajes es la sección que prepara documentos de identidad y visados falsos.

—Ya entiendo. —Peters pensó un momento y luego preguntó—: ¿Qué nombres usó usted en Copenhague y Helsinki?

—Robert Lang, ingeniero electricista, de Derby. Eso fue en Copenhague.

—Dígame con exactitud cuándo estuvo en Copenhague.

—Ya se lo dije, el 15 de junio. Llegué por la mañana a eso de las once y media.

—¿Qué banco usó?

—Caramba, Peters —dijo Leamas súbitamente irritado—, el Real Escandinavo. Ya lo tiene apuntado.

—Sólo quería estar seguro —contestó el otro con calma, y siguió escribiendo—. Y para Helsinki, ¿qué nombre?

—Stephen Bennett, ingeniero naval de Plymouth. Estuve allí —añadió en tono sarcástico— a finales de septiembre.

—¿Fue al banco el día que llegó?

—Sí. Era el veinticuatro, o el veinticinco, no puedo estar seguro, como ya le dije.

—¿Llevaba usted mismo el dinero desde Inglaterra?

—Por supuesto que no. Simplemente, lo transferíamos en cada caso a la cuenta del delegado. El delegado lo sacaba, me recibía en el aeropuerto con el dinero en una cartera y yo lo llevaba al banco.

—¿Quién es el delegado en Copenhague?

—Peter Jensen, un vendedor de la librería de la universidad.

—¿Y cuáles eran los nombres que habían de usar los agentes?

—Horst Karlsdorf, en Copenhague. Creo que era eso, sí, sí que era, lo recuerdo: Karlsdorf. Yo me empeñaba en decir Karlshorst.

—¿Datos?

—Director de empresa, de Klagenfurt, Austria.

—¿Y el otro? ¿El nombre del de Helsinki?

—Fechtmann, Adolf Fechtmann, de Saint Gall, Suiza. Tenía un título... sí, eso es: doctor Fechtmann, archivero.

—Ya veo; los dos de lengua alemana.

—Sí, ya me fijé en eso. Pero no podía ser un alemán.

—¿Por qué no?

—Yo había sido jefe de la organización de Berlín, ¿no? Habría estado metido en ello. Un agente de alto nivel en Alemania Oriental tendría que ser dirigido desde Berlín. Yo lo habría conocido.

Leamas se levantó, se acercó al aparador y se sirvió whisky. No se preocupó de Peters.

—Dijo usted que había precauciones especiales, procedimientos especiales en este caso. Quizás ellos pensaban que no hacía ninguna falta que usted estuviera enterado.

—No sea idiota —replicó terminantemente Leamas—, por supuesto que lo habría sabido.

Ése era el punto al que se tenía que aferrar, por las buenas o por las malas; les haría sentir que ellos estaban mejor informados, daría credibilidad al resto de su información. «Querrán hacer deducciones "a pesar" de usted —había dicho Control—. Debemos darles el material y permanecer escépticos respecto a sus conclusiones. Confiar en su inteligencia y en su presunción, en sus sospechas mutuas... eso es lo que debemos hacer».

—Es usted un hombre muy orgulloso, Leamas —señaló una vez más.

Peters se marchó poco después. Se despidió de Leamas y se fue andando por la carretera que bordeaba el mar. Era hora de almorzar.

El tercer día

Peters no apareció esa tarde, ni a la mañana siguiente. Leamas se quedó en la cama, esperando, con irritación creciente, algún recado, pero no llegó ninguno. Preguntó al ama de la casa, pero ella se limitó a sonreír y a encoger sus pesados hombros. A eso de las once y media de la mañana, decidió salir a pasear por la orilla, compró unos cigarrillos y se quedó mirando absorto el mar.

Había una muchacha, de pie en la playa, echando pan a las gaviotas. Le daba la espalda. El viento marino jugaba con su largo pelo negro y tiraba de su abrigo, convirtiendo su cuerpo en un arco tenso hacia el mar. Supo entonces qué era lo que le había dado Liz: lo que tendría que volver a encontrar si regresaba alguna vez a Inglaterra: era el preocuparse de las cosas pequeñas, la fe en la vida corriente, la sencillez que le hace a uno partir un pedazo de pan en una bolsa de papel, bajar a la playa y echárselo a las gaviotas. Era ese respeto por lo sencillo que nunca le habían permitido tener: fuera pan para las gaviotas o fuera amor, fuera lo que fuera, volvería para encontrarlo; haría que Liz se lo encontrara. Una semana, dos semanas quizás, y estaría de vuelta. Control había dicho que se podía quedar con lo que le pagaran, y ya sería bastante. Con quince mil libras, una gratificación y una pensión de Cambridge Circus, uno puede permitirse —como decía Control— retirarse del frío.

Dio un rodeo y volvió a la casa a las doce menos cuarto. La mujer le hizo entrar sin decir una palabra, pero cuando volvió al cuarto de atrás, la oyó descolgar el teléfono y marcar un número. Sólo habló unos segundos. A las doce y media le trajo el almuerzo y, para su complacencia, unos periódicos ingleses, que leyó satisfecho, hasta las tres. Leamas, que normalmente no leía nada, repasó los periódicos despacio y concentrándose. Aprendía detalles, como los nombres y direcciones de la gente que aparecían en las pequeñas noticias. Lo hacía casi inconscientemente, como una especie de ejercicio de mnemotecnia personal, que le absorbía por entero.

A las tres llegó Peters y, tan pronto como le vio, Leamas comprendió que pasaba algo. No se sentaron a la mesa: Peters no se quitó el impermeable.

—Traigo malas noticias para usted —dijo—; le

buscan en Inglaterra. Lo he sabido esta mañana. Vigilan los puertos.

—¿Bajo qué acusación? —respondió Leamas impasible.

—Oficialmente, por no presentarse en una comisaría pasado el intervalo reglamentario después de salir de la cárcel.

—¿Y en realidad?

—Corre el rumor de que se le busca por algún delito contra la ley de Secretos Oficiales. Viene su fotografía en todos los periódicos de la tarde de Londres. Los pies de foto son muy ambiguos.

Leamas permanecía muy tranquilo. Había sido Control. Control había hecho circular el rumor. No había otra explicación. Aunque hubieran cogido a Ashe o a Kiever, aunque hubieran hablado..., incluso entonces, la responsabilidad del rumor seguía siendo de Control. «Un par de semanas —había dicho—; supongo que le llevarán a algún sitio para el interrogatorio, tal vez al extranjero. Sin embargo, en un par de semanas debería estar en paz. Luego, la cosa marchará por sí sola. Tendrá que agazaparse por aquí mientras la reacción llega a su término por sí misma: pero no le importará, estoy seguro. He decidido conservarle con subsidio de operaciones hasta que eliminen a Mundt». Esto parecía lo más decente.

Y ahora esto. Esto no formaba parte del acuerdo: esto era diferente. ¿Qué demonios tenía que hacer? Si abandonaba ahora, si rehusaba seguir adelante con Peters, arruinaba la operación. No era imposible que Peters mintiera, que ésta fuera la prueba; una razón más para que él estuviera de acuerdo en marchar. Pero si iba, si accedía a ir al Este, a Polonia, a Checoslovaquia, a Dios sabe dónde, no había ninguna buena razón para que le dejaran escapar nunca, y tampoco resultaba razonable que él mismo quisiera escaparse, puesto que oficialmente era un hombre perseguido en Occidente.

Control era el causante: estaba seguro. Las condiciones habían sido demasiado generosas; lo había notado durante todo el tiempo. No tiraban el dinero por ahí de esa manera por nada, a no ser que pensaran que le podían perder a uno. Un dinero así era un consuelo para los posibles peligros e incomodidades que Control no quería reconocer francamente. Tal cantidad de dinero era una señal de aviso; Leamas no había hecho caso de esa señal.

—Pero ¿cómo diablos —preguntó sosegadamente— han podido llegar a eso? —Un pensamiento pareció cruzar por su ánimo, y dijo—: Su amigo Ashe ha podido contárselo, desde luego, o Kiever...

—Es posible —contestó Peters—. Usted sabe igual que yo que tales cosas son siempre posibles. No hay seguridades en nuestro trabajo. El hecho es —añadió con algo parecido a la impaciencia— que a estas horas en todos los países de Europa Occidental le estarán buscando.

Leamas parecía no haber oído lo que decía Peters.

—Ahora me tiene en el anzuelo..., ¿eh, Peters? —dijo—. Su gente se debe estar muriendo de risa. ¿O han hecho la denuncia ellos mismos?

—Exagera usted su propia importancia —repuso Peters agriamente.

—Entonces, ¿por qué me han seguido, dígame? Salí a dar un paseo esta mañana. Dos hombrecitos de traje oscuro, uno a veinte metros detrás del otro, me siguieron a lo largo de la orilla del mar. Cuando volví, la dueña de la casa le telefoneó.

—Atengámonos a lo que sabemos —sugirió Peters—. Cómo las autoridades de su país han averiguado lo suyo, no nos importa excesivamente en este momento. El hecho es que lo saben.

—¿Ha traído usted consigo los periódicos de la tarde de Londres?

—Por supuesto que no. Aquí no se encuentran. Hemos recibido un telegrama de Londres.

—Eso es mentira. Usted sabe perfectamente que

a su tinglado sólo se le permite comunicar con el Centro.

—En este caso, se ha permitido una conexión directa entre dos puntos periféricos —replicó colérico Peters.

—Bueno, bueno —dijo Leamas con una sonrisa torcida—, debe de ser usted realmente un pez gordo. O pareció ocurrírsele una idea—, ¿no andará metido en esto el Centro?

Peters hizo caso omiso de la pregunta:

—Ya sabe la alternativa. O nos deja que cuidemos de usted, prometiéndonos prepararle un paso seguro, o se abre camino por sí mismo, con la seguridad de ser capturado al final. No tiene documentos falsos, ni dinero, ni nada. Su pasaporte británico habrá caducado dentro de diez días.

—Hay una tercera posibilidad. Deme un pasaporte suizo y algo de dinero, y déjeme correr. Yo puedo cuidar de mí mismo.

—Me temo que eso no sería deseable.

—Quiere decir que no ha terminado el interrogatorio. ¿Y hasta que termine no se me puede dejar en circulación?

—Más o menos, ése es el caso.

—Cuando haya acabado el interrogatorio, ¿qué harán conmigo?

Peters se encogió de hombros:

—¿Qué insinúa usted?

—Una nueva identidad. Pasaporte escandinavo, tal vez. Dinero.

—Es muy académico —contestó Peters—, pero se lo sugeriré a mis superiores. ¿Viene usted conmigo?

Leamas vaciló, luego sonrió con un poco de incertidumbre, y preguntó:

—Si no voy, ¿qué hará usted? Después de todo, tengo una historia que contar, ¿no?

—Las historias de este tipo son difíciles de poner en claro. Yo me voy esta noche. Ashe y Kiever... —se encogió de hombros—, ¿qué suman en total?

Leamas se acercó a la ventana. Una tormenta se estaba formando sobre el grisáceo mar del Norte. Miró las gaviotas dando vueltas ante las oscuras nubes. La muchacha se había ido.

—Muy bien —dijo por fin—. Arréglelo.

—No hay avión al Este hasta mañana. Hay un vuelo a Berlín dentro de una hora. Tomaremos ése. Tenemos el tiempo muy justo.

El papel pasivo de Leamas durante aquella tarde le permitió, una vez más, admirar la eficacia sin adornos de los preparativos de Peters. El pasaporte debía de estar confeccionado hacía tiempo: el Centro debía de haberse ocupado de ello. Estaba extendido a nombre de Alexander Thwaite, agente de viajes, y lleno de visados y sellos de control de aduana; el viejo y manoseado pasaporte del viajero profesional. En el aeropuerto, el guardia fronterizo holandés no hizo más que asentir con la cabeza y sellarlo por pura rutina. Peters estaba tres o cuatro puestos más atrás que él en la cola y no se interesó por los trámites.

Al entrar en el recinto SÓLO PASAJEROS, Leamas vio un quiosco de libros. Se exhibía una selección internacional de periódicos: *Le Figaro*, *Le Monde*, *Neue Zürcher Zeitung*, *Die Welt* y media docena de diarios y semanarios ingleses. Mientras él miraba, la muchacha se acercó a la parte delantera del quiosco y metió en la alambrera un *Evening Standard.* Leamas cruzó apresuradamente hacia el puesto y sacó el periódico de la alambrera.

—¿Cuánto? —preguntó.

Al meter la mano en el bolsillo, se dio cuenta de repente de que no llevaba moneda holandesa.

—Treinta centavos —contestó la muchacha. Era bastante bonita, morena y graciosa.

—Sólo tengo dos chelines ingleses: hacen un «guilder». ¿Los acepta?

—Sí, cómo no —contestó ella, y Leamas le dio el florín.

Volvió la mirada; Peters seguía en la oficina de pasaportes, de espaldas a Leamas. Sin vacilación, se fue derecho al retrete. Allí miró rápidamente pero con atención todas las páginas, luego tiró el periódico al cesto de desperdicios y volvió a salir. Era verdad: allí estaba su fotografía con la ambigua frasecita debajo. Se preguntó si lo habría visto Liz. Salió pensativo a la sala de espera. Diez minutos después subieron al avión para Hamburgo y Berlín. Por primera vez desde que todo había empezado, Leamas estaba asustado.

Amigos de Alec

Los hombres fueron a ver a Liz aquella misma tarde. La habitación de Liz Gold estaba en el extremo norte de Bayswater. Tenía dos camas individuales y una estufa de gas, bastante bonita, de color gris carbón, que lanzaba un moderno silbido en vez del burbujeo pasado de moda. A veces, ella la miraba cuando Leamas estaba allí, mientras la estufa era lo único que iluminaba el cuarto. Él se tendía en la cama, en la de ella, la más alejada de la puerta, y Liz se sentaba a su lado y le besaba, o miraba la estufa de gas apretando la cara contra la de Leamas. Ahora le daba miedo pensar demasiado en él, porque entonces se olvidaba de cómo era, de modo que sólo permitía que su mente pensara en él durante breves momentos, como recorriendo con los ojos un vago horizonte, y luego se acordaba de alguna cosa sin importancia que él había dicho o hecho, del modo como la había mirado, o, más a menudo, cómo no la había hecho caso. Eso era lo terrible, cuando su imaginación se detenía en ello: no tenía nada con que recordarle, ni una fotografía, ni un objeto, nada. Ni siquiera una amistad en común: sólo la señorita Crail en la Biblioteca, cuyo odio contra él había quedado satisfecho con su partida espectacular.

Liz había ido una vez por casa de Leamas a ver al dueño. No sabía en absoluto por qué lo hacía, pero reunió todo su valor y fue. El dueño estuvo muy amable hablando de Alec; el señor Leamas había pagado puntualmente su alquiler como un caballero; luego había quedado pendiente una semana, o dos, pero se había presentado un amigo del señor Leamas que pagó todo decentemente, sin reclamaciones ni nada. Siempre lo había dicho del señor Leamas, y siempre lo diría, que era un verdadero caballero. En fin, no había ido a una *public-school*, no sería nada empingorotado, pero sí un caballero de veras. De vez en cuando le gustaba enfurruñarse un poco, y, desde luego, bebía un poco más de lo que le convenía, aunque nunca se portaba como un borracho cuando llegaba a casa. Pero aquel imbécil que se presentó, un tipejo muy gracioso y tímido, con gafas, dijo que el señor Leamas había encargado muy especialmente, muy especialmente, que se arreglara el alquiler que se le debía. Y si eso no era de caballeros, y el dueño sabría qué cosa lo era, que el diablo se lo llevara. Dios sabe de dónde sacaba el dinero, pero ese señor Leamas era un tipo muy serio, segurísimo. A Ford el tendero le hizo solamente lo que muchos tenían ganas de hacerle desde la guerra. ¿El cuarto? Sí, el cuarto lo había alquilado un caballero llegado de Corea, dos días después de que se llevaron al señor Leamas.

Probablemente por eso Liz siguió trabajando en la biblioteca; porque allí, por lo menos, él seguía existiendo; las escalerillas, los estantes, los libros, el fichero, eran cosas que él había conocido y tocado, y algún día podría volver a ellas. Había dicho que jamás regresaría, pero ella no lo creía. Era como decir que uno jamás iba a estar mejor, creer una cosa como ésa. La señorita Crail pensaba que volvería: descubrió que le debía algún dinero —salarios pagados de menos— y le enfurecía que su monstruo hubiera sido tan poco monstruoso como para no cobrarlo.

Desde que se marchó Leamas, Liz nunca dejó de hacerse la misma pregunta: ¿por qué le había pegado al señor Ford? Sabía que su carácter era terrible, pero aquello fue diferente. Había pensado hacerlo desde el comienzo, tan pronto como se libró de su fiebre. ¿Por qué, si no, se despidió de ella la noche anterior? Él sabía que al día siguiente le pegaría al señor Ford. Liz rehusaba aceptar la única otra alternativa posible: que, cansado de ella, se había despedido, y al día siguiente, todavía bajo la tensión emotiva de su separación, perdió el dominio con el señor Ford y le había pegado. Ella sabía, lo supo siempre, que allí había algo que Alec tenía que hacer. Incluso se lo habría dicho él mismo. Qué era, Liz no podía más que suponerlo.

Al principio, pensó que había tenido una riña con el señor Ford por algún odio contraído desde hacía años. Algo en relación con una chica, o quizá con la familia de Alec. Pero no había más que mirar al señor Ford y eso parecía ridículo. Era el arquetipo del pequeño burgués, cauto, complaciente, vil. Y de todos modos, aunque Alec tuviera una venganza pendiente contra el señor Ford, ¿por qué había ido a la tienda, un sábado, en medio de la aglomeración de las compras para el fin de semana, cuando todos podían verle?

Hablaron de ello en la reunión de su sección del Partido. George Hanby, el tesorero de la sección, pasaba efectivamente ante la tienda de Ford cuando ocurrió; no había visto mucho por la gente, pero habló con un imbécil que lo había visto todo. Hanby quedó tan impresionado que telefoneó al *Daily Worker*, y habían enviado un periodista al juicio: por eso el *Worker* le dedicó un reportaje en la página central como algo natural. Era un mero caso de protesta, de repentina conciencia social y de odio contra la clase de los jefes, como decía el *Worker*. Aquel idiota con el que habló Hanby (no era más que un tipejo corriente, con gafas, tipo empleado) dijo que había sido muy repentino —espontáneo, quería decir—, y para Hanby eso demostraba una vez más qué inflamable era el tejido del sistema capitalista. Liz se había quedado muy callada mientras hablaba con Hanby: ninguno de ellos, desde luego, sabía nada acerca de lo de ella y Leamas. En aquel momento se dio cuenta de que odiaba a George Hanby: era un hombrecillo pomposo, de ánimo desagradable, que siempre le estaba haciendo muecas y tratando de tocarla.

Entonces llegaron los hombres.

Pensó que eran un poco demasiado elegantes para ser policías; venían en un pequeño coche negro con antena. Uno era bajo y más bien regordete. Llevaba gafas y vestía de modo extraño y caro; era un hombrecito bondadoso y preocupado, Liz se fió de él sin saber por qué. El otro era de rasgos más suaves, pero sin ser elegante: con cierto aire de muchacho, aunque ella supuso que no tendría menos de cuarenta años. Dijeron que venían de la Sección Especial, y mostraron sus carnets protegidos con fundas de celofán. El gordo era quien hablaba casi siempre.

—Creo que usted tenía amistad con Alec Leamas —empezó.

Ella se disponía a enfurecerse, pero el hombre gordo se lo tomaba tan en serio que le pareció que iba a cometer una estupidez.

—Sí —dijo Liz—. ¿Cómo lo sabían ustedes?

—Lo averiguamos por casualidad el otro día. Cuando uno va... a la cárcel, tiene que decir quién es su pariente más cercano. Leamas dijo que no tenía a nadie. En realidad, eso era mentira. Le preguntaron a quién tenían que informar si le ocurría algo en la cárcel. Dijo que a usted.

—Ya entiendo.

—¿Tenía amistad con él alguien más que usted conozca?

—No.

—¿Fue usted al juicio?

—No.

—¿No la han visitado periodistas, acreedores, nadie en absoluto?

—No, ya se lo he dicho. Nadie más lo sabía. Ni mis padres siquiera, nadie. Trabajábamos juntos en la biblioteca, desde luego, la Biblioteca de Investigaciones Psicológicas, pero sólo lo podría saber la señorita Crail, la bibliotecaria. No creo que se le ocurriera que hubiese nada entre nosotros. Es muy extraña —añadió Liz con sencillez.

El hombrecito la escudriñó muy atentamente durante un momento y luego preguntó:

—¿Le sorprendió que Leamas pegara al señor Ford?

—Sí, claro.

—¿Por qué pensó usted que lo hizo?

—No sé. Porque Ford no le quería fiar, supongo. Pero creo que siempre había pensado hacerlo.

Se preguntó si estaría diciendo demasiado, pero tenía ganas de hablar con alguien de ello, estaba muy sola y no parecía haber nada malo en eso.

—Pero esa noche, la noche antes de que ocurriera, hablamos juntos. Habíamos cenado, una cena especial: Alec dijo que debíamos hacerlo y yo sabía que era nuestra última noche. Había traído de no sé dónde una botella de vino tinto; a mí no me gustaba mucho, y Alec se bebió la mayor parte. Y luego le pregunté «¿Es la despedida?», si todo se había acabado...

—¿Él qué dijo?

—Dijo que tenía que hacer un trabajo. Yo no lo entendí bien del todo, de veras.

Se produjo un largo silencio y el hombrecillo parecía más preocupado que nunca. Por fin le preguntó:

—¿Lo cree usted?

—No sé.

De repente sintió terror por Alec, sin saber por qué. El hombre preguntó:

—Leamas tiene dos hijos de su matrimonio: ¿se lo había dicho? —Liz no dijo nada—. A pesar de eso, dio su nombre como parienta más cercana. ¿Por qué cree que lo hizo?

El hombrecillo parecía cohibido por su propia pregunta. Se miraba las manos gordinflonas, apretadas en el regazo. Liz enrojeció.

—Yo estaba enamorada de él —contestó.

—¿Estaba él enamorado de usted?

—Quizá. No lo sé.

—¿Sigue usted enamorada de él?

—Sí.

—¿Dijo alguna vez que volvería? —preguntó el más joven.

—No.

—Pero ¿se despidió de usted? —preguntó el otro rápidamente.

—¿Se despidió de usted? —El hombrecillo repitió la pregunta despacio, bondadosamente—. Le prometo que a él ya no le puede ocurrir nada más. Pero queremos ayudarle, y si usted tiene alguna idea de por qué le pegó a Ford, si tiene la más leve idea de algo que hubiera dicho, aunque fuera casualmente, o algo que hiciera, entonces díganoslo, por el bien de Alec.

Liz movió la cabeza.

—Por favor, váyanse —les pidió—; por favor, no hagan más preguntas. Por favor, váyanse ya.

Al llegar a la puerta, el de más edad vaciló, luego sacó una tarjeta de la cartera y la dejó en la mesa, con viveza, como si fuera a hacer ruido. Liz pensó que era un hombrecito muy tímido.

—Si alguna vez necesita ayuda..., si ocurre alguna vez algo a propósito de Leamas, o..., llámeme por teléfono —dijo—. ¿Entiende?

—¿Quién es usted?

—Soy un amigo de Alec Leamas —vaciló—. Otra cosa —añadió—, una última pregunta. ¿Sabía Alec que usted era..., sabía Alec lo del Partido?

—Sí —contestó ella desesperadamente—. Se lo dije yo.

—¿Y el Partido sabe lo de usted y Alec?

—Ya se lo he dicho: nadie lo sabía. —Luego, con la cara pálida, gritó de repente—: ¿Dónde está...? Díganme dónde está. ¿Por qué no me quieren decir dónde está? Yo le puedo ayudar, ¿no lo ven? Yo le cuidaré..., aunque se haya vuelto loco, no me importa, les juro que no... Le escribí cuando estaba en la cárcel: no debía haberlo hecho, ya lo sé. No le decía otra cosa sino que podía volver en cualquier momento. Que siempre le esperaría...

No pudo seguir hablando; no hizo más que sollozar y sollozar, quieta allí, en medio del cuarto, con el rostro sofocado hundido entre sus manos, mientras el hombrecillo la observaba.

—Se ha ido al extranjero —dijo amablemente—. No sabemos bien dónde está. No está loco, pero no debía haberle dicho todo eso. Fue una lástima.

—Ya nos preocuparemos por usted, en cuanto al dinero y esa clase de cosas —dijo el más joven.

—¿Quiénes son ustedes? —volvió a preguntar Liz.

—Amigos de Alec —repitió el más joven—; buenos amigos.

Les oyó bajar con calma por la escalera hasta la calle. Desde su ventana les vio meterse en su pequeño coche negro y ponerse en marcha hacia el parque.

Luego recordó la tarjeta. Se acercó a la mesa, la recogió y la puso frente a la luz. Era cara, pensó, más de lo que se podía permitir un policía. En relieve. Sin título delante del nombre, sin comisaría ni nada. Sólo el nombre..., ¿y quién ha oído hablar nunca de un policía que viva en Chelsea?

«George Smiley. 9 Bywater Street, Chelsea». Y el número del teléfono debajo.

Era muy raro.

En el Este

Leamas se desabrochó el cinturón del asiento.

Se dice que los condenados a muerte pasan por momentos repentinos de júbilo; como si, igual que las mariposas en el fuego, su destrucción coincidiera con el alcance de sus deseos. Al seguir derecho su decisión, Leamas notó una sensación semejante: un alivio, breve pero consolador, le sostuvo durante algún tiempo. Le sucedieron el miedo y el hambre.

Leamas se iba haciendo más lento. Tenía razón Control.

Lo había advertido durante el caso Riemeck, a principios del año pasado. Karl había mandado un mensaje: tenía algo especial para él y hacía una de sus raras visitas a Alemania Oriental, alguna conferencia legal en Karlsruhe. Leamas se las había arreglado para conseguir un billete de avión para Colonia, y había cogido un coche en el aeropuerto. Era todavía muy pronto, y esperaba no encontrar la mayor parte del tráfico en la autopista a Karlsruhe, pero los pesados camiones ya estaban en marcha. Recorrió setenta kilómetros en media hora, metiéndose entre la circulación, arriesgándose para ganar tiempo, cuando un coche pequeño, probablemente un Fiat, se abrió paso al carril interior, a unos cuarenta metros por delante de él. Leamas pisó fuerte el freno encendiendo los faros y tocando el claxon, y, gracias a Dios, lo evitó, lo evitó por una fracción de segundo. Al adelantar el coche vio con el rabillo del ojo cuatro niños en la parte de atrás, riendo y agitando la mano, y la cara estúpida y asustada de su padre al volante. Siguió adelante, maldiciendo, y de repente ocurrió: de pronto, las manos le temblaron febrilmente, la cara le ardía, el corazón le palpitaba locamente. Se las arregló para apartarse de la autopista a un desvío, salió revolviéndose del coche, y se quedó respirando pesadamente y mirando pasmado el violento torrente de los gigantescos camiones. Tuvo una visión con su coche aprisionado entre ellos, aplastado y destrozado, hasta no quedar nada, nada más que el frenético gruñido de los cláxones, las luces azules centelleando y los cuerpos de los niños despedazados como aquellos refugiados que mataron en la carretera entre las dunas.

Condujo lentamente el resto del camino y llegó tarde a la cita con Karl.

Nunca volvió a conducir sin que algún rincón

de su memoria evocase a los niños despeinados que le saludaban con la mano desde el asiento de atrás de ese coche, y su padre agarrado al volante como un labrador a la mancera del arado.

Control lo llamaría fiebre.

Estaba sentado, aturdido, en su asiento sobre el ala. A su lado había una americana que llevaba zapatos de tacón alto enfundados en plástico. Tuvo una idea momentánea de pasarle una nota para los de Berlín, pero en seguida la descartó. Ella pensaría que estaba queriendo conquistarla, y Peters lo vería. Además, ¿de qué serviría? Control sabía lo que había pasado: Control había hecho que pasara. No había nada que decir.

Se preguntó qué sería de él. Control no había hablado de eso, sino sólo de la técnica.

«No se lo dé todo de una vez, haga que trabajen para obtenerlo. Confúndales con detalles, deje cosas pendientes, vuelva atrás sobre sus pasos. Póngase testarudo, maldiciente, difícil. Beba como una esponja; no se meta con la ideología, no se fiarán de eso. Quieren tratar con un hombre que han comprado; quieren el entrechocar de los contrarios, Alec, no un convertido vergonzante. Sobre todo, ellos quieren deducir. El terreno está preparado: lo hicimos hace mucho tiempo, cositas, claves difíciles. Usted es la última fase de la caza del tesoro».

Había tenido que acceder a hacerlo: no se puede uno retirar de la gran lucha cuando le han dejado resueltos todos los preliminares de la pelea.

«Una cosa puedo asegurarle: que vale la pena. Vale la pena para nuestro interés especial, Alec. Manténgase vivo y habremos logrado una gran victoria».

No se creía capaz de aguantar la tortura. Recordaba un libro de Koestler en que el viejo revolucionario se había preparado para la tortura sosteniendo cerillas encendidas contra los dedos. No había leído mucho, pero eso sí lo leyó y lo recordaba.

Casi había oscurecido cuando aterrizaron en Tempelhof. Leamas observó cómo las luces de Berlín subían a su encuentro, sintió el porrazo del avión al tocar tierra, y vio a los funcionarios de la Aduana y de pasaportes que se adelantaban en la media luz.

Por un momento, a Leamas le preocupó que algún conocido de antes, por casualidad, le viera en el aeropuerto. Al avanzar, al lado de Peters, por los interminables corredores a través del inevitable control de la Aduana y de pasaportes, sin que ninguna cara conocida se volviera a saludarle, se dio cuenta de que su preocupación había sido en realidad una esperanza; esperanza de que, sin saber cómo, su tácita decisión de seguir adelante fuera revocada por las circunstancias.

Le interesó que Peters ya no se preocupara de fingir que él no era cosa suya: era como si Peters considerara Berlín Occidental como terreno seguro, donde la vigilancia y la seguridad podían relajarse, un mero punto técnico en su etapa hacia el Este.

Andaban a través de la gran sala de recepción hacia la puerta principal, cuando de repente Peters pareció cambiar de idea; cambió de dirección bruscamente y llevó a Leamas a una pequeña entrada lateral que daba a un aparcamiento con parada de taxis. Allí Peters vaciló un segundo, se paró bajo la luz de la puerta, luego dejó la maleta en el suelo, a su lado, sacó deliberadamente el periódico de debajo del brazo, lo dobló, se lo metió en el bolsillo izquierdo del impermeable, y volvió a cargar con la maleta. Inmediatamente, desde el aparcamiento, los faros de un coche cobraron vida, y después bajaron y se apagaron.

—Vamos allá —dijo, y echó a andar a paso rápido a través del asfalto, mientras Leamas le seguía mas despacio.

Al alcanzar en seguida la primera fila de coches, se abrió desde dentro la puerta trasera de un Mercedes negro, y se encendió la luz del interior. Peters, a diez metros por delante de Leamas, se acercó deprisa al coche, habló en voz baja con el conductor, y luego llamó a Leamas.

—Aquí está el coche. Dese prisa.

Era un viejo Mercedes 180. Entró sin decir palabra, y Peters se sentó a su lado, en el asiento de atrás. Al arrancar, adelantaron a una pequeña DKW con dos hombres delante. Veinte metros más abajo, junto a la carretera, había una cabina telefónica. Un hombre hablaba por teléfono mientras les vio pasar. Leamas miró por la ventanilla de atrás y vio que la DKW les seguía. «Un gran recibimiento», pensó.

Avanzaban bastante despacio. Leamas estaba sentado con las manos en las rodillas, mirando fijamente hacia delante. No quería ver Berlín esa noche. Ésta era su última ocasión, lo sabía. Tal como estaba sentado, podía lanzar lateralmente la mano derecha a la garganta de Peters y aplastarle la nuez. Podría salir y echar a correr, haciendo eses para evitar las balas del coche de detrás. Estaría libre: en Berlín había gente que le daría cobijo. Podía escaparse.

No hizo nada.

Fue muy fácil cruzar el límite del sector. Leamas nunca habría imaginado que fuese tan fácil. Durante diez minutos estuvieron dando vueltas, y Leamas supuso que tenían que cruzar a una hora prefijada. Al acercarse al puesto de control alemán occidental, la DKW aceleró, les adelantó con el ostentoso ruido de un motor forzado y se detuvo en la caseta de la policía. El Mercedes esperó treinta metros detrás. Dos minutos después, el poste rojo y blanco se elevó para dejarles pasar, y así, los dos vehículos pasaron uno junto al otro, el motor del Mercedes gruñendo en seguida, y el conductor apretándose contra el respaldo y conduciendo con los brazos extendidos.

Al cruzar los cincuenta metros que separaban los dos puestos de control, Leamas advirtió vagamente las nuevas fortificaciones en el lado oriental del muro; dientes de dragón, torres de observación y triple tendido de alambre de espino. Las cosas se habían puesto tensas.

El Mercedes no se detuvo en el segundo puesto de control: las barreras ya estaban levantadas y pasaron directamente hacia delante, sin que los vopos hicieran otra cosa que mirarles con gemelos. La DKW había desaparecido, y cuando Leamas la avistó diez minutos después, iba otra vez detrás de ellos. Ahora marchaban deprisa. Leamas pensaba que se pararían en el Berlín Oriental, quizás a cambiar de coches y a felicitarse por el éxito de la operación, pero se dirigieron hacia el este a través de la ciudad.

—¿Adónde vamos? —le preguntó a Peters.

—Ya estamos en la República Democrática Alemana. Aquí le han preparado acomodo.

—Creí que iríamos más al este.

—Iremos. Primero vamos a pasar aquí un día o dos. Pensamos que los alemanes deberían tener una conversación con usted.

—Ya entiendo.

—Después de todo, la mayor parte de su trabajo ha sido en el lado alemán. Les envié detalles de su declaración.

—¿Y ellos quieren verme?

—Nunca han tenido nada parecido a usted, nada tan... cercano a las fuentes. Mi gente estuvo de acuerdo en que deberían tener la oportunidad de conocerle.

—¿Y desde aquí? ¿Adónde vamos desde Alemania?

—Otra vez al Este.

—¿A quién voy a ver en el lado alemán?

—¿Importa algo?

—No mucho. Conozco de nombre a la mayor parte de la gente de la Abteilung, eso es todo. Me lo preguntaba, simplemente.

—¿A quién esperaría encontrar?

—A Fiedler —contestó en seguida Leamas—, subjefe de seguridad; el hombre de Mundt. Es el que hace los grandes interrogatorios. Es un hijo de perra.

—¿Por qué?

—Un hijo de perra salvaje. He oído hablar de

él. Capturó a un agente de Peter Guillam y casi le mató del modo más asqueroso.

—El espionaje no es una partida de críquet —observó agriamente Peters, y después de eso se quedaron en silencio.

«Así que es Fiedler», pensó Leamas.

Leamas conocía muy bien a Fiedler. Le conocía por las fotografías de la ficha y por los informes de sus anteriores subordinados. Un hombre esbelto, correcto, muy joven, de rostro liso. Pelo oscuro, brillantes ojos oscuros; inteligente y salvaje, como había dicho Leamas. Un cuerpo delgado y vivaz que contenía una mente paciente, retentiva; un hombre, al parecer, sin ambición personal, pero inexorable en la destrucción de los demás. Fiedler era una rareza en la Abteilung: no tomaba parte en sus intrigas, parecía contento viviendo a la sombra de Mundt, sin perspectivas de ascenso. No se le podía poner ninguna etiqueta de miembro de esta pandilla o de aquélla: incluso los que habían trabajado cerca de él en la Abteilung no podían decir dónde estaba en su complejo de fuerzas. Fiedler era un solitario; temido, odiado y recelado. Cualesquiera que fueran sus motivos, se ocultaban bajo una capa de sarcasmo destructivo.

«Fiedler es nuestra mejor apuesta», había explicado Control. Habían estado de sobremesa,

Leamas, Control y Peter Guillam, en aquella lamentable casa como la de los siete enanitos, en Surrey, donde Control vivía con su mujer, siempre cargada de bisutería, entre mesas indias talladas, con tableros de cobre. «Fiedler es el acólito que un día apuñalará por la espalda al gran sacerdote. Es el único hombre que está a la altura de Mundt —aquí Guillam había asentido—, y le odia a fondo. Fiedler es judío, desde luego, y Mundt es lo contrario. En absoluto es una buena mezcla. Nuestro trabajo ha sido —afirmó, señalando a Guillam y a él mismo— dar a Fiedler el arma con que destruir a Mundt. A usted le toca, mi querido Leamas, animarle a usarla. Indirectamente, desde luego, porque nunca se encontrará con él. Por lo menos, espero con seguridad que nunca se encuentren».

Entonces todos se habían reído, incluso Guillam. Parecía una buena broma en ese momento; en todo caso, buena para el nivel de Control.

Debió de ser después de medianoche.

Llevaban algún tiempo avanzando por una carretera a medio hacer, en parte a través de un bosque y en parte a través de campo abierto. Luego se detuvieron, y un momento después la DKW se colocó a su lado. Leamas observó, al bajar con Peters, que ahora había tres hombres en el otro coche. Dos salían ya. El tercero estaba sentado en el asiento de atrás, mirando unos papeles a la luz del techo del coche, una figura ligera medio en sombra.

Habían aparcado, junto a unos establos en desuso; el edificio quedaba a unos treinta metros. Con los faros del coche, Leamas había atisbado una granja baja, con tapias de madera y de ladrillo enjalbegado. Salieron. La luna había ascendido y brillaba con tanta claridad que las colinas con bosques, atrás, se recortaban nítidas contra el pálido cielo de la noche. Caminaron hacia la casa: Peters y Leamas abrían la marcha, y los dos hombres iban detrás. El otro hombre del segundo coche no había hecho ademán de moverse; se había quedado allí, leyendo.

Al llegar a la puerta, Peters se detuvo, esperando a que los otros dos les alcanzaran. Uno de ellos llevaba un manojo de llaves en la mano izquierda, y mientras las probaba, el otro se apartó, con las manos en los bolsillos, protegiéndole.

—No se arriesgan... —indicó Leamas a Peters—. ¿Quién creen que soy?

—No les pagan para que piensen —contestó Peters, y volviéndose hacia uno de ellos, le preguntó en alemán—: ¿Viene él?

El alemán se encogió de hombros y volvió los ojos hacia el coche.

—Ya vendrá —dijo—; le gusta venir solo.

Entraron en la casa; el hombre abría la marcha. Estaba dispuesta como un pabellón de caza, en parte vieja y en parte nueva. Había una mala iluminación de luces pálidas en el techo. El lugar tenía un aire descuidado, mohoso, como si lo hubieran abierto para esa ocasión. Aquí y allá había pequeños toques oficiales, un aviso de qué hacer en caso de incendio, la pintura verde de reglamento en la puerta, y pesadas cerraduras de resorte; y en el salón, que estaba puesto con mucha comodidad, había un mobiliario oscuro, pesado, con muchos arañazos, y las inevitables fotografías de los jefes soviéticos. Para Leamas, esas desviaciones de lo anónimo significaban la identificación involuntaria de la Abteilung con la burocracia. Eso era algo a lo que se había acostumbrado en Cambridge Circus.

Peters se sentó y Leamas hizo lo mismo. Durante diez minutos, acaso más, aguardaron; entonces, Peters le habló a uno de los dos hombres que se habían quedado de pie, cohibidos, en el otro lado del salón.

—Vaya a decirle que estamos esperando. Y búsquenos algo de comer, tenemos hambre. —Cuando el hombre se dirigía a la puerta, le llamó—: Y whisky...; dígales que traigan también whisky y unos vasos.

El hombre encogió sus pesados hombros con poco aire de cooperación y salió dejando abierta la puerta.

—¿Ha estado usted alguna otra vez aquí? —preguntó Leamas.

—Sí —contestó Peters—; varias veces.

—¿Para qué?

—Esta clase de cosas. No precisamente lo mismo, pero nuestro tipo de trabajo.

—¿Con Fiedler?

—Sí.

—¿Vale mucho?

Peters se encogió de hombros.

—Para ser judío, no está mal —contestó, y Leamas, al oír un ruido desde el otro lado del salón se volvió y vio a Fiedler de pie en la puerta. En una mano traía una botella de whisky, y en la otra, vasos y agua mineral. No mediría más de un metro sesenta y cinco. Llevaba un traje azul oscuro de un solo corte; la chaqueta era demasiado larga. Era un animal sinuoso y flexible: sus ojos eran oscuros y brillantes. No les miraba a ellos, sino al policía que estaba junto a la puerta.

—Váyase —dijo. Tenía un leve deje sajón—. Váyase y diga al otro que nos traiga de comer.

—Se lo he dicho —avisó Peters—; ya lo saben. Pero no han traído nada.

—Son unos exquisitos —observó Fiedler con sequedad en inglés—. Piensan que tendríamos que tener criado para la comida.

Fiedler había pasado la guerra en el Canadá. Leamas lo recordó ahora, al notar su acento. Sus padres habían sido refugiados judíos alemanes, marxistas, y hasta 1946 no volvió la familia a la patria, ansiosos de tomar parte, a cualquier precio, en la construcción de la Alemania de Stalin.

—Hola —añadió hacia Leamas, casi en camino—, me alegro de verle.

—Hola, Fiedler.

—Ha llegado al término del camino.

—¿Qué demonios quiere decir? —preguntó vivamente Leamas.

—Quiero decir que, en contra de cualquier cosa que le haya dicho Peters, no va a ir más hacia el Este. Lo siento.

Parecía divertido. Leamas se volvió hacia Peters.

—¿Es eso cierto? —Su voz temblaba de cólera—. ¿Es cierto? ¡Dígame!

Peters asintió.

—Sí. Yo soy el intermediario. Teníamos que hacerlo así. Lo siento —añadió.

—¿Por qué?

—Fuerza mayor —intervino Fiedler—. Su interrogatorio inicial tuvo lugar en Occidente, donde sólo una embajada podía ofrecer el enlace que necesitábamos. La República Democrática Alemana no tiene embajadas en los países occidentales. Todavía no. Por consiguiente, nuestra Sección de Enlaces nos organizó el que disfrutáramos de facilidades, comunicaciones e inmunidades que ahora se nos niegan.

—¡Hijo de perra! —chilló Leamas—; ¡piojoso hijo de perra! Sabía que no me habría fiado de su asqueroso Servicio; ésa fue la razón, ¿no? Por eso han utilizado a un ruso.

—Hemos utilizado la embajada soviética en La Haya. ¿Qué otra cosa podíamos hacer? Hasta entonces fue una operación nuestra. Eso es perfectamente razonable. Ni nosotros ni nadie más podía saber que su propia gente en Inglaterra se iban a lanzar tan pronto contra usted.

—¿No? ¿Ni siquiera cuando ustedes mismos los lanzaron contra mí? ¿No es eso lo que ha pasado, Fiedler? Bueno, ¿no es eso?

«Acuérdese siempre de serles odioso —había dicho Control—. Entonces considerarán como un tesoro lo que le saquen».

—Es una sugerencia absurda —replicó con brevedad Fiedler.

Lanzando una ojeada hacia Peters, añadió algo en ruso. Peters asintió y se levantó.

—Adiós —le dijo a Leamas—. Buena suerte.

Sonrió fatigosamente, le hizo un gesto con la cabeza a Fiedler y se encaminó hacia la puerta. Puso la mano en el paño, luego se volvió y dijo otra vez a Leamas:

—Buena suerte.

Parecía querer decir algo a Leamas, pero Leamas quizá no lo habría oído. Se había puesto muy pálido, y había cruzado flojamente las manos sobre el cuerpo, con los pulgares para arriba, como si fuese a luchar. Peters se quedó de pie en la puerta.

—Debía haberlo previsto —dijo Leamas, y su voz tenía el acento extraño y quebrado de un hombre muy furioso—, debía haber supuesto que ustedes nunca tendrían tripas para hacer su propio trabajo sucio, Fiedler. Es típico de su asqueroso medio país y de su escuálido pequeño Servicio que tengan que meter a su tío el gordo para que les haga de celestino. No son un país en absoluto, no son un gobierno; son una dictadura de quinta fila, de políticos neuróticos.

Apuntando con el dedo a Fiedler, gritó:

—Le conozco, sádico hijo de perra; es típico de usted. Estaba en el Canadá durante la guerra, ¿verdad? Un sitio asquerosamente bueno para estar entonces, ¿no? Apuesto a que metía la cabezota en el delantal de mamaíta cada vez que un avión volaba por encima. ¿Ahora qué es? Un pequeño acólito rastrero de Mundt y de veintidós divisiones rusas sentadas en el umbral de mamá. Bueno, le compadezco, Fiedler, el día que se despierte y encuentre que se han ido, entonces habrá una matanza, y ni mamaíta ni el tío gordo le salvarán de recibir lo que merece.

Fiedler se encogió de hombros.

—Imagínese que es una visita al dentista, Leamas. Cuanto antes se acabe, antes podrá volver a casa. Coma algo y vaya a acostarse.

—Sabe perfectamente que no puedo volver a casa —replicó Leamas—. Ya se ha ocupado de ello. Me ha hecho saltar por los aires en Inglaterra; lo tenían que hacer los dos. Sabía condenadamente bien que yo nunca habría venido aquí si hubiera tenido otro remedio.

Fiedler se miró los dedos, finos y fuertes.

—Ahora no es momento para filosofar —dijo—, pero ya sabe que realmente no se puede quejar. Todo nuestro trabajo —el suyo y el mío— está basado en la teoría de que el conjunto es más importante que el individuo. Por eso un comunista considera su servicio secreto como la prolongación natural de su brazo, y por eso en su país el espionaje está envuelto en una especie de *pudeur anglaise*. La explotación de los individuos sólo se puede justificar por la necesidad colectiva, ¿no? Me parece algo ridículo que se indigne tanto. No estamos aquí para observar las leyes éticas de la vida rural inglesa. Después de todo —añadió suavemente—, su propia conducta, desde el punto de vista de un purista, no ha sido irreprochable.

Leamas miraba a Fiedler con expresión de asco.

—Ya conozco su plan. Usted es el perrito de Mundt, ¿verdad? Dicen que desea su puesto. Supongo que ahora lo conseguirá. Ya es hora de que se acabe el reinado de Mundt; quizás es eso.

—No comprendo —replicó Fiedler.

—Yo soy su gran éxito, ¿no? —contestó burlonamente Leamas.

Fiedler pareció reflexionar un momento, luego se encogió de hombros y dijo:

—La operación ha tenido éxito. Qué valga usted, es discutible. Ya veremos. Pero ha sido una buena operación. Ha cumplido la única exigencia de nuestra profesión: ha funcionado.

—Supongo que usted se llevará las alabanzas —insistió Leamas, con una mirada dirigida a Peters.

—No es cuestión de alabanzas —replicó tensamente Fiedler—; en absoluto.

Se sentó en el brazo del sofá, miró pensativo a Leamas por un momento y luego dijo:

—Sin embargo, tiene razón en indignarse de una cosa. ¿Quién le dijo a su gente que nos lo habíamos llevado nosotros? Nosotros, no. Quizá no me crea, pero da la casualidad de que es cierto. No se lo dijimos. Ni siquiera queríamos que lo supieran. Entonces teníamos la idea de lograr que usted trabajara más adelante para nosotros; idea que ahora me doy cuenta de que era ridícula. Así que, ¿quién se lo dijo? Usted estaba perdido, a la deriva, no tenía dirección, ni relaciones, ni amigos. Entonces, ¿cómo diablos supieron que se había ido? Alguien se lo dijo; difícilmente Ashe o Kiever, porque los dos ahora están detenidos.

—¿Detenidos?

—Eso parece. No precisamente por su trabajo en el caso de usted, pero había otras cosas...

—Bueno, bueno.

—Es verdad lo que decía ahora mismo. Nos habríamos contentado con el informe de Peters desde Holanda. Podría haber recibido su dinero y marcharse. Pero no nos lo había dicho todo, y quiero saberlo todo. Al fin y al cabo, su presencia aquí también nos crea problemas, ya sabe.

—Bueno, se equivoca. Maldito lo que yo sé... y que le aproveche.

Hubo un silencio, durante el cual Peters, con un movimiento de cabeza brusco y nada amistoso dirigido a Fiedler, se marchó silenciosamente de la estancia. Fiedler cogió la botella de whisky y echó un poco en cada vaso.

—Me temo que no tenemos soda —dijo—. ¿Le parece bien el agua? Pedí soda, pero han traído una miserable limonada.

—Ah, váyase al demonio —dijo Leamas. De repente se sentía muy cansado.

Fiedler movió la cabeza.

—Es usted un hombre muy orgulloso —indicó—, pero no importa. Tómese la cena y váyase a la cama.

Entró uno de los policías con una bandeja de comida; pan negro, salchichas y ensalada, verde y fría.

—Es un poco tosco —comentó Fiedler—, pero llena mucho. No hay patatas, me temo. Pasamos una escasez temporal de patatas.

Empezaron a comer en silencio; Fiedler con mucho cuidado, como un hombre que cuenta sus calorías.

Los guardias condujeron a Leamas a su alcoba. Le dejaron que llevara su propio equipaje —el mismo equipaje que le había dado Kiever antes de salir de Inglaterra—, y avanzó entre ellos por el ancho pasillo central que cruzaba la casa hasta la puerta principal. Llegaron a una gran puerta doble, pintada de verde oscuro, y uno de los policías abrió con llave; hicieron una señal a Leamas para que entrara delante. Él abrió la puerta de un empujón y se encontró en un pequeño dormitorio de cuartel con dos literas, una silla y una mesa rudimentaria. Era como en un campo de concentración. En las paredes había fotos de chicas, y las ventanas tenían las contraventanas cerradas. En el otro extremo del cuarto había otra puerta. Le hicieron de nuevo otra señal para que siguiera adelante. Él, dejó su equipaje, fue y abrió la puerta. El segundo cuarto era idéntico al primero, pero había una sola cama y las paredes estaban desnudas.

—Traigan esas maletas —dijo—; estoy cansado.

Se echó en la cama vestido y al cabo de unos minutos estaba completamente dormido.

Un centinela le despertó con el desayuno: pan negro y sucedáneo de café. Se levantó de la cama y se acercó a la ventana.

La casa estaba en un alto cerro. El suelo se hundía bruscamente al pie de su ventana, con las copas de los pinos visibles por encima de la pendiente. Más a lo lejos, con una simetría espectacular, se extendían interminables cerros, repletos de árboles. Acá y allá, una zanja para sacar leña o un cortafuegos formaba una sutil divisoria oscura entre los árboles, pareciendo separar milagrosamente, como la vara de Aarón, enormes mares de bosque circundante. No había ningún rastro humano: ni casa, ni iglesia, ni siquiera las ruinas de alguna vivienda anterior; sólo el camino, el camino amarillo a medio hacer, como una línea de lápiz a través de la hondonada del valle. No se oía ningún ruido. Parecía increíble que algo tan vasto pudiera estar tan silencioso. El día era frío, pero claro. Debía de haber llovido por la noche; el suelo estaba húmedo y todo el paisaje, tan nítidamente recortado contra el cielo blanco, que Leamas podía distinguir los árboles, uno a uno, en los cerros más remotos.

Se vistió despacio, bebiendo mientras tanto el ácido café. Casi había acabado de vestirse y estaba a punto de empezar a comerse el pan, cuando Fiedler entró en el cuarto.

—Buenos días —dijo alegremente—. No quiero interrumpirle el desayuno.

Se sentó en la cama. Leamas tuvo que reconocérselo a Fiedler: tenía valor. No es que hubiera nada valiente en venir a verle, pues los centinelas, según suponía Leamas, seguían en el cuarto de al lado. Pero había una firmeza, una voluntad definida en sus ademanes, que Leamas percibía y admiraba.

—Nos ha planteado un problema intrigante —observó.

—Les he dicho todo lo que sé.

—Ah, no. —Sonrió—. Ah, no nos lo ha dicho. Nos ha dicho todo lo que tiene conciencia de saber.

—Muy listo —murmuró Leamas, empujando a un lado el desayuno y encendiendo un cigarrillo, el último que le quedaba.

—Permítame hacerle una pregunta —sugirió Fiedler, con la exagerada campechanía de uno que propone un juego de salón—. Como experto funcionario de espionaje, ¿qué haría usted con la información que nos ha dado?

—¿Qué información?

—Mi querido Leamas, sólo nos ha dado una parte de la información. Nos ha hablado de Riemeck: ya sabíamos de Riemeck. Nos ha contado la estructura de su organización en Berlín, sus personalidades y sus agentes. Eso, si puedo decirlo así, es una antigualla. Exacta, sí. Buena base, lectura fascinante, aquí y allá buenas confirmaciones, aquí y allá algún pececillo que hemos de sacar del estanque.

Pero no..., si me permite ser grosero..., no son quince mil libras esterlinas de información. No —volvió a sonreír—, según los precios actuales.

—Oiga —dijo Leamas—, yo no propuse ese trato. Fueron ustedes. Usted, Kiever y Peters. Yo no fui arrastrándome a esos amigos suyos maricas, traficando con buenas informaciones. Ustedes organizaron la persecución, Fiedler; ustedes dijeron el precio y aceptaron el riesgo. Aparte de eso, no he recibido ni un asqueroso penique. Así que no me eche la culpa si la operación es un fracaso.

«Haga que se le acerquen», recordó Leamas.

—No es un fracaso —replicó Fiedler—, no ha terminado. No puede haber terminado. No nos ha dicho lo que sabe. Dije que nos había dado sólo parte de la información. Hablo de Piedra Movediza. Permítame preguntarle qué haría usted si yo, o Peters, o alguien parecido, le hubiera contado una historia semejante.

Leamas se encogió de hombros.

—Me sentiría incómodo —dijo—; eso ha pasado otras veces. Recibe usted una indicación, quizá varias, de que hay un espía en un departamento o a cierto nivel. ¿Y qué? No puede uno detener a todo el servicio gubernamental. No se pueden tender trampas a todo un departamento. Uno se sienta al acecho y espera más. No lo olvide. Con Piedra Movediza ni siquiera se puede saber en qué país está actuando.

—Usted es un realizador, Leamas —observó Fiedler con una carcajada—, no un evaluador. Eso está claro. Permítame hacerle algunas preguntas elementales.

Leamas no dijo nada.

—El expediente..., el expediente que se usa en la operación Piedra Movediza, ¿de qué color era?

—Gris con una cruz roja; eso indica que es de acceso limitado.

—¿Había algo sujeto por fuera?

—Sí, la señal de precaución: es la etiqueta de acceso limitado; con una inscripción que decía que cualquier persona no autorizada, que no esté nombrada en esa etiqueta, si encuentra el expediente en su posesión debe devolverlo sin abrir a la Sección Bancaria.

—¿Quién estaba en la lista de acceso limitado?

—¿Para Piedra Movediza?

—Sí.

—Pues el personal de Control, el propio Control, la secretaria de Control; la Sección Bancaria, la señorita Bream, de Registro Especial, y Satélites Cuatro. Eso es todo, me parece. Y Despacho Especial, supongo..., no estoy seguro de éstos.

—¿Satélites Cuatro? ¿Qué hacen?

—Los países del Telón, excluyendo la Unión Soviética y China. La Zona.

—¿Quiere decir Alemania Oriental?

—Quiero decir la Zona.

—¿No es un poco raro que una sección entera esté en la lista de acceso limitado?

—Sí, probablemente. No sabría decir..., nunca había manejado antes material de acceso limitado. Salvo en Berlín, desde luego; allí todo era diferente.

—¿Quién estaba entonces en Satélites Cuatro?

—Ah, vaya; Guillam, Haverlake, De Jong, creo. De Jong acababa de volver de Berlín.

—¿A todos ellos se les permitía ver ese expediente?

—No sé, Fiedler... —contestó Leamas irritado—; y si fuera usted...

—Entonces, ¿no es extraño que toda una sección esté en la lista de acceso limitado, mientras el resto de los indicados son individuos?

—Ya le digo que no lo sé, ¿cómo iba a saberlo? Yo no era más que un burócrata en todo esto.

—¿Quién llevaba el expediente desde uno de los autorizados a otro?

—Las secretarias, supongo..., no puedo recordarlo. Hace ya muchos meses desde entonces...

—Entonces, ¿por qué no estaban las secretarias en la lista? La secretaria de Control sí estaba.

Hubo un momento de silencio.

—No, tiene razón; ahora me acuerdo —dijo Leamas con una nota de sorpresa en la voz—; la pasábamos a mano.

—¿Quién más de Bancaria manejaba esos expedientes?

—Nadie. Fue mi tarea especial cuando me incorporé a la sección. Una de las mujeres lo había hecho antes, pero cuando yo llegué, me ocupé de ello, y a ellas las quitaron de la lista.

—Entonces, ¿usted solo entregaba el expediente en mano al siguiente que lo leía?

—Sí..., sí, supongo que sí.

—¿A quién se lo pasaba?

—Yo... no puedo recordarlo.

—¡Piense!

La voz de Fiedler no se había elevado de tono, pero contenía un apremio repentino que cogió por sorpresa a Leamas.

—Creo que al personal de Control, para hacer ver qué resolución habíamos tomado o recomendado.

—¿Quién traía el expediente?

—¿Qué quiere decir?

La voz de Leamas sonó como si le hubieran sorprendido en desventaja.

—¿Quién le traía a usted el expediente para verlo? Alguno de la lista tenía que traérselo.

Leamas se tocó la mejilla con los dedos un momento haciendo un involuntario gesto nervioso.

—Sí, tenía que ser uno de ellos. Es difícil, ya ve, Fiedler; en aquel tiempo yo bebía mucho —su tono era extrañamente conciliatorio—: no se da cuenta usted de lo difícil que es...

—Se lo vuelvo a decir: piense. ¿Quién le traía el expediente?

Leamas se sentó a la mesa y movió la cabeza.

—No puedo recordarlo. Quizá me venga a la memoria. Por el momento no puedo recordar, de veras que no. Es inútil intentarlo.

—No podía ser la secretaria de Control, ¿verdad que no? Usted siempre devolvía el expediente al personal de Control. Lo ha dicho así. De modo que los de la lista debían de haberlo visto antes que Control.

—Sí, supongo que así es.

—Luego está además el Registro Especial, la señorita Bream.

—Ésa no era sino la mujer que llevaba la sala de cajas fuertes con los ficheros de listas de acceso limitado.

—Entonces —dijo Fiedler suavemente—, debía de ser Satélites Cuatro quien se lo traía.

—Sí, supongo que sí —contestó Leamas, inerme, como si no estuviera a la altura de la brillantez de Fiedler.

—¿En qué piso trabajaba Satélites Cuatro?

—En el segundo.

—¿Y Bancaria?

—En el cuarto. Junto a Registro Especial.

—¿Recuerda quién se lo traía? ¿O recuerda, por ejemplo, haber bajado la escalera alguna vez para ir a recoger el expediente de ellos?

—¡Sí, sí, claro que sí! ¡Yo lo recibía de Peter! —Leamas parecía haber despertado: tenía la cara sofocada, excitada—. Eso es: una vez recogí el expediente en el despacho de Peter. Charlamos sobre Noruega. Habíamos servido juntos allí, ya ve.

—¿Peter Guillam?

—Sí, Peter: me había olvidado de él. Había vuelto de Ankara unos meses antes. ¡Él estaba en la lista! Peter estaba, ¡por supuesto! Eso es. Era Satélites Cuatro, y P. G. entre paréntesis, las iniciales de Peter. Alguien lo había hecho antes que él, y Registro Especial había pegado un papelito blanco encima del nombre antiguo, poniendo las iniciales de Peter.

—¿Qué territorio tenía a su cargo Guillam?

—La Zona. Alemania Oriental. Asuntos económicos; dirigía una pequeña sección, una especie de charca inmóvil. Él era el tipo; él me subió el expediente también una vez, ahora lo recuerdo. Pero él no dirigía agentes: no sé bien cómo se había metido en eso... Peter y un par más hacían alguna investigación sobre la escasez de alimentos. Valoraciones, en realidad.

—¿No lo discutía usted con él?

—No, eso es tabú. No se hace, con los expedientes de acceso limitado. Recibí un sermón acerca de eso, de la mujer de Registro Especial, Bream; nada de discusión, ni preguntas.

—Pero, si se tienen en cuenta las complicadas precauciones de seguridad que rodeaban lo de Piedra Movediza, ¿no es probable realmente que el presunto trabajo de investigación de Guillam incluyera el manejo parcial de ese agente, Piedra Movediza?

—Ya se lo dije a Peters —casi gritó Leamas golpeando la mesa con el puño—; es una majadería imaginar que, se pudiera hacer ninguna operación contra Alemania Oriental sin que lo supiera yo, sin el conocimiento de la organización de Berlín. Yo lo habría sabido, ¿no lo comprende? ¿Cuántas veces tengo que decirlo? ¡Yo lo habría sabido!

—Desde luego —dijo Fiedler en voz baja—, por supuesto que lo habría sabido.

Se puso en pie y se acercó a la ventana.

—Debería ver esto en otoño —comentó asomándose—. Es espléndido cuando las hayas cambian de color.

Alfileres o grapas

A Fiedler le gustaba hacer preguntas. A veces, por ser abogado, las hacía sólo por el placer de mostrar la discrepancia existente entre las declaraciones y la verdad absoluta. Poseía, sin embargo, esas persistentes ganas de averiguar que son un fin en sí mismas entre los periodistas y abogados.

Aquella tarde salieron a dar un paseo, siguiendo el camino de grava hasta el valle, y luego desviándose hacia el bosque a lo largo de un ancho sendero hundido, bordeado de troncos cortados.

Mientras tanto, Fiedler hacía conjeturas, sin cesar, sobre el edificio de Cambridge Circus y la gente que trabajaba en él. ¿De qué clase social procedían, en qué barrios de Londres vivían? ¿Trabajaban matrimonios en los mismos departamentos? Le preguntó sobre el salario, la jubilación, la moral, el restaurante; le preguntó sobre su vida amorosa, sus cotilleos, su ideología.

Para Leamas, ésa era la pregunta más difícil de todas.

—¿Qué quiere decir con ideología? —replicó—. No somos marxistas, no somos nada. Gente, sencillamente.

—Entonces, ¿son cristianos?

—No muchos, diría yo. No sé de muchos que lo sean.

—Entonces, ¿qué les ha incitado a meterse en esto? —insistió Fiedler—; deben de tener alguna ideología.

—¿Por qué han de tenerla? Quizá no lo saben, incluso, ni les importa. No todo el mundo tiene una ideología —contestó Leamas un poco indeciso.

—Entonces, dígame: ¿cuál es su ideología?

—Bueno, ya está bien, caramba —cortó Leamas, y caminaron un rato en silencio. Pero Fiedler no se dejaba desanimar.

—Si no saben lo que quieren, ¿cómo pueden estar tan seguros de que tienen razón?

—¿Quién demonios ha dicho que lo estén? —replicó Leamas irritado.

—Pero, entonces, ¿cuál es la justificación? ¿Cuál es? Para nosotros es fácil, como le decía anoche. La Abteilung y demás organizaciones son la extensión natural del brazo del Partido. Están en la vanguardia de la lucha por la paz y el progreso. Son respecto al Partido lo que el Partido es respecto al socialismo: son la vanguardia. Ya lo dijo Stalin —sonrió secamente—; no está de moda citar a Stalin, pero una vez dijo: «Medio millón de liquidados es una estadística; un hombre muerto en accidente de circulación es una tragedia nacional». Se reía, ya ve, de las sensiblerías burguesas de la masa. Era un gran cínico. Pero lo que quería decir sigue siendo verdad: un movimiento que se protege de la contrarrevolución difícilmente puede detenerse ante la explotación (o la eliminación, Leamas) de unos pocos individuos. Es la misma cosa; nunca hemos pretendido estar por completo metidos en el proceso de racionalizar la sociedad. Algún romano lo dijo, ¿no?, en la Biblia cristiana: «Es conveniente que muera un hombre por el bien de muchos».

—Eso me imagino —contestó Leamas fatigado.

—Entonces, ¿qué piensa? ¿Cuál es su ideología?

—Creo que todos ustedes son una pandilla de hijos de perra —respondió Leamas furioso.

Fiedler asintió:

—Ese punto de vista lo comprendo. Es primitivo, negativo y muy estúpido; pero es un punto de vista, existe. Pero ¿y qué me dice sobre los demás de Cambridge Circus?

—No sé. ¿Cómo iba a saberlo?

—¿Ha discutido alguna vez de ideología con ellos?

—No. No somos alemanes. —Vaciló, y luego añadió con vaguedad—: Supongo que no les gusta el comunismo.

—¿Y eso justifica, por ejemplo, suprimir vidas humanas? ¿Eso justifica la bomba en el restaurante atestado..., eso justifica su proporción de agentes eliminados... y todo eso?

Leamas , se encogió de hombros.

—Supongo que sí.

—Ya ve, para nosotros sí —continuó Fiedler—; yo mismo pondría una bomba en un restaurante si eso nos permitiera avanzar en el camino. Después sacaría el saldo: tantas mujeres, tantos niños, y tanto hemos avanzado en el camino. Pero los cristianos —y su sociedad es cristiana— no deben de sacar ese saldo.

—¿Por qué no? Tienen que defenderse, ¿no?

—Pero creen en la santidad de la vida humana. Creen que cada persona tiene un alma que puede salvarse. Creen en el sacrificio.

—No sé. Ni me importa mucho —añadió Leamas—. A Stalin tampoco le importaba, ¿verdad?

Fiedler sonrió.

—Me gustan los ingleses —dijo casi para sí—; a mi padre también le gustaban. Quería mucho a los ingleses.

—Eso me da una sensación muy grata de calor —repuso Leamas, y volvió a sumergirse en el silencio.

Se detuvieron mientras Fiedler le daba un cigarrillo y se lo encendía.

Ahora subían una cuesta pronunciada. A Leamas le gustaba el ejercicio, avanzar a largos pasos, con los hombros echados hacia delante. Fiedler le seguía ligero y ágil, como un perrito detrás de su amo. Debían de llevar una hora andando, quizá más, cuando de repente se abrieron los árboles ante ellos y apareció el cielo. Habían alcanzado la cima de una colina, y veían allá abajo la masa continua de pinares, interrumpida sólo, acá y allá, por espesuras grises de hayas. Al otro lado del valle, Leamas distinguía el pabellón de caza, encaramado al pie de la cima de la colina de enfrente, bajo y oscuro entre los árboles. En medio del claro había un tosco banco junto a un montón de leños y los húmedos restos de un fuego para hacer carbón.

—Nos sentaremos un momento —dijo Fiedler—; luego tenemos que volver. —Hizo una pausa—. Dígame: ese dinero, esas grandes cantidades en bancos extranjeros, ¿para qué cree que eran?

—¿Qué quiere decir? Ya le he dicho que eran pagos para un agente.

—¿Un agente de detrás del Telón de Acero?

—Sí, me parece que sí —contestó Leamas algo fatigado.

—¿Por qué lo cree así?

Ante todo, era mucho dinero. Luego, las complicaciones de pagarlo, las seguridades especiales. Y, desde luego, el que Control anduviera mezclado en ello.

—¿Qué cree que hacía el agente con el dinero?

—Mire, ya se lo he dicho: no lo sé. Ni siquiera sé si lo cobró. No sé nada... yo no era más que un maldito recadero.

—¿Qué hacía con los talonarios de las cuentas?

—Los entregaba tan pronto como volvía a Londres, junto con mi falso pasaporte.

—Los bancos de Copenhague y Helsinki, ¿le escribieron alguna vez a Londres, quiero decir, a su nombre falso?

—No sé. Supongo que cualquier carta habría pasado directamente a Control.

—Las firmas falsas que usaba para abrir las cuentas, ¿tenía Control muestra de ellas?

—Sí, yo las había ensayado mucho, y ellos tenían muestras.

—¿Más de una?

—Sí. Páginas enteras.

—Ya veo. Entonces, podían haber mandado cartas a los bancos después que abriera las cuentas. No hacía falta que usted lo supiera. Las firmas podían ser falsas, y las cartas se podían mandar sin que usted lo supiera.

—Sí. Es verdad. Supongo que eso es lo que pasó. También firmé un montón de hojas en blanco. Siempre suponía que alguien se ocupaba de la correspondencia.

—Pero ¿nunca supo efectivamente nada sobre tal correspondencia?

Leamas sacudió la cabeza.

—Lo coge todo al revés —dijo—: lo ha desproporcionado. Había mucho papel dando vueltas: eso era solamente parte del trabajo diario. No era algo que me preocupara mucho. ¿Por qué habría de preocuparme? Todo era secreto, pero me he pasado toda la vida en asuntos en que uno sabía sólo un poco y otro sabía el resto. Además, el papeleo me aburre mucho. Yo no perdía el sueño por ello. Me gustaban los viajes, desde luego: sacaba subvenciones de operación que me venían bien. Pero yo no me pasaba todo el día sentado a la mesa meditando sobre Piedra Movediza. Además —añadió con cierta vergüenza—, me estaba abandonando un poco a la bebida.

—Ya lo ha dicho —comentó Fiedler—, y, desde luego, le creo.

—Me importa un pito que me crea o no —repuso Leamas, acalorado.

Fiedler sonrió.

—Me alegro. Ésa es su virtud —dijo—, ésa es su gran virtud. Es la virtud de la indiferencia. Un poco de resentimiento por aquí, un poco de orgullo por allá, pero eso no es nada: las deformaciones del sonido en su magnetófono. Es usted objetivo. Se me había ocurrido —continuó Fiedler, después de una leve pausa— que podría ayudarnos a averiguar si se ha cobrado alguna vez algo de ese dinero. No hay nada que le impida escribir a cada uno de esos bancos pidiendo el estado de las cuentas. Podríamos decir que está usted en Suiza, y dar una dirección transitoria. ¿Ve alguna objeción a eso?

—Podría dar resultado. Depende de si Control ha mantenido correspondencia con el banco independientemente, con mi firma falsa. Quizá no concordaría.

—No creo que tengamos mucho que perder.

—¿Qué tiene que ganar?

—Si el dinero se ha cobrado (lo cual estoy de acuerdo en que es dudoso), sabremos dónde estaba el agente en un día determinado. Saber eso me parece muy útil.

—Está soñando, Fiedler. Nunca le encontrará con esa clase de información. Una vez que esté en Occidente, puede ir a cualquier consulado, incluso en una ciudad pequeña, y obtener un visado para otro país. ¿Cómo se va a enterar? Ni siquiera sabe si ese hombre es un alemán oriental. ¿Qué persigue?

Fiedler no contestó en seguida: miraba distraídamente al otro lado del valle.

—Dijo que estaba acostumbrado a saber sólo un poco, y no puedo responder a su pregunta sin decirle algo que no debería saber. —Vaciló—. Pero Piedra Movediza era una operación contra nosotros, se lo puedo asegurar.

—¿Nosotros?

—La República Democrática Alemana. La Zona, si lo prefiere; no soy tan sensible.

Observaba ahora a Fiedler, con sus ojos oscuros posados reflexivamente en él.

—Pero, y de mí, ¿qué? —preguntó Leamas—. Suponga que no escribo las cartas. —Su voz se iba elevando—. ¿No es hora de hablar de mí, Fiedler? Fiedler asintió.

—¿Por qué no? —contestó conciliatorio.

Hubo un momento de silencio, y luego Leamas dijo:

—Yo he cumplido mi parte, Fiedler. Usted y Peters, entre los dos, tienen todo lo que sé. Nunca convine en escribir cartas a bancos: podría ser terriblemente peligroso un asunto así. Ya sé que eso no le preocupa. En lo que a usted concierne, estoy para que saque partido de mí.

—Ahora permítame que le sea franco —contestó Fiedler—. Usted sabe que hay dos fases en el interrogatorio de un desertor. La primera fase, en su caso, casi está completada: nos ha dicho todo lo que podemos anotar razonablemente. No nos ha dicho si su Servicio prefiere alfileres o grapas para sujetar los papeles porque no se lo hemos preguntado y porque usted no ha considerado que la respuesta mereciera darse espontáneamente. Por ambas partes hay un proceso de selección inconsciente. Ahora, siempre es posible (y eso es lo que me preocupa, Leamas), siempre es por completo posible, que dentro de un mes o dos, de modo inesperado y desesperado, tengamos que saber lo de los alfileres y las grapas. De eso se trata normalmente en la segunda fase: la parte del acuerdo que usted rehusó aceptar en Holanda.

—¿Eso quiere decir que me van a conservar en hielo?

—La profesión de desertor —observó Fiedler con una sonrisa— requiere mucha paciencia. Muy pocos resultan convenientemente educados.

—¿Cuánto tiempo? —insistió Leamas.

Fiedler quedó en silencio.

—¿Eh?

—Le doy mi palabra de que tan pronto como pueda —dijo Fiedler con súbito apremio— le daré la respuesta a su pregunta. Mire, podría mentirle, ¿no? Podría decir que un mes, o meses, sólo para tenerle tranquilo. Pero le digo que no lo sé porque ésa es la verdad. Nos ha dado algunas indicaciones: hasta que las hayamos aprovechado hasta la raíz no puedo oír hablar de dejarle suelto, pero después, si las cosas son como yo creo, necesitará usted un amigo, y ese amigo seré yo. Le doy mi palabra de alemán.

Leamas quedó tan sorprendido que guardó silencio un momento.

—Muy bien —dijo por fin—. Haré el juego, Fiedler, pero si me engaña, le cortaré el cuello, no sé cómo.

—Tal vez no haga falta —contestó Fiedler con calma.

Un hombre que representa un papel, no delante de otros, sino a solas, está expuesto a evidentes peligros psicológicos. En sí mismo, el ejercicio del engaño no es especialmente fatigoso; es cuestión de experiencia, de práctica profesional; es una facultad que la mayor parte de nosotros puede adquirir. Pero mientras que el que engaña en confianza, el actor de teatro o el jugador, puede regresar de su actuación a las filas de sus admiradores, el agente secreto no disfruta de tal alivio. Para él, engañar es ante todo una cuestión de defensa propia. Debe protegerse no sólo desde fuera, sino desde dentro, y contra los impulsos más naturales; aunque gane una fortuna, su papel le puede prohibir comprarse una hoja de afeitar; aunque sea un sabio, le puede tocar no murmurar más que trivialidades; aunque sea un padre y marido cariñoso, debe ser reservado en todas las circunstancias con aquellos en quienes debería confiar por naturaleza.

Consciente de las abrumadoras tentaciones que asaltan a un hombre permanentemente aislado en su engaño, Leamas recurrió al procedimiento que le proporcionaba mejores armas: incluso estando solo, se obligó a convivir con la personalidad que había asumido. Se dice que Balzac, en su lecho de muerte, preguntaba preocupado por la salud y prosperidad de los personajes que había creado. De un modo semejante, Leamas, sin abandonar la capacidad de invención, se identificó con lo que había inventado. Las cualidades que exhibía ante Fiedler, la incertidumbre constante, la arrogancia protectora para ocultar la vergüenza, no eran aproximaciones, sino ampliaciones de cualidades que efectivamente poseía: de ahí también el leve arrastrar de pies, el descuido del aspecto personal, la indiferencia hacia la comida y una creciente entrega al alcohol y al tabaco. Cuando estaba solo, seguía fiel a esas costumbres. Incluso las exageraba un poco, murmurando para sí sobre las iniquidades de su Servicio.

Sólo muy raramente, como entonces, al acostarse esa noche, se permitía el peligroso lujo de admitir la gran mentira en que vivía.

Control había acertado espléndidamente. Fiedler andaba como un hombre llevado de la mano en su sueño, hasta la red que Control le había tendido. Era pavoroso observar la creciente identidad de intereses entre Fiedler y Control: era como si se hubieran puesto de acuerdo en el mismo plan, y Leamas hubiera sido enviado para llevarlo a cabo.

Quizás era ésa la respuesta. Quizás era Fiedler el interés especial que Control luchaba tan desesperadamente por conservar. Leamas no reflexionaba sobre esa posibilidad. No quería saberlo. En asuntos de este tipo no preguntaba en absoluto: sabía que de sus deducciones no podía resultar ningún provecho imaginable. Sin embargo, ponía su más profunda esperanza en que fuera cierto. Era posible, sólo posible en ese caso, que volviera a casa.

Carta a un cliente

A la mañana siguiente, Leamas estaba todavía en la cama cuando Fiedler le llevó las cartas para que las firmase. Una estaba escrita en el fino papel azul de cartas del Seiler Hotel Alpenblick, Lago Spiez, Suiza; y la otra desde el Palace Hotel, Gstaad.

Leamas leyó la primera carta:

Sr. Director del
Banco Real Escandinavo,
Copenhague.

Muy señor mío:

Llevo unas semanas viajando y no he recibido correo de Inglaterra. Por consiguiente, no he recibido respuesta a mi carta del 3 de marzo solicitando un estado de las cuentas que tengo juntamente con Herr Karlsdorf. Para evitar mayores demoras, le ruego que tenga la amabilidad de enviarme una nota por duplicado a la siguiente dirección, donde permaneceré dos semanas a partir del 21 de abril:

c/o Madame Y. de Sanglot,
13 Avenue des Colombes,
París XII, Francia.

Excusándome por la molestia, les saluda atentamente,

ROBERT LANG

—¿Qué es todo eso de la carta del 3 de marzo? —preguntó—. Yo no les he escrito ninguna carta.

—No, no la ha escrito. Que nosotros sepamos, nadie la ha escrito. Eso preocupará al banco. Si hay algún desacuerdo entre la carta que le mandamos ahora y las cartas que hayan recibido de Control, supondrán que la solución se ha de encontrar en la carta perdida del 3 de marzo. Su reacción más natural será enviarle el estado de cuentas que pide, con una nota adjunta lamentando no haber recibido su carta del día 3.

La segunda era igual que la primera, sólo que los nombres eran diferentes. La dirección de París era la misma. Leamas cogió un pedazo de papel en blanco y la estilográfica y escribió media docena de veces en letra muy suelta «Robert Lang»; entonces firmó la primera carta. Echando la pluma hacia atrás, ensayó luego la segunda firma hasta que quedó satisfecho de ella, y entonces escribió «Stephen Bennett» al pie de la segunda carta.

—Admirable —observó Fiedler—, admirable.

—¿Qué hacemos ahora?

—Las echarán al correo mañana, en Interlaken y Gstaad. Nuestra gente de París me telegrafiará las respuestas tan pronto lleguen. Tendremos la respuesta dentro de una semana.

—¿Y hasta entonces?

—Tendremos que hacernos compañía constantemente. Sé que eso le resulta desagradable, y me excuso. Pensaba que podríamos dar paseos, salir en coche un poco por los montes, matar el tiempo. Quiero que repose y hable; que hable de Londres, de Cambridge Circus y del trabajo en el departamento; que me cuente los cotilleos, que me hable de los salarios, los permisos, los despachos, el papeleo y la gente. Los alfileres y las grapas para el papel. Quiero saber todas las cositas sin importancia. Por cierto... —Un cambio de tono.

—¿Qué?

—Aquí tenemos comodidades para la gente que..., para la gente que pasa el tiempo con nosotros. Comodidades de diversión, y cosas así.

—¿Me ofrece una mujer? —preguntó Leamas.

—Sí.

—No, gracias. A diferencia de usted, no he llegado aún al punto de necesitar un celestino.

Fiedler pareció indiferente a la respuesta. Continuó deprisa:

—Pero en Inglaterra tenía una mujer, ¿no? ¿La chica de la biblioteca?

Leamas se volvió hacia él, con las manos abiertas a los lados.

—¡Una cosa...! —gritó—. Sólo ésta: no vuelva a mencionar eso, ni de broma, ni como amenaza, ni para apretarme los tornillos, Fiedler, porque no le dará resultado, jamás. Me dejaré consumir, ya verá; nunca me sacarán otra maldita palabra mientras viva, Fiedler, dígaselo a Mundt y a Stammberger, o a cualquier gato de callejón que le haya dicho que hable de eso... Dígales lo que he dicho.

—Se lo diré —contestó Fiedler—; se lo diré. Quizá sea tarde.

Después del almuerzo, salieron otra vez a pasear. El cielo estaba oscuro y pesado, y el aire, caliente.

—Sólo he estado en Inglaterra una vez —comentó Fiedler—, fue de paso hacia el Canadá, con mis padres, antes de la guerra. Estuvimos dos días.

Leamas asintió.

—Ahora se lo puedo decir —continuó Fiedler—. Estuve a punto de ir allá hace pocos años. Iba a sustituir a Mundt en la Misión Siderúrgica; ¿sabía usted que él estuvo una vez en Londres?

—Lo sabía —contestó Leamas con aire reservado.

—Siempre me pregunté qué habría sido ese trabajo.

—El juego acostumbrado de mezclarse con otras misiones del Bloque, supongo. Algún contacto con los negocios ingleses..., poco de eso.

Leamas parecía aburrido.

—Pero Mundt se las arregló muy bien: lo encontró muy fácil.

—Eso he oído decir —dijo Leamas—, incluso se las arregló para matar a un par de personas.

—¿De modo que también había oído decir eso?

—A través de Peter Guillam. Él se ocupó de eso, con George Smiley. Mundt casi mató a George también.

—El caso Fennan —reflexionó Fiedler—. Fue sorprendente que Mundt se las arreglara para escapar de algún modo, ¿no?

—Supongo que sí.

—Uno pensaría que un hombre cuya fotografía y detalles personales estaban fichados por el Foreign Office como miembro de una misión extranjera no tenía grandes probabilidades contra toda la seguridad británica.

—De todas maneras, por lo que yo he oído decir —dijo Leamas—, no tuvieron demasiado empeño en cazarle.

Fiedler se detuvo bruscamente.

—¿Qué ha dicho usted?

—Peter Guillam me dijo que no contaba con que quisieran cazar a Mundt; eso es todo lo que dijo. Entonces teníamos una organización diferente (un Consejero en vez de un Control de Operaciones), un hombre llamado Maston. Maston había enredado lamentablemente el caso Fennan desde el principio, eso es lo que dijo Guillam. Peter suponía que si cazaban a Mundt la cosa se pondría muy maloliente: le procesarían y probablemente le ahorcarían. Los asuntos sucios que iban a salir en el proceso acabarían con la carrera de Maston. Peter nunca supo muy bien lo que pasó, pero estaba completamente seguro de que no se buscó a fondo a Mundt.

—¿Está usted seguro de eso? ¿Está seguro de que Guillam se lo dijo con esas palabras? ¿No se le buscó a fondo?

—Claro que estoy seguro.

—¿No sugirió nunca Guillam otra razón por la que hubieran dejado escapar a Mundt?

—¿Qué quiere decir?

Fiedler movió la cabeza y siguieron andando por el sendero.

—La Misión Siderúrgica se cerró después del caso Fennan... —observó Fiedler un momento después—; por eso no fui yo.

—Mundt debía de estar loco. Uno puede salir adelante con asesinatos en los Balcanes, o aquí, pero no en Londres.

—Sin embargo, salió adelante, ¿no? —intervino rápidamente Fiedler—. Y también hizo un buen trabajo.

—¿Como reclutar a Kiever y a Ashe? ¡Dios le guarde!

—Ellos se aprovecharon bastante tiempo de la mujer de Fennan.

Leamas se encogió de hombros.

—Dígame algo más sobre Karl Riemeck —empezó otra vez Fiedler—. Una vez conoció a Control, ¿no?

—Sí, en Berlín, hace cerca de un año, tal vez un poco más.

—¿Dónde se reunieron?

—Nos reunimos todos en mi piso.

—¿Por qué?

—A Control le gustaba meterse en mi éxito. Habíamos recibido un montón de buen material de Karl... Supongo que la cosa había caído muy bien en Londres. Vino en un viaje rápido a Berlín y me pidió que organizara una reunión.

—¿Le importó?

—¿Por qué había de importarme?

—Era agente suyo. Podría haberle disgustado que conociera a otros organizadores.

—Control no es un operador; es el jefe del departamento. Karl lo sabía muy bien y eso le picaba la vanidad.

—¿Estuvieron juntos los tres todo el tiempo?

—Sí. Bueno, no todo. Les dejé solos un cuarto de hora, aproximadamente. No más. Control lo quiso así, quería estar unos minutos a solas con Karl, Dios sabe por qué..., de modo que salí del piso con una excusa, no recuerdo qué. Ah, sí, ya sé; fingí que se nos había acabado el whisky. En realidad fui a ver a De Jong y le pedí una botella.

—¿Sabe qué pasó entre ellos mientras usted estaba fuera?

—¿Cómo podía saberlo? Por otra parte, no estaba tan interesado.

—¿Se lo contó después Karl?

—No se lo pregunté. Karl era un tipo insolente en muchas cosas, siempre comportándose como si estuviera por encima de mí. No me gustaba el modo como andaba con risitas a propósito de Control. Bueno, tenía pleno derecho a las risitas; fue un número bastante ridículo. En realidad, nos reímos juntos. No venía a qué picarle la vanidad a Karl; la reunión no tenía otra finalidad que darle más ánimos.

—¿Estaba deprimido Karl entonces?

—No, muy al contrario. Ya se había echado a perder: se le pagaba demasiado, se le quería demasiado, se confiaba en él demasiado. En parte fue culpa mía, en parte de Londres. Si no le hubiéramos mimado tanto, no le habría hablado de su red a aquella maldita mujer.

—¿Elvira?

—Sí.

Caminaron un rato en silencio hasta que Fiedler interrumpió su cavilación para comentar:

—Empieza usted a resultarme simpático. Pero hay algo que me desconcierta. Es extraño..., no me preocupaba antes de conocerle.

—¿Qué es?

—Por qué ha venido, simplemente. Por qué ha desertado.

Leamas iba a decir algo cuando Fiedler se echó a reír.

—Me temo que no he sido muy delicado, ¿eh? —dijo.

Pasaron esa semana paseando por los cerros. Al atardecer volvían a la casa, tomaban una mala comida acompañada con una botella de vino blanco agrio y luego se quedaban sentados interminablemente con su Steinläger delante del fuego. Lo del fuego parecía ser una idea de Fiedler: al principio no lo tenían y luego, un día, Leamas le oyó que mandaba a un policía para que trajeran troncos. A Leamas, entonces, no le importaba el anochecer; después de todo el día al aire libre, con el fuego y el licor fuerte, hablaba sin que se lo sugirieran, charlando de modo disperso sobre su Servicio. Leamas suponía que tomaban nota. No le importaba.

A cada día que pasaba de ese modo, Leamas notaba una creciente tensión en su compañero. Una vez salieron en la DKW; estaba anocheciendo ya y se pararon junto a una cabina telefónica. Fiedler le dejó en el coche con las llaves para hacer una larga llamada.

—¿Por qué no llamó desde la casa? —le preguntó Leamas cuando regresó.

Pero Fiedler se limitó a mover la cabeza.

—Hemos de tener cuidado —contestó—; y usted también debe tener cuidado.

—¿Por qué? ¿Qué pasa?

—El dinero que metió en el Banco de Copenhague... Escribimos, ¿se acuerda?

—Claro que me acuerdo.

Fiedler no quiso decir nada más, sino que siguió avanzando hacia los cerros. Allí se detuvieron. Al pie de las elevaciones, medio cubiertas por el entramado fantasmal de los altos pinos, quedaba el punto de unión de dos grandes valles. Las abruptas colinas con árboles, a ambos lados, difuminaban poco a poco sus colores en la oscuridad que se espesaba, hasta parecer grises y sin vida en la penumbra.

—Pase lo que pase —dijo Fiedler—, no se preocupe. Todo saldrá bien, ¿entiende? —Su voz era enfática, y su delgada mano se apoyó en el brazo de Leamas—. Es posible que tenga que cuidarse de sí mismo un poco, pero no durará mucho, ¿entiende?

—No. Y puesto que no me lo dice, tendré que esperar a ver qué pasa. No se preocupe demasiado por mi pellejo, Fiedler.

Apartó el brazo, pero la mano de Fiedler seguía sujetándole. A Leamas le molestaba que le tocaran.

—¿Conoce a Mundt? —preguntó Fiedler—. ¿Sabe algo de él?

—Hemos hablado de Mundt.

—Sí —repitió Fiedler—, hemos hablado de él... Empieza por disparar y luego hace las preguntas. El principio disuasorio. Es un extraño sistema en una profesión en la que se entiende que las preguntas son siempre más importantes que los disparos. —Leamas sabía lo que Fiedler quería decirle—. Es un extraño sistema, a no ser que uno tenga miedo a las respuestas —continuó Fiedler en voz muy baja.

Leamas aguardó. Un momento después, Fiedler añadió:

—Nunca ha hecho hasta ahora un interrogatorio. Siempre me lo ha dejado a mí. Solía decirme:

«Interrógales tú, Jens, nadie sabe hacerlo como tú. Yo les cazo y tú les haces cantar». Decía que la gente que se dedica al contraespionaje son como los pintores: necesitan a alguien con un martillo, detrás de ellos, para golpearles cuando han interrumpido su trabajo: si no, se olvidan de lo que tratan de conseguir. «Yo seré tu martillo», solía decirme. Era una broma entre nosotros, al principio; luego se convirtió en una cosa seria; cuando empezó a matarlos, a matarlos antes de que cantaran, como decía usted: uno por aquí, otro por allá, a tiros o a traición, yo le pregunté, le pedí: «¿Por qué no detenerlos? ¿Por qué no me dejas que los tenga yo un mes o dos? ¿De qué te sirven cuando están muertos?». No hacía más que mover la cabeza, y decir que hay una ley según la cual se tienen que cortar los cardos antes de que florezcan. Yo tenía la sensación de que había preparado la respuesta antes de que le preguntara. Es un buen organizador, muy bueno. Ha hecho milagros con la Abteilung; ya lo sabe. Tiene teorías sobre ello; he hablado con él hasta altas horas de la noche. Bebe café, nada más; sólo café, todo el tiempo. Dice que los alemanes son demasiado introspectivos para hacer buenos espías de ellos, y todo eso sale en contraespionaje. Dice que la gente del contraespionaje son como lobos que roen huesos resecos: hay que quitarles los huesos y hacerles encontrar nuevas presas. Yo veo todo eso, ya sé qué quiere decir. Pero ha ido demasiado lejos. ¿Por qué mató a Riemeck? ¿Por qué le alejó de mí? Riemeck era carne fresca, ni siquiera habíamos arrancado la carne del hueso, ya ve. Entonces, ¿por qué le alejó? ¿Por qué, Leamas, por qué?

La mano en el brazo de Leamas apretaba fuerte: en la oscuridad absoluta del coche, Leamas se daba cuenta de la aterradora intensidad de la emoción de Fiedler.

—Lo he pensado día y noche. Desde que mataron a tiros a Riemeck, me he preguntado el motivo. Al principio parecía fantástico. Me dije que tenía celos, que el trabajo se me subía a la cabeza, que veía traiciones detrás de cada árbol; nos ponemos así la gente de nuestro mundo. Pero no podía contenerme, Leamas, tenía que averiguarlo... Ha habido otras cosas antes. Él tenía miedo..., ¡tenía miedo de que cazáramos a alguien que hablara demasiado!

—¿Qué dice usted? No está en su juicio —dijo Leamas, y en su voz había señales de miedo.

—Todo concuerda, ya ve. Mundt escapó muy fácilmente de Inglaterra; usted mismo me lo ha dicho. ¿Y qué le dijo Guillam a usted? ¡Dijo que no querían cazarle! ¿Por qué no? Yo le diré por qué... Era su hombre; le habían lanzado, le habían detenido, ¿no lo ve?, y ése era el precio de su libertad... Ése, y el dinero que le pagaron.

—¡Le digo que no está en su juicio! —siseó Leamas—. Le matará si piensa alguna vez que se le ocurren esas cosas. Es pan comido, Fiedler. Cierre el pico y póngase en camino hacia casa.

Por fin se aflojó el acalorado apretón en el brazo de Leamas.

—Ahí es donde se equivoca. Usted ha proporcionado la respuesta, usted mismo, Leamas. Por eso nos necesitamos el uno al otro.

—¡No es verdad! —gritó Leamas—. Se lo he dicho muchas veces: no podrían haberlo hecho. Cambridge Circus no podría haberle puesto en movimiento contra la Zona sin que yo lo supiera. No había posibilidad administrativa; usted pretende decirme que Control dirigía personalmente al subjefe de la Abteilung sin que lo supiera el puesto de Berlín. ¡Está loco, Fiedler, ha perdido el juicio! —De pronto se echó a reír suavemente—. Quizá quiere su puesto, pobre hijo de perra; no sería cosa rara, ya sabe. Pero este asunto ha resultado muy estrepitoso.

—Ese dinero —dijo Fiedler— de Copenhague. El banco ha contestado a su carta. El director está muy preocupado por si ha habido algún error. El dinero fue retirado por el otro titular de la cuenta indistinta exactamente una semana después de que usted lo ingresó. La fecha de cobro coincide con una visita de dos días que hizo Mundt a Dinamarca en febrero. Fue allí, con un nombre falso, a encontrarse con un agente americano que tenemos, que asistía a una conferencia mundial de científicos. —Fiedler vaciló, y luego añadió—: Supongo que debería usted escribir al banco y decirles que todo está en regla, ¿no?

Venga al baile

Liz miró la carta del centro del Partido preguntó de qué se trataba. La encontraba un poco desconcertante. Tenía que admitir que le halagaba, pero ¿por qué no le habían consultado antes? ¿Había presentado su nombre el Comité de Distrito, o era elección del propio Centro? Pero nadie del centro la conocía, que ella supiera. Desde luego, había conocido a algún que otro orador, y en el Congreso del Distrito había estrechado la mano del organizador del Partido. Acaso aquel hombre de Relaciones Culturales se había acordado de ella: aquel hombre rubio y afeminado, tan lisonjero. Ashe, se llamaba. Se había interesado un poco por ella, y Liz suponía que él habría presentado su nombre, o se habría acordado de ella al ofrecerse la beca. Un tipo raro sí que era: la llevó al Black and White a tomar café y le preguntó si tenía novio. No se había puesto en plan romántico ni nada parecido —la verdad es que ella había pensado que era un poco amanerado—, pero le había hecho muchas preguntas sobre ella. ¿Cuánto tiempo llevaba en el Partido? ¿No sentía nostalgia de vivir lejos de sus padres? ¿Tenía muchos admiradores, o había alguno que le gustara especialmente? Ella no le hizo mucho caso, pero él siguió hablando muy bien: el Estado trabajador, en la República Democrática Alemana, el concepto de poeta-trabajador, y todo ese asunto. Desde luego, lo sabía todo sobre la Europa Oriental, debía de haber viajado mucho. Ella supuso que era un maestro de escuela: tenía ese aire didáctico y elocuente. Después hicieron una colecta para el Fondo de Lucha, y Ashe echó una libra: ella se quedó absolutamente pasmada.

Eso era, ahora estaba segura: era Ashe quien se había acordado de ella. Le habría hablado a alguien en el Distrito de Londres, y el distrito se lo había dicho al centro, o algo así. Sin embargo, no dejaba de parecerle una manera curiosa de abordar las cosas. Además, el Partido siempre se andaba con secretos: eso entraba en ser un partido revolucionario, según suponía ella. El secreto no le atraía mucho a Liz, lo consideraba poco honrado. Pero suponía que era necesario, y sabe Dios; había muchos a quienes les encantaba.

Volvió a leer la carta. Estaba escrita en el papel con membrete del centro, con el emblema rojo en lo alto, y empezaba: «Camarada». A Liz le pareció muy militar, y no le gustó: nunca se acostumbraría a lo de «camarada».

> Camarada:
>
> Recientemente hemos tenido discusiones con nuestros camaradas del Partido Socialista Unificado de la República Democrática Alemana sobre la posibilidad de efectuar intercambios entre miembros del partido de aquí y nuestros camaradas de la Alemania democrática. La idea es crear una base de intercambio al nivel de los simples militantes entre nuestros partidos. El Partido Socialista Unificado se da cuenta de que las presentes medidas discriminatorias del Home Office británico imposibilitan que sus delegados puedan ir al Reino Unido en un futuro inmediato, pero entienden que por ello mismo es más importante un intercambio de experiencias, y nos han invitado generosamente a seleccionar cinco secretarios de sección con buena experiencia y buen expediente de estímulo de acción masiva a nivel de la calle. Cada camarada seleccionado pasará tres semanas asistiendo a discusiones de sección, estudiando el progreso de la industria y la seguridad social, y observando de primera mano la evidencia de la provocación fascista por parte de Occidente. Es una gran oportunidad dada a nuestros camaradas para beneficiarse de la experiencia de un joven sistema socialista.

Por consiguiente, hemos solicitado al distrito que presentara los nombres de jóvenes militantes de cuadro de vuestras zonas que pudieran obtener mayor beneficio del viaje, y tu nombre ha sido presentado. Deseamos que vayas si te es posible y realices la segunda parte del proyecto, que es establecer contacto con una sección del Partido en la República Democrática Alemana cuyos miembros tengan semejante ambiente industrial y el mismo tipo de problemas que vosotros. La Sección Sur de Bayswater ha sido puesta en paralelo con Neuenhagen, un suburbio de Leipzig. Freda Lüman, secretaria de la Sección de Neuenhagen, prepara una gran bienvenida. Estamos seguros de que eres la camarada más adecuada para ese trabajo y que tendrás un éxito espléndido. Todos los gastos correrán a cargo de la Oficina Cultural de la República Democrática Alemana.

Estamos seguros de que comprendes qué gran honor es éste y confiamos en que no permitirás que ninguna consideración personal te impida aceptar. Las visitas deben tener lugar a finales del mes que viene, hacia el 23, pero los camaradas seleccionados viajarán por separado, ya que sus invitaciones no son convergentes. Te rogamos nos hagas saber cuanto antes si puedes aceptar y te daremos a conocer nuevos detalles.

Cuanto más la leía, más raro le parecía. Tan poco tiempo para ponerse en marcha: ¿cómo sabían que se podía marchar de la biblioteca? Entonces, para su sorpresa, recordó que Ashe le había preguntado qué hacía en sus vacaciones, y si avisaba con mucha antelación para pedir tiempo libre. ¿Por qué no le habían dicho quiénes eran los demás seleccionados? Acaso no habría ninguna razón especial para que se lo dijeran, pero, sin saber por qué, le parecía raro que no se lo hubiesen dicho.

Además, era una carta muy larga. Estaban tan escasos de personal de secretaría en el centro que solían hacer que las cartas fueran muy cortas, o pedían a los camaradas que llamaran por teléfono. Ésta era tan eficiente y estaba tan bien mecanografiada, que no podían haberla escrito en el centro, en absoluto. Pero sí que estaba firmada por el organizador cultural: era su firma, de veras, no había duda. La había visto montones de veces al pie de avisos ciclostilados. Y la carta tenía ese estilo torpe, semiburocrático, semimesiánico, a que se había acostumbrado sin gustarle nada.

Era una estupidez decir que ella tenía un buen expediente de acción masiva a nivel de la calle. No lo tenía. En realidad, detestaba ese aspecto de la labor del Partido: los altavoces a las puertas de la fábrica, vender el *Daily Worker* en la esquina, ir de puerta en puerta en las elecciones locales. El trabajo de la paz no le importaba tanto: significaba algo para ella, tenía sentido. Se podía mirar a los niños de la calle al pasar, a las madres que empujaban sus cochecitos, y a los viejos parados en las puertas, y se podía decir: «Lo hago por ellos». Eso era de veras luchar por la paz.

Pero nunca había mirado con los mismos ojos la lucha por obtener votos y la lucha por vender. Acaso eso era porque les reducía a lo que eran de veras, pensaba. Era fácil, cuando había alrededor de una docena en una reunión de sección, reedificar el mundo, marchar en la vanguardia del socialismo y hablar de la inevitabilidad de la historia. Pero luego tenía que salir a la calle con una brazada de *Daily Worker* a menudo esperando una hora o dos para vender un ejemplar. A veces hacía trampas, como los demás, y pagaba una docena de su bolsillo sólo para salir del paso y marcharse a casa.

En la siguiente reunión presumían de ello, olvidando que también los habían comprado ellos mismos: «¡La camarada Gold vendió dieciocho ejemplares el sábado por la noche; dieciocho!». Entonces salían en las actas y también en el boletín de la sección. El distrito se frotaba las manos, y quizá la mencionaban en aquel pequeño espacio de la primera página sobre el Fondo de Lucha. Era un mundo muy pequeño, y ella deseaba que fueran más honrados. Pero también se mentía sobre todo aquello. Tal vez todos se mentían. O quizá los otros entendían mejor por qué uno tenía que mentirse tanto. Le parecía muy raro que la hubieran hecho secretaria de sección.

Fue Mulligan quien la propuso: «Nuestra joven, vigorosa y atractiva camarada...». Pensaba que dormiría con él si conseguía que la hicieran secretaria. Los otros habían votado a su favor porque les era simpática y porque sabía escribir a máquina: porque haría de veras el trabajo sin intentar que ellos fueran a hacer encuestas por las casas los fines de semana. No demasiado a menudo, de todos modos. Habían votado por ella porque querían un club decentito, agradable y revolucionario, sin complicaciones. Fue un verdadero fraude.

Alec parecía haberlo comprendido: simplemente, no lo había tomado en serio. «Unos crían canarios, otros se apuntan al Partido», había dicho una vez, y era verdad. En todo caso, era verdad en Bayswater South, y el distrito lo sabía perfectamente. Por eso resultaba tan curioso que la hubieran designado: por eso se resistía mucho a creer que el distrito hubiera intervenido en ello. Estaba segura de que la explicación era Ashe. Quizá se había vuelto loco por ella: quizá no era afeminado, sino que sólo lo parecía.

Liz se encogió de hombros exageradamente, esa clase de ademán violento que hace la gente cuando está emocionada a solas. En todo caso, iría al extranjero, gratis, y le parecía interesante. Nunca había estado en el extranjero, y desde luego que no podría pagarse el viaje. Bien es verdad que tenía reservas respecto a Alemania. Sabía, le habían dicho que Alemania Occidental era militarista y revanchista, y que Alemania Oriental era democrática y pacifista. Pero dudaba que todos los buenos alemanes estuvieran en un lado y todos los malos en el otro. Y los malos eran los que habían matado a su padre. Acaso por eso el Partido la había elegido, como un generoso acto de reconciliación.

Quizás era eso en lo que pensaba Ashe cuando le había hecho todas aquellas preguntas. Desde luego; ésa era la explicación. De repente, se llenó de un sentimiento de calor y gratitud hacia el Partido. Se acercó a la mesa y abrió el cajón donde, en una vieja cartera escolar, guardaba el papel de cartas de la sección y los sellos correspondientes. Metió una hoja de papel en su vieja máquina Underwood (se la habían mandado del distrito al enterarse de que sabía escribir a máquina: saltaba un poco, pero por lo demás estaba bien), y escribió una bonita carta de agradecimiento, aceptando. El centro era una cosa estupenda: severo, benévolo, impersonal, perpetuo. Eran buena gente, muy buena. Gente que luchaba por la paz.

Al cerrar el cajón vio la tarjeta de Smiley.

Recordó al hombrecito con la cara seria y fruncida, parado en la puerta de su cuarto, diciendo: «¿Sabía el Partido lo de usted y Alec?». Qué tonta era. Bueno, esto la distraería del asunto.

Detención

Fiedler y Leamas recorrieron en silencio todo el camino de vuelta. En medio de la oscuridad, las colinas eran negras y enormes y los puntos de luz luchaban con la negrura espesa como las luces de barcos lejanos en el mar.

Fiedler aparcó el coche bajo un cobertizo que se encontraba al lado de la casa y caminaron junto a la puerta principal. Iban a entrar en la casa cuando oyeron un grito desde los árboles, seguido por el nombre de Fiedler, pronunciado en voz alta por alguien. Se volvieron, y Leamas distinguió en la oscuridad, a unos veinte metros, a tres hombres en pie, que al parecer estaban esperando la llegada de Fiedler.

—¿Qué quieren? —gritó Fiedler.

—Queremos hablar con usted. Venimos de Berlín.

Fiedler vaciló.

—¿Dónde está ese maldito guardia? —preguntó a Leamas—. Debería haber un guardia en la puerta principal.

Leamas se encogió de hombros.

—¿Por qué no están encendidas las luces del vestíbulo? —volvió a preguntar. Y luego, aún indeciso, empezó a caminar lentamente hacia los hombres.

Leamas aguardó un momento; luego, al no oír nada, caminó a través de la casa con las luces apagadas hasta el anexo de detrás. Era una destartalada barraca unida a la parte posterior del edificio y oculta, por todos sus lados, por apretadas plantaciones de pinos jóvenes. La caseta estaba dividida en tres dormitorios que se comunicaban: no había pasillo. El cuarto del medio era el que le habían dado a Leamas, y el cuarto más cercano al edificio estaba ocupado por dos guardias. Leamas nunca supo quién ocupaba el tercero. Una vez había tratado de abrir la puerta que había entre ese cuarto y el suyo, pero estaba cerrada con llave. Atisbando por una estrecha grieta entre las cortinas de encaje, una mañana, al salir a pasear, había descubierto que sólo era un dormitorio. Los dos guardias, que le seguían a todas partes a unos cincuenta metros, todavía no habían doblado la esquina de la caseta cuando él miró por la ventana. El cuarto contenía una sola cama, hecha, y un pequeño escritorio con papeles encima. Supuso que alguien le estaría observando desde el interior con lo que suele llamarse meticulosidad alemana. Pero Leamas era perro viejo para permitirse alguna preocupación por esa vigilancia. En Berlín había formado parte de su vida: si no se podía localizar, peor: sólo quería decir que tomaban mayor cuidado, o que uno perdía su dominio.

Por lo regular, siendo tan hábil en ese tipo de cosas, tan buen observador y con tan buena memoria —en resumen, valiendo tanto en su profesión—, les localizaba de todos modos. Sabía las formaciones que suele adoptar un grupo que sigue a alguien; conocía los trucos, las debilidades, las caídas momentáneas que les podían denunciar. No significaba nada para Leamas ser vigilado, pero al pasar a través de la improvisada puerta hasta la casa y la barraca y detenerse en el dormitorio de los guardias, tuvo la certeza de que había algo que no iba bien.

Las luces de la barraca se controlaban desde algún punto central: alguna mano invisible las encendía y apagaba. Por las mañanas le despertaba el súbito fulgor de la única luz en el techo de su cuarto. Por la noche, le daban prisa para acostarse con un oscurecimiento ritual.

Eran sólo las nueve cuando entró en la barraca, y las luces ya estaban apagadas. Generalmente esperaban hasta las once, pero ahora habían apagado la luz y bajado las persianas. Estaba abierta la puerta de comunicación con la casa, así que llegaba la pálida penumbra de la entrada, pero sin penetrar casi en el dormitorio de los guardias, dejándole ver escasamente las dos camas vacías. Al quedarse allí escudriñando el cuarto, le sorprendió encontrarlo vacío, y cerrada la puerta detrás de sí. Quizá se había cerrado sola, pero Leamas no intentó abrirla. Estaba totalmente a oscuras. Ningún ruido había acompañado a la puerta al cerrarse, ningún chasquido ni pisada.

Para Leamas, con su instinto súbitamente alerta, fue como si la banda sonora de la película se hubiese detenido. Luego olió a cigarrillo. El olor debía de estar en el aire, pero no se había dado cuenta de él hasta ahora. Como un ciego, su tacto y su olfato se aguzaban en la oscuridad.

Llevaba cerillas en el bolsillo, pero no las usó. Dio un paso hacia un lado, apretó la espalda contra la pared y se quedó inmóvil. Para Leamas sólo podía haber una explicación: estaban esperando a que pasara del cuarto de los guardias al suyo, de modo que decidió quedarse donde estaba. Después, desde el edificio principal de donde había llegado, oyó claramente ruido de pasos. Alguien probó la puerta que él acababa de cerrar, y echó la llave. Leamas siguió sin moverse. Todavía no. No cabía fingir otra cosa: estaba prisionero en la barraca. Muy lentamente, se agachó acurrucándose y se metió la mano en el bolsillo lateral de la chaqueta. Estaba tranquilo, casi aliviado con la perspectiva de la acción, pero por su mente cruzaban veloces recuerdos. «Casi siempre tiene uno un arma: un cenicero, un par de monedas, una estilográfica..., cualquier cosa que pinche o corte». Era el dicho favorito del benévolo sargento galés de aquella casa, junto a Oxford, en la guerra: «Nunca usen las dos manos a la vez, ni con un cuchillo, bastón o pistola: mantengan libre el brazo izquierdo, y pónganselo sobre la tripa. Si no encuentran nada con que golpear, conserven las manos abiertas y los pulgares rígidos».

Con la caja de cerillas en la mano derecha, la apretó a lo largo y la aplastó poco a poco, de modo que los pequeños filos de madera astillada le salieron por entre los dedos. Hecho esto, se movió a lo largo de la pared hasta que llegó a una silla que sabía que estaba en el rincón. Sin importarle ya el ruido que hiciera, empujó la silla al centro del cuarto. Contando los pasos al apartarse de la silla, se situó en el ángulo de las dos paredes. Al hacerlo así, oyó que se abría de golpe la puerta de su propio dormitorio. En vano trató de distinguir la figura que debía de estar en la puerta, pero tampoco salía luz de su cuarto. La oscuridad era impenetrable. No se atrevía a avanzar para atacar, pues ahora la silla estaba en medio: era su ventaja táctica, pues sabía dónde estaba, y ellos no. Debían venir a por él, a la fuerza; y no podía dejarles esperar hasta que su ayudante de fuera alcanzara el interruptor general y encendiera las luces.

—Adelante, hijos de perra presumidos —siseó en alemán—; estoy aquí, en el rincón. Venid a buscarme, ¿sois capaces?

Ni un movimiento, ni un sonido.

—Estoy aquí, ¿no me veis? ¿Qué pasa, entonces? ¿Qué os pasa? Venid, ¿no sois capaces?

Y entonces oyó que alguien avanzaba, y que otro le seguía; después, el juramento de un hombre al tropezar con la silla, y ésa fue la señal que esperaba. Tirando a un lado la caja de cerillas, se deslizó hacia delante, lenta y cuidadosamente, paso a paso, con el brazo izquierdo extendido en el ademán de quien aparta ramas en un bosque, hasta que, muy suavemente, tocó un brazo y notó el paño caliente y rasposo de un uniforme militar. Con la misma mano izquierda, Leamas golpeó cuidadosamente dos veces el brazo —dos golpes distintos—, y oyó una asustada voz junto a su oído, en alemán:

—¿Eres tú, Hans?

—Cierra el pico, imbécil —susurró Leamas en respuesta.

Y en el mismo instante extendió la mano, agarró al hombre por el pelo, sacudiéndole la cabeza hacia delante y hacia abajo, y luego, en un terrible golpe en corte, le dio con el lado de la mano derecha en la nuca, le volvió a incorporar por el brazo, le golpeó en la garganta con un mero impulso hacia arriba del puño abierto y después le dejó caer donde le llevara la fuerza de la gravedad. Cuando el cuerpo del hombre golpeó el suelo, las luces se encendieron.

En la puerta había un joven capitán de la Policía Popular fumando un cigarro, y detrás de él, dos hombres. Uno iba de paisano y era muy joven. Tenía una pistola en la mano. Leamas pensó que era de esas armas checas con peine sobre la culata. Todos miraron al hombre que estaba en el suelo. Alguien abrió la puerta de fuera y Leamas se volvió a ver quién era. Cuando se volvía, se oyó un grito —Leamas pensó que era el capitán— ordenándole que se estuviera quieto. Se giró lentamente mirando a los tres hombres.

Tenía todavía las manos en los costados cuando llegó el golpe. Pareció aplastarle el cráneo. Al caer, derivando tibiamente a la inconsciencia, se preguntaba si le habrían golpeado con un revólver de tipo antiguo, uno de aquéllos con perno en el extremo de la culata.

Le despertó el viejo reincidente cantando y el carcelero aullándole que se callara. Abrió los ojos y, como una luz brillante, el dolor irrumpió en su cerebro. Se quedó inmóvil rehusando cerrarlos, observando los vivaces fragmentos coloreados que corrían por su campo de visión. Trató de tomar conciencia de sí mismo: tenía los pies fríos como el hielo, y notaba el olor acre de un uniforme de recluso. El canto se había detenido, y de repente Leamas deseó intensamente que volviera a empezar, aunque sabía que nunca sería así. Trató de levantar la mano para tocar la costra de sangre que notaba en la mejilla, pero tenía las manos sujetas detrás. También debía de tener atados los pies; la sangre los había abandonado y por eso estaban fríos.

Dolorosamente miró a su alrededor, tratando de levantar la cabeza unos centímetros del suelo. Para su sorpresa, vio delante de sí sus propias rodillas. Instintivamente trató de estirar las piernas, y al hacerlo, todo su cuerpo fue invadido por un dolor tan súbito y terrible que lanzó un sollozante grito de angustiada autocompasión, como el último grito de un hombre en el tormento. Se quedó jadeando, intentando dominar el dolor, y luego, por pura perversidad de su naturaleza, intentó de nuevo, muy despacio, estirar las piernas. En seguida volvió el dolor, pero Leamas había encontrado la causa:

tenía las manos y los pies encadenados a la espalda. En cuanto intentaba estirar las piernas, la cadena se tensaba, apretando los hombros y la maltratada cabeza contra el suelo de piedra. Debían de haberle pegado mientras estaba inconsciente: todo su cuerpo estaba rígido y magullado, y le dolían los riñones. Se preguntó si habría matado al guardia. Deseó que ojalá fuera así.

Encima brillaba la luz, grande, clínica y feroz. No había muebles, sólo paredes enjalbegadas, muy cerca, en torno suyo, y la puerta de acero gris, un elegante gris carbón, ese color que se ve en las casas de Londres bien puestas. No había más. Nada en absoluto: sólo el terrible dolor. Debía de llevar tendido allí horas enteras antes de que llegaran. La luz daba calor; tenía sed, pero rehusó gritar. Por fin se abrió la puerta y allí estaba Mundt. Supo que era Mundt por los ojos. Smiley le había hablado de ellos.

Mundt

Le desataron y le dejaron que intentara ponerse en pie. Por un momento casi lo consiguió; luego, al volver la circulación a las manos y los pies, y al quedar sus muñecas libres de la contracción a que habían estado sujetas, se desplomó. Le dejaron allí tendido, observándole con la indiferencia de unos niños que miran un insecto. Uno de los guardias se adelantó bruscamente a Mundt y le chilló a Leamas que se pusiera en pie.

Leamas fue a gatas hasta la pared y apoyó las palmas de sus palpitantes manos en el ladrillo blanqueado. Estaba a medio levantar cuando el guardia le dio una patada haciéndole caer otra vez. Probó de nuevo, y esta vez el guardia le dejó ponerse en pie con la espalda contra la pared. Vio apoyar al guardia su peso en el pie izquierdo y comprendió que le iba a dar una patada. Con el resto de sus fuerzas, Leamas se lanzó hacia delante, empujando con la cabeza gacha contra la cara del guardia.

Cayeron juntos, Leamas encima. El guardia se levantó y Leamas se quedó tendido, esperando el castigo. Pero Mundt le dijo algo al guardia y Leamas notó que le levantaban por los hombros y los pies, y oyó cerrarse la puerta de la celda mientras le conducían por el pasillo adelante. Tenía una sed terrible.

Le llevaron a un cuartito cómodo, decentemente amueblado con una mesa escritorio y unas butacas. Unas persianas suecas cubrían a medias las ventanas enrejadas. Mundt se sentó a la mesa, y Leamas en una butaca, con los ojos medio cerrados. Los guardias se quedaron de pie junto a la puerta.

—Denme de beber —pidió Leamas.

—¿Whisky?

—Agua.

Mundt llenó una jarra en un depósito que había en el rincón, y la puso en la mesa con un vaso al lado.

—Tráiganle de comer —ordenó, y uno de los guardias salió del cuarto, y volvió con un tazón de sopa y una salchicha en rodajas. Comió y bebió mientras ellos le miraban en silencio.

—¿Dónde está Fiedler? —preguntó Leamas por fin.

—Detenido —contestó Mundt con sequedad.

—¿Por qué?

—Por conspirar para sabotear la seguridad del pueblo.

Leamas asintió lentamente.

—Así que ha ganado usted —dijo—. ¿Cuándo le detuvo?

—Anoche.

Leamas esperó un momento, tratando de concentrar otra vez su atención en Mundt.

—¿Y qué hay de mí? —preguntó.

—Usted es un testigo implicado en el asunto. Desde luego, a usted se le juzgará después.

—Así que yo formo parte de un trabajo de Londres para fingir una traición de Mundt, ¿no?

Mundt asintió, encendió un cigarrillo y se lo dio a uno de los centinelas para que se lo pasara a Leamas.

—Eso es —dijo.

El centinela se acercó, y con un ademán de solicitud de mala gana, puso el cigarrillo entre los labios de Leamas.

—Una operación muy bien cuidada —observó Leamas, y añadió estúpidamente—: Tipos listos, esos chinos.

Mundt no dijo nada. Leamas se fue acostumbrando a sus silencios en el desarrollo de la entrevista. Mundt tenía una voz bastante agradable; eso era algo que Leamas no esperaba, pero raramente hablaba. Quizá la extraordinaria confianza de Mundt en sí mismo hiciera que no hablase a no ser que deseara hacerlo de modo muy específico, y estaba dispuesto a conceder que se produjeran largos silencios en vez de intercambiar palabras inútiles. En esto se diferenciaba de los interrogadores profesionales que se apoyan en la iniciativa, en la evocación de situaciones y en la explotación de esa dependencia psicológica de un prisionero respecto a su inquisidor. Mundt despreciaba la técnica: era hombre de hechos y acción. Leamas lo prefería.

El aspecto de Mundt estaba completamente de acuerdo con su temperamento. Tenía aire de atleta. Su pelo rubio era muy corto, mate y bien arreglado. Su joven rostro tenía unas facciones duras y claras y una inmediatez aterradora; carecía de humor o fantasía. Parecía joven, pero no juvenil: los hombres de más edad le tomaban en serio. Estaba bien formado. La ropa le iba bien porque era hombre fácil de vestir. Leamas no encontró dificultad en recordar que Mundt era un asesino: había una frialdad en él, una autosuficiencia rigurosa, que le equiparaban perfectamente para el oficio del crimen. Mundt era un hombre muy duro.

—La otra acusación por la que se le procesará, si es necesario —añadió Mundt tranquilamente—, es por asesinato.

—Así que murió el centinela, ¿eh ...? —contestó Leamas.

Una ola de intenso dolor pasó por su cabeza. Mundt asintió.

—Siendo así —dijo—, procesarle por espionaje es algo académico. Yo propongo que la causa contra Fiedler sea pública. Ése es también el deseo del Presidium.

—¿Y necesita mi confesión?

—Sí.

—Es decir, que no tiene ninguna prueba.

—Tendremos pruebas. Tendremos su confesión.

No había amenaza en la voz de Mundt. No había estilo ni inflexión teatral.

—Por otra parte, podría haber clemencia en su caso... A usted le sometió a chantaje el Servicio Británico de Inteligencia; le acusaron de robar dinero y le obligaron a preparar una trampa de venganza contra mí. El tribunal tendría simpatía hacia tal declaración.

Leamas pareció sorprenderse, desprevenido.

—¿Cómo ha sabido que me acusaban de robar dinero?

Pero Mundt no contestó.

—Fiedler ha sido bastante estúpido... —observó Mundt—. En cuanto leí el informe de nuestro amigo Peters supe por qué le habían mandado, y supe que Fiedler caería en la trampa. Fiedler me odia mucho. —Mundt afirmó con la cabeza como para acentuar la verdad de su observación—. Su gente lo sabía, por supuesto. Ha sido una operación muy inteligente. Dígame quién la preparó. ¿Fue Smiley? ¿Lo hizo él?

Leamas no dijo nada.

—Yo quería ver el informe de Fiedler sobre el interrogatorio que le hizo a usted, ya comprende. Le dije que me lo mandara. Él se retrasó, y comprendí que acertaba. Luego, lo hizo circular ayer entre los miembros del Presidium y no me mandó un ejemplar. Alguien de Londres ha sido muy listo.

Leamas no dijo nada.

—¿Cuándo vio por última vez a Smiley? —preguntó Mundt como sin darle importancia.

Leamas vaciló inseguro. La cabeza le dolía terriblemente.

—¿Cuándo le vio por última vez? —repitió Mundt.

—No lo recuerdo —dijo Leamas por fin—: en realidad él ya no estaba en la organización. De vez en cuando aparecía por allí.

—Es muy amigo de Peter Guillam, ¿no?

—Creo que sí.

—Guillam, según creía usted, estudiaba la situación económica en la República Democrática

Alemana. Una pequeña sección extraña de su Servicio; usted no estaba muy seguro de lo que hacía.

—Así es.

El sonido y la visión se volvían confusos en el loco latir de su cerebro. Tenía los ojos calientes y doloridos. Se sentía mareado.

—Bueno, ¿cuándo vio por última vez a Smiley?

—No lo recuerdo... No lo recuerdo.

Mundt movió la cabeza.

—Usted posee una memoria muy buena... para cualquier cosa que me acuse. Todos podemos recordar la última vez que vimos a alguien. Por ejemplo, ¿le vio después de volver de Berlín?

—Sí, creo que sí. Me tropecé con él... una vez en Cambridge Circus, en Londres.

Leamas había cerrado los ojos y sudaba.

—No puedo seguir adelante, Mundt..., no mucho tiempo más, Mundt; estoy mareado —dijo.

—Después que Ashe le recogió, después que él se metió en la trampa que le habían tendido, almorzaron juntos, ¿no?

—Sí. Almorzamos juntos.

—El almuerzo acabó hacia las cuatro. ¿Adónde fue usted entonces?

—Fui a la City, creo. No lo recuerdo con seguridad... Por amor de Dios, Mundt —dijo sujetándose la cabeza con la mano—: no puedo seguir. Mi maldita cabeza...

—Y después de eso, ¿adónde fue? ¿Por qué se quitó de encima a los que le seguían, por qué tuvo tanto empeño en quitárselos?

Leamas no dijo nada: respiraba con jadeos cortos.

—Conteste a esta pregunta, si puede. Tendrá una cama. Puede dormir si quiere. Si no, tendrá que volver a su celda, ¿entiende? Le volverán a atar y le darán de comer en el suelo como a un animal, ¿entiende? Dígame adónde fue.

El loco latir de su cerebro aumentó de pronto, el cuarto bailaba: oyó voces a su alrededor y ruido de pasos; formas espectrales pasaron y volvieron a pasar; alguien gritaba, pero no hacia él; la puerta se había abierto, estaba seguro, estaba seguro de que alguien había abierto la puerta. El cuarto estaba lleno de gente, todos gritando, y luego se iban, les oía marcharse, el ruido de sus pasos era como el latir de su cabeza; el eco se extinguió y se hizo el silencio. Luego, como el contacto de la propia misericordia, le pusieron un paño fresco en la frente, y unas manos cariñosas se lo llevaron.

Despertó en una cama de hospital: al pie de ella estaba Fiedler, fumando un cigarrillo.

Fiedler

Leamas pasó revista: una cama con sábanas, una habitación individual sin rejas en las ventanas, sino solamente cortinas y cristal escarchado. Paredes verde pálido, linóleo verde oscuro, y Fiedler mirándole y fumando.

Una enfermera le sirvió de comer: un huevo, una sopa ligera y fruta. Se sentía como para morirse, pero supuso que haría bien en comerlo. Así lo hizo, mientras Fiedler le miraba.

—¿Cómo se encuentra? —le preguntó.

—Horriblemente mal —contestó Leamas.

—Pero ¿mejor?

—Creo que sí —vaciló—. Esas bestias me dieron una paliza.

—Mató a un centinela, ¿lo sabe?

—Suponía... ¿Qué esperan ésos si montan una operación tan estúpida? ¿Por qué no se nos llevaron a los dos a la vez? Si ha habido algo demasiado organizado, ha sido eso.

—Me temo que, como nación, tendemos a organizar demasiado. En el extranjero, eso pasa por eficacia.

Hubo una pausa.

—¿A usted qué le pasó? —preguntó Leamas.

—Ah, a mí también me ablandaron para el interrogatorio.

—¿Los hombres de Mundt?

—Los hombres de Mundt y Mundt. Fue una sensación peculiar.

—Es un modo como otro cualquiera de decirlo.

—No, no; físicamente, no. Físicamente fue una pesadilla, pero ya comprende: Mundt tenía un interés especial en darme una paliza. Aparte de la confesión.

—Porque imaginó aquella historia sobre...

—Porque soy judío.

—¡Cristo! —dijo Leamas a media voz.

—Por eso recibí un tratamiento especial. Durante todo el tiempo me lo susurraba. Era muy raro.

—¿Qué decía?

Fiedler no contestó. Por fin musitó:

—Esto se ha terminado.

—¿Por qué? ¿Qué ha pasado?

—El día que nos detuvieron yo había pedido al Presidium una orden para detener a Mundt como enemigo del pueblo.

—Pero usted está loco..., ya se lo dije, loco de atar, Fiedler. Él jamás...

—Había otras declaraciones contra él aparte de la suya. Se habían ido acumulando acusaciones desde hace tres años, prueba por prueba. La suya nos proporcionó la prueba que necesitábamos; eso es todo. Tan pronto como estuvo claro, preparé un informe y se lo mandé a todos los miembros del Presidium excepto a Mundt. Lo recibieron el mismo día en que yo hice mi petición para que lo detuvieran.

—El día en que nos detuvieron.

—Sí. Yo sabía que Mundt lucharía. Sabía que tenía amigos en el Presidium, o por lo menos, incondicionales, gente bastante asustada como para correr junto a él tan pronto como recibieran mi informe. Y al fin, yo sabía que él perdería. El Presidium tenía el arma que necesitaba para destruirle; tenían el informe, y en esos pocos días en que a usted y a mí nos interrogaban, ellos lo leyeron y releyeron hasta que comprendieron que era verdad, y todos supieron que los demás lo sabían. Reunidos por su miedo común, su debilidad común y su conocimiento común, se volvieron contra él y mandaron constituir un tribunal.

—¿Un tribunal?

—Secreto, desde luego. Se reúne mañana. Mundt está detenido.

—¿Cuáles son las otras acusaciones? ¿Las declaraciones que ha reunido usted?

—Espere y verá —contestó Fiedler con una sonrisa—. Mañana lo verá.

Fiedler se quedó callado un rato viendo comer a Leamas.

—Ese tribunal —preguntó Leamas—, ¿cómo funciona?

—Eso depende del presidente. No es un tribunal popular: es importante recordarlo. Es más bien algo así como una investigación; un comité de investigación, eso es, nombrado por el Presidium para informar sobre un determinado... tema. El informe contiene una recomendación. En un caso como éste, la recomendación equivale a un veredicto, pero permanece secreto, como parte de la actuación del Presidium.

—¿Cómo funciona? ¿Hay abogados y jueces?

—Hay tres jueces —dijo Fiedler— y, en efecto, hay abogados. Mañana, yo mismo presentaré la acusación contra Mundt, y Karden le defenderá.

—¿Quién es Karden?

Fiedler vaciló.

—Un hombre muy duro —respondió—. Parece un médico rural, pequeño y benévolo. Estuvo en Buchenwald.

—¿Por qué no puede Mundt defenderse él mismo?

—Ha sido un deseo de Mundt. Se dice que Karden llamará a un testigo.

Leamas se encogió de hombros.

—Eso es asunto suyo —dijo.

Otra vez hubo silencio. Por fin, Fiedler dijo reflexivamente:

—A mí no me habría importado..., no creo que me hubiera importado, en todo caso, no tanto... que me hubiera hecho daño por odio o celos. ¿Entiende usted esto? Ese dolor largo, interminable, y en el que todo el tiempo uno deja de decirse: «O me desmayo, o me acostumbro a sobrellevar el dolor: la naturaleza se ocupará de eso», y el dolor no hace más que crecer, como un violinista que sube por la prima. Uno cree que no puede subir más alto, y sube: así es el dolor, y todo lo que hace la naturaleza es pasarle a uno de nota en nota, como a un niño sordo al que le enseñan a oír. Y durante todo el tiempo susurraba: «Judío..., judío». Yo le podría entender, estoy seguro de que podría, si él lo hubiera hecho por la idea, por el Partido, si usted quiere, o si me hubiera odiado a mí. Pero no era eso: él odiaba...

—Muy bien —dijo Leamas con sequedad—. Usted debería saberlo. Es un hijo de perra.

—Sí —dijo Fiedler—, es un hijo de perra.

Parecía nervioso. «Quiere presumir ante alguien», pensó Leamas.

—Pensé mucho en usted —añadió Fiedler—. Pensé en aquella conversación que tuvimos, ya se acuerda, sobre el motor.

—¿Qué motor?

Fiedler sonrió.

—Perdone, es una traducción directa: quiero decir «motor», la fuerza motriz, el espíritu, el impulso: como quiera que lo llamen los cristianos.

—Yo no soy cristiano.

Fiedler se encogió de hombros.

—Ya sabe lo que quiero decir. —Volvió a sonreír—. Eso que tan incómodo le pone... Lo diré de otra manera. Supongamos que Mundt tiene razón. Me pidió que confesara, ya sabe: yo tenía que confesar que estaba de acuerdo con espías británicos que conspiraban para asesinarle. Ya ve la cuestión: que toda la operación estaba montada por el Servicio Británico de Inteligencia para incitarnos, para incitarme, si usted quiere, a liquidar al mejor hombre de la Abteilung: para volver contra nosotros nuestra propia arma.

—También lo probó conmigo —dijo Leamas con indiferencia. Y añadió—: Como si yo hubiera guisado toda la maldita historia.

—Pero lo que quiero decir es esto: suponga que lo hubiera hecho, suponga que fuera verdad: estoy poniendo un ejemplo, ya me entiende, una hipótesis: ¿mataría usted a un hombre, a un hombre inocente...?

—Mundt también es un asesino.

—Suponga que no lo fuera. Suponga que fuera yo a quien querían matar: ¿lo haría Londres?

—Depende..., depende de la necesidad...

—Ah —dijo Fiedler satisfecho—, depende de la necesidad. Como Stalin, en realidad. El accidente de circulación y las estadísticas. Es un gran alivio.

—¿Por qué?

—Tiene que dormir un poco —le recomendó Fiedler—. Pida la comida que quiera. Le traerán lo que le haga falta. Mañana podrá hablar. —Al alcanzar la puerta, miró hacia atrás y añadió—: Somos todos lo mismo, ya sabe, ésa es la broma.

Leamas pronto se durmió, satisfecho de saber que Fiedler era su aliado y que dentro de poco enviarían a Mundt a la muerte. Era algo que esperaba desde hacía mucho tiempo.

Reunión de sección

Liz era feliz en Leipzig. La austeridad le complacía, le daba el consuelo del sacrificio. La casita donde estaba era oscura y pobre, la comida era mala y la mayor parte tenía que ser para los niños. Hablaban de política en todas las comidas, ella y Frau Ebert, secretaria de sección en la Sección de Barriada de Leipzig-Hohengrün, una mujercita gris cuyo marido dirigía una cantera de grava en las afueras de la ciudad. Era como vivir en una comunidad religiosa, pensaba Liz; un convento, o un «kibbutz», o algo así. Uno sentía que el mundo estaba mejor por su estómago vacío. Liz sabía un poco de alemán que había aprendido de su tía, y le sorprendió ver con cuánta rapidez podía practicarlo. Los niños, al principio, la trataron de una manera rara, como si fuera una persona de gran importancia o de valiosa rareza, y al tercer día uno de ellos se armó de valor y le preguntó si había traído chocolate de «drüben», de «allá». No se le había ocurrido, y se sintió avergonzada. Después de eso, parecieron olvidarla.

Al atardecer, había trabajo del Partido. Distribuían propaganda, visitaban a miembros de la sección que no habían pagado las cuotas o que se habían descuidado en la asistencia a las reuniones, iban de visita al distrito para una discusión sobre «Problemas relacionados con la distribución centralizada de los productos agrícolas», en que estaban presentes todos los secretarios locales de Sección, y asistía a una reunión del Consejo Consultivo de Trabajadores de una fábrica de máquinas-herramientas en las afueras de la ciudad.

Por fin, el cuarto día, el jueves, llegó la reunión de su propia sección. Ésa iba a ser, al menos para Liz, la experiencia más estimulante de todas: sería un ejemplo de todo lo que podía ser algún día su propia Sección de Bayswater. Habían elegido un título maravilloso para las discusiones de esa tarde: «Coexistencia después de dos guerras», y esperaban una asistencia como nunca. Se habían distribuido circulares por toda la barriada, y se habían ocupado de que no hubiera ninguna reunión rival en los alrededores aquella tarde: no era un día para hacer compras a última hora.

Acudieron siete personas.

Siete personas, Liz, la secretaria de la sección y el delegado del distrito. Liz puso cara valiente, pero se sintió terriblemente trastornada. Apenas podía concentrar su atención en el orador, y cuando lo intentaba, él usaba largas palabras alemanas compuestas, que de ningún modo ella podía descifrar. Era como las reuniones en Bayswater, era como las devociones de entre semana cuando acostumbraba ir a la iglesia: el mismo grupito cumplidor de caras perdidas, la misma meticulosa conciencia de sí mismos, la misma sensación de una gran idea en manos de gente insignificante. Siempre sentía lo mismo: era terrible, de veras, pero lo sentía: deseaba que no apareciera nadie, porque eso sería algo definitivo y sugeriría persecución, humillación, algo ante lo que se podía reaccionar.

Pero siete personas no era nada: era peor que nada, porque evidenciaba la inercia de la masa imposible de capturar. Le destrozaba a uno el alma.

La estancia era mejor que el aula de Bayswater, pero tampoco eso era un consuelo. En Bayswater había resultado divertido tratar de encontrar un local. Al principio, habían fingido ser otra cosa, absolutamente nada relacionado con el Partido. Habían ocupado cuartos traseros en bares, una sala de reunión en el Café Ardena, o se habían reunido clandestinamente unos en casa de otros. Luego se les había unido Bill Hazel, de la escuela secundaria, y habían usado su aula. Incluso eso era peligroso: el director creía que Bill dirigía un grupo teatral, así que, al menos en teoría, todavía podían echarles a la calle.

Con todo, eso iba mejor que esta Sala de la Paz, en hormigón pretensado, con grietas en los rincones y el retrato de Lenin. ¿Por qué le habían puesto ese estúpido marco alrededor del retrato? Se veían manojos de tubos de órgano saliendo por los rincones, y colgaduras polvorientas. Tenía algo de funeral fascista. A veces pensaba que Alec tenía razón: uno creía en las cosas porque necesitaba creer: lo que uno creía no tenía valor propio, no tenía función. Lo que él decía: «Un perro se rasca donde le pica. A cada perro le pica en un sitio diferente». No, no tenía razón. Alec no tenía razón; era una perversidad decir eso. La paz y la libertad y la igualdad eran hechos, desde luego que lo eran. Y lo de la historia... todas esas leyes que demostraba el Partido. No, Alec no tenía razón: la verdad existía fuera de la gente, se demostraba en la historia, los individuos tenían que inclinarse ante ella, y ser aplastados si era necesario. El Partido era la vanguardia de la historia, la punta de lanza en la lucha por la paz... Recorrió la rúbrica con cierta inseguridad. Ojalá hubiera acudido más gente. Siete eran muy pocos. Parecían malhumorados; malhumorados y hambrientos.

Terminada la reunión, Liz esperó a que Frau Ebert recogiera los folletos sin vender que había en la pesada mesa junto a la puerta, llenara su libro de asistencias y se pusiera el abrigo, pues hacía frío esa noche. El orador se había marchado —bastante groseramente, pensó Liz— antes de que empezara la discusión general. Frau Ebert estaba en la puerta con la mano en el interruptor de la luz, cuando un hombre salió de las sombras y su figura se recortó en la entrada. Por un momento, Liz pensó que era Ashe. Era alto y rubio y llevaba uno de esos impermeables con botones de cuero.

—¿Camarada Ebert? —preguntó.

—¿Sí?

—Vengo buscando a una camarada inglesa, Gold. ¿Está viviendo con usted?

—Yo soy Elizabeth Gold —intervino Liz, y el hombre entró en la sala y cerró la puerta detrás de sí, de modo que la luz le dio de lleno en la cara.

—Soy Holten, de parte del distrito.

Mostró un papel a Frau Ebert, que seguía parada junto a la puerta, y que asintió, mirando un poco preocupada; hacia Liz.

—Me han encargado entregar un mensaje a la camarada Gold de parte del Presidium —dijo—. Se refiere a una alteración en su programa; es una invitación para asistir a una reunión especial.

—¡Oh! —dijo Liz bastante aturdida. Parecía fantástico que el Presidium hubiera recibido alguna noticia acerca de ella.

—Es un gesto —dijo Holten—; un gesto de buena voluntad.

—Pero yo..., pero Frau Ebert... —empezó Liz indecisa.

—Camarada Ebert, estoy seguro de que usted me perdonará, en estas circunstancias.

—Desde luego —dijo rápidamente Frau Ebert.

—¿Dónde se va a celebrar esa reunión?

—Será preciso que se marche esta noche —contestó Holten—. Tenemos mucho camino que recorrer. Casi hasta Görlitz.

—Görlitz... ¿Dónde está eso?

—Al este —dijo Frau Ebert deprisa—. En la frontera polaca.

—La podemos llevar ahora a casa en coche. Recogerá sus cosas y emprenderemos en seguida el viaje.

—¿Esta noche? ¿Ahora?

—Sí.

Holten no parecía pensar que a Liz le quedaran alternativas.

Les esperaba un gran coche negro. Con chófer y un asta de banderín en el capó. Parecía un coche militar.

El tribunal

La sala no era mayor que un aula. A un lado, en los escasos cinco o seis bancos disponibles, estaban sentados guardias y carceleros, y, acá y allá, entre ellos, espectadores: miembros del Presidium y funcionarios seleccionados. En el otro lado de la sala estaban sentados los tres miembros del tribunal en butacas de alto respaldo, ante una mesa de roble sin pulir. Por encima de ellos, colgada del techo por tres alambres, había una gran estrella roja de madera contrachapada. Las paredes de la sala eran blancas como las paredes de la celda de Leamas.

A ambos extremos de la mesa, con las sillas un poco arrimadas y vueltas hacia dentro para darse la cara mutuamente, había dos hombres: uno era de cierta edad, quizá de sesenta años, con traje negro y corbata gris, el tipo de traje que se lleva para ir a la iglesia en las comarcas rurales alemanas. El otro era Fiedler.

Leamas estaba sentado al fondo, con un guardia a cada lado. Por entre las cabezas de los espectadores veía a Mundt, también rodeado de policías, con su pelo rubio muy bien cortado, y los anchos hombros cubiertos por el conocido gris del uniforme de la prisión. A Leamas le pareció digno de un curioso comentario al estado de ánimo de la sala —o a la influencia de Fiedler—, el hecho de que él vistiera su propia ropa, mientras que Mundt llevaba el uniforme de la prisión.

Leamas no llevaba mucho tiempo en su sitio cuando el presidente del tribunal, sentado en el centro de la mesa, cogió la campanilla. El sonido atrajo su atención y sintió un escalofrío al darse cuenta de que el presidente era una mujer. Apenas se le podía reprochar que no se hubiera dado cuenta antes: tenía unos cincuenta años y era morena y de ojos pequeños. Llevaba el pelo corto, como el de un hombre, y usaba ese tipo de chaquetón militar, funcional y oscuro, tan frecuente entre las mujeres soviéticas. Miró penetrantemente por toda la sala, hizo una señal con la cabeza a un centinela para que cerrara la puerta, y se dirigió inmediatamente, sin ceremonia alguna, a la sala.

—Ya saben todos ustedes por qué estamos aquí. Este acto es secreto, recuérdenlo. Es un tribunal convocado expresamente por el Presidium. Oiremos las declaraciones que nos parezcan oportunas. —Señaló con gesto rutinario a Fiedler—. Camarada Fiedler, sería mejor que empezara.

Fiedler se levantó. Después de saludar brevemente con la cabeza a la mesa, sacó de la cartera que tenía al lado un manojo de papeles sujetos, en una esquina, con un cordón negro.

Hablaba de modo sosegado y tranquilo, con una reserva que Leamas nunca había visto en él. Leamas lo consideró como una buena actuación, bien ajustada al papel de un hombre que, lamentándolo mucho, ahorca a su jefe.

—Deben saber, ante todo, si no lo saben ya —empezó Fiedler—, que el mismo día que el Presidium recibió mi informe sobre las actividades del camarada Mundt, fui detenido, junto con el desertor Leamas. Ambos fuimos apresados, y ambos... invitados a confesar muy violentamente que toda esta terrible acusación era una conspiración fascista contra un camarada leal.

»Por el informe que les he dado ya, pueden ver cómo nos fijamos en Leamas: nosotros mismos le buscamos, le inducimos a desertar y, finalmente, le trajimos a la Alemania Democrática. Nada podría demostrar más claramente la imparcialidad de Leamas que esto: sigue rehusándose, por razones que explicaré, a creer que Mundt era un agente británico. Por tanto, es grotesco sugerir que Leamas haya sido enviado por ellos: la iniciativa fue nuestra, y las declaraciones, fragmentadas pero vitales, de Leamas, no hacen más que proporcionar la prueba final de una larga cadena de indicaciones que se remonta a tres años atrás.

»Tienen delante de ustedes el informe escrito sobre este caso. No necesito hacer otra cosa que interpretarles unos hechos de los que ustedes ya se dan cuenta.

»La acusación contra el camarada Mundt afirma que es un agente de una potencia imperialista. Podría yo haber hecho otras acusaciones: que entregó informaciones al Servicio Secreto británico, que convirtió su departamento en el inconsciente lacayo de un estado burgués, que escudó deliberadamente a grupos anti-Partido y aceptó en recompensa sumas en moneda extranjera. No hay un delito más grave en nuestro código penal, no hay ninguno que exponga a nuestro Estado a un mayor peligro ni que exija más vigilancia por parte de los órganos del Partido.

Aquí dejó los papeles.

—El camarada Mundt tiene cuarenta y dos años. Es subjefe del Departamento para la Protección del Pueblo. Es soltero. Siempre se le ha considerado hombre de capacidad excepcional, incansable en el servicio de los intereses del Partido, inexorable en su protección.

»Permítanme que les cuente algunos detalles de su carrera. Fue reclutado para el departamento a la edad de veintidós años, y pasó por la instrucción acostumbrada. Después de terminar su período de prueba, asumió tareas especiales en países escandinavos, concretamente Noruega, Suecia y Finlandia, donde logró establecer una red de espionaje que dio la batalla contra los agitadores fascistas en el campo enemigo. Realizó bien esta tarea, y no hay razón para suponer que en ese tiempo fuera otra cosa que un diligente miembro de su departamento. Pero, camaradas, no han de olvidar su temprana conexión con Escandinavia. Las redes establecidas por el camarada Mundt poco después de la guerra sirvieron de pretexto, muchos años después, para que viajara a Finlandia y Noruega, donde sus misiones se convirtieron en una cobertura que le permitió cobrar miles de dólares de bancos extranjeros como pago de su conducta traicionera. No se equivoquen: el camarada Mundt no ha caído como víctima de los que intentan refutar los argumentos de la historia. Primero, la cobardía; luego, la debilidad; luego, la codicia, ésos fueron sus motivos; el logro de una gran riqueza fue su sueño. Irónicamente, el complicado sistema con que satisfizo su afán de dinero fue lo que puso en su pista a las fuerzas de la justicia.

Fiedler hizo una pausa, y miró a su alrededor, a toda la sala, con los ojos súbitamente encendidos de fervor. Leamas observaba fascinado.

—¡Que esto sea una lección —gritó Fiedler— para aquellos otros enemigos del Estado cuyo delito es tan turbio que deben conspirar en las horas más secretas de la noche!

Un murmullo de aprobación se elevó entre el reducido grupo de espectadores que había al fondo de la sala.

—¡No escaparán a la vigilancia del pueblo cuya sangre tratan de vender!

Fiedler parecía dirigirse a una gran multitud, más que al puñado de funcionarios y guardias reunidos en la pequeña sala de blancas paredes.

Leamas se dio cuenta en ese momento de que Fiedler se protegía contra los peligros: la actuación del tribunal, el fiscal y los testigos debían ser políticamente impecables. Fiedler, sabiendo sin duda que en tales casos iba implicado el peligro de la contraacusación, defendía sus espaldas: la polémica quedaría en acto, y tendría que ser un valiente quien se pusiera a refutarla.

Fiedler abrió entonces el expediente que tenía ante sí en la mesa.

—A finales de 1956, Mundt fue enviado a Londres como miembro de la Misión Siderúrgica de

Alemania Oriental. Se le había encomendado además la tarea especial de emprender medidas antisubversivas contra grupos de exiliados. En el transcurso de su trabajo se expuso a grandes peligros, no cabe duda de ello, y obtuvo resultados muy positivos.

A Leamas le llamaron la atención otra vez las tres figuras en el centro de la mesa. A la izquierda de la presidenta había un hombre moreno, juvenil. Sus ojos parecían medio cerrados. Tenía el pelo lacio, desordenado, y el aspecto descolorido y delgado de un asceta. Sus finas manos jugueteaban incansables con el manojo de papeles que tenía delante. Leamas supuso que era el representante de Mundt; le habría resultado difícil decir por qué. Al otro lado de la mesa había un hombre ligeramente mayor, con tendencia a la calvicie, y de rostro abierto y agradable. A Leamas le pareció más bien un asno. Supuso que si el destino de Mundt estaba en vilo, el joven le defendería y la mujer le atacaría. Pensó que el otro hombre se sentiría cohibido por diferir en opinión y bando respecto a la presidenta.

Fiedler hablaba otra vez:

—Al término de su servicio en Londres fue cuando tuvo lugar su reclutamiento. Ya he dicho que se expuso a grandes peligros: al hacerlo así, chocó con la policía secreta británica, que dio orden de detenerle. Mundt, que no tenía inmunidad diplomática (Gran Bretaña, por pertenecer a la OTAN, no reconoce nuestra soberanía), se escondió. Se vigilaron los puertos; su fotografía y su descripción se distribuyeron por las islas británicas. Sin embargo, después de pasar dos días escondido, el camarada Mundt tomó un taxi al aeropuerto de Londres y salió volando hacia Berlín. «Muy brillante», dirán ustedes, y así fue. Con todo el contingente de la policía británica en estado de alerta; con las carreteras, ferrocarriles y rutas aéreas y marítimas bajo constante vigilancia, el camarada Mundt toma un avión desde el aeropuerto de Londres. Brillante, desde luego. O quizá les parecerá, camaradas, con la ventaja de la experiencia posterior, que la escapatoria de Mundt desde Inglaterra fue un poco demasiado brillante, un poco demasiado fácil, y que sin la connivencia de las autoridades británicas jamás habría sido posible que escapara.

Otro murmullo, más espontáneo que el primero, se elevó desde el fondo de la sala.

—La verdad es ésta: Mundt fue hecho prisionero por los ingleses: en una entrevista histórica, le ofrecieron la alternativa clásica. ¿Iba a quedarse durante años enteros en una prisión imperialista, acabando una brillante carrera, o iba a volver de forma espectacular a su país natal, contra todo lo esperado, para cumplir las promesas que había hecho concebir? Los ingleses, desde luego, pusieron como condición de su regreso que él les habría de proporcionar información, ellos le pagarían grandes cantidades de dinero. Con la zanahoria delante y el palo detrás, Mundt fue reclutado.

»Ahora a los ingleses les interesaba estimular la carrera de Mundt. Todavía no podemos demostrar que el éxito de Mundt al liquidar agentes occidentales secundarios fuera obra de sus jefes imperialistas traicionando a sus propios colaboradores —a aquellos que se podía sacrificar—, para realzar el prestigio de Mundt. No podemos demostrarlo, pero es una suposición creíble por lo evidente que resulta.

»Desde 1960 (el año en que el camarada Mundt llegó a ser jefe de la Sección de Contraespionaje de la Abteilung) nos han llegado indicaciones de todas las partes del mundo de que había un espía de elevada posición en nuestras filas. Ya sabéis todos que Karl Riemeck era un espía: cuando él fue eliminado, creímos que el mal estaba liquidado. Pero los rumores continuaron.

»A finales de 1960, un antiguo colaborador nuestro se acercó a un inglés del Líbano que se sabía estaba en contacto con el Servicio Británico de Inteligencia, y le ofreció (poco después lo averiguamos) una descripción completa de las dos secciones de la Abteilung, para la que había trabajado antes. Su oferta, después de ser transmitida a Londres, fue rechazada. Eso fue una cosa muy curiosa. Sólo podía significar que los ingleses ya poseían la información que se les ofrecía, y que estaban al día.

»Desde mediados de 1960 en adelante, perdimos colaboradores en el extranjero en una proporción alarmante. A menudo eran detenidos pocas semanas después de ponerles en acción. A veces el enemigo intentó volver contra nosotros a nuestros propios agentes, pero no con frecuencia; era como si apenas se quisieran molestar.

»Y entonces (a principios de 1961, si no me falla la memoria) tuvimos un golpe de suerte. Por medios que no describiré, obtuvimos un sumario de la información que tenía el Servicio Británico de Inteligencia sobre la Abteilung. Estaba completa, exacta y asombrosamente puesta al día. Se lo enseñé a Mundt, claro está: era mi superior. Me dijo que para él no era una sorpresa: tenía entre manos ciertas indagaciones y que yo no debía emprender acción alguna, no fuera a ponerlas en peligro. Confieso que en ese momento me cruzó por la mente el pensamiento, aun fantástico y remoto como era, de que el propio Mundt hubiera proporcionado la información. Había también otros indicios...

»Apenas necesito decirles que la última persona, la última en absoluto, de quien se puede sospechar de espionaje es el jefe del Contraespionaje. La idea es tan tremenda, tan melodramática, que pocos la abrigarían, cuanto más para expresarla. Confieso que yo mismo he sido culpable de excesiva resistencia a llegar a una deducción tan aparentemente fantástica. Eso fue un grave error.

»Pero, camaradas, la prueba definitiva ha llegado a nuestras manos. Propongo ahora que se pida esta declaración.

Se volvió, lanzando una mirada al fondo de la sala.

—Hagan avanzar a Leamas.

Los guardias, a sus dos lados, se levantaron, y Leamas se abrió paso al borde de la fila hasta el tosco pasillo, que no tenía más de sesenta centímetros de ancho, en medio de la sala. Uno de ellos le indicó que debía ponerse de cara a la pared. Fiedler estaba apenas a un par de metros de él. Ante todo, le dirigió la palabra la presidenta.

—Testigo, ¿cómo se llama usted? —preguntó.

—Alec Leamas.

—¿Edad?

—Cincuenta años.

—¿Casado?

—No.

—Pero lo ha estado.

—Ahora no estoy casado.

—¿Profesión?

—Auxiliar bibliotecario.

Fiedler intervino irritadamente.

—Antes estuvo empleado por el Servicio Británico de Inteligencia, ¿no? —dijo con brusquedad.

—Es verdad. Hasta hace un año.

—El tribunal ha leído los informes de su interrogatorio. —Fiedler continuó—. Quiero que les hable otra vez de la conversación que tuvo con Peter Guillam hacia mayo del año pasado.

—¿Quiere decir cuando hablamos de Mundt?

—Sí.

—Ya se lo he dicho. Fue en Cambridge Circus, la oficina de Londres, nuestro cuartel general. Yo me tropecé con Peter por el pasillo. Sabía que había andado metido en el caso Fennan, y le pregunté qué había sido de George Smiley. Luego nos pusimos a hablar de Dieter Frey, que murió, y de Mundt, que andaba mezclado en el asunto. Peter dijo que él creía que Maston (efectivamente, Maston estaba entonces encargado del asunto) no había querido que cogieran a Mundt.

—¿Cómo interpretó eso? —preguntó Fiedler.

—Yo sabía que Maston había enredado demasiado el caso Fennan. Supuse que no quería revolver el fango con la aparición de Mundt en el juzgado criminal.

—Si hubieran detenido a Mundt, ¿le habrían acusado legalmente? —intervino la presidente.

—Eso depende de quién le detuviera. Si le detenía la policía, había que informar al Ministerio del Interior. Después de todo, no hay poder en el mundo que le impidiera ser acusado.

—¿Y si le hubiera detenido su Servicio? —preguntó Fiedler.

—Ah, ése es un asunto diferente. Supongo que le habrían interrogado y luego habrían tratado de canjearle por alguno de los nuestros que estuviera detenido aquí; o si no, le habrían dado el pasaporte.

—¿Qué quiere decir eso?

—Que se lo habrían quitado de encima.

—¿Lo habrían liquidado?

Ahora todas las preguntas las hacía Fiedler, y los miembros del tribunal escribían diligentemente en los papeles que tenían delante.

—No sé lo que hacen. Yo nunca he estado mezclado en ese juego.

—¿No podían haber intentado reclutarlo como agente suyo?

—Sí, pero no lo consiguieron.

—¿Cómo lo sabe?

—Ah, demonios, ya se lo he dicho muchas veces. No soy una maldita foca amaestrada... He sido jefe del comando de Berlín durante cuatro años. Si Mundt hubiera sido de nuestra gente, yo lo hubiera sabido. No podría haber dejado de saberlo.

—Claro.

Fiedler pareció contentarse con esa respuesta, quizá confiando en que el resto del tribunal no se contentara. Entonces dirigió su atención hacia la operación Piedra Movediza, e hizo pasar otra vez a Leamas por las especiales complicaciones de seguridad que se aplicaban en la circulación del expediente, las cartas a los bancos de Estocolmo y Helsinki, y la única respuesta que había recibido Leamas. Dirigiéndose al tribunal, Fiedler comentó:

—No tuvimos respuesta desde Helsinki. No sé por qué. Pero permítanme que les recapitule esto. Leamas depositó dinero en Copenhague el 15 de junio. Entre los papeles que tienen delante está la fotocopia de una carta del Banco Real Escandinavo dirigida a Robert Lang. Robert Lang era el nombre que usó Leamas para abrir la cuenta en depósito en Copenhague. Por esa carta (es el duodécimo documento en su expediente) verán que la suma total (diez mil dólares) fue retirada una semana después por el otro signatario de la cuenta. Imagino —continuó Fiedler señalando con la cabeza la figura inmóvil de Mundt, en la fila de delante— que el acusado no discutirá que estuvo en Copenhague el 21 de junio, nominalmente ocupado en actividades secretas a favor de la Abteilung.

Hizo una pausa y luego siguió:

—La visita de Leamas a Helsinki (la segunda visita que hacía para depositar dinero) tuvo lugar hacia el 24 de septiembre —dijo elevando la voz y girándose para mirar de frente a Mundt—. El 3 de octubre, Mundt hizo un viaje clandestino a Finlandia: una vez más, pretendidamente, por intereses de la Abteilung.

Hubo un silencio. Fiedler se volvió lentamente, dirigiéndose de nuevo al tribunal. Con una voz al mismo tiempo contenida y amenazadora, preguntó:

—¿Se quejan ustedes de que las pruebas son circunstanciales? Permítanme recordarles algo más.

Se dirigió a Leamas:

—Testigo, durante sus actividades en Berlín, usted entró en asociación con Karl Riemeck, que fue secretario del Presidium del Partido Socialista Unificado. ¿Cuál fue el carácter de esa asociación?

—Era agente mío, hasta que lo mataron a tiros los hombres de Mundt.

—Muy bien. Lo mataron los hombres de Mundt. Uno de los varios espías que fueron liquidados sumariamente por el camarada Mundt antes que pudieran ser interrogados. Pero, antes de que lo mataran los hombres de Mundt, ¿fue agente del Servicio Secreto británico?

Leamas asintió.

—Tenga la bondad de describir la reunión de Riemeck con el hombre a quien llama Control.

—Control llegó a Berlín desde Londres a ver a Karl. Karl era uno de los agentes más productivos que teníamos, creo, y Control quería conocerlo.

Fiedler intervino:

—Entonces, ¿era también uno de los de más confianza?

—Sí, oh, sí. Londres quería mucho a Karl; nada de lo que él hiciera estaría mal. Cuando llegó Control, yo me las arreglé para que Karl viniera a mi piso, y cenamos los tres juntos. La verdad es que a mí no me gustó que Karl fuera allí, pero no se lo podía decir a Control. Es difícil explicarlo, pero en Londres se forman ideas raras; están muy lejos de ello, y a mí me asustaba que encontraran alguna excusa para ocuparse ellos mismos de Karl; son muy capaces.

—Así que se las arregló para que se reunieran los tres —intervino Fiedler con sequedad—. ¿Qué pasó?

—Control me pidió de antemano que me ocupara de dejarle un cuarto de hora a solas con Karl, de modo que durante la reunión fingí que se me había acabado el whisky. Salí del piso y fui a ver a De Jong. Tomé un par de tragos allí, le pedí prestada una botella y volví.

—¿Cómo los encontró?

—¿Qué quiere decir?

—¿Seguían hablando Control y Riemeck? Y en ese caso, ¿de qué hablaban?

—Cuando volví no hablaban en absoluto.

—Gracias. Puede sentarse.

Leamas volvió a su asiento al fondo de la sala. Fiedler se volvió hacia los tres miembros del tribunal y empezó:

—Quiero hablar primero del espía Riemeck, muerto a tiros: Karl Riemeck. Tienen ustedes delante una lista de toda la información que Riemeck le pasó a Alec Leamas en Berlín, según lo que puede recordar Leamas. Es un formidable expediente de traición. Permítanme que se lo resuma. Riemeck dio a sus jefes una descripción detallada del trabajo y las personalidades de la Abteilung entera. Fue capaz, si hemos de creer a Leamas, de describir las actuaciones de nuestras sesiones más secretas. Como secretario del Presidium, dio copias de sus deliberaciones más secretas.

»Eso le fue fácil; él mismo redactaba el acta de todas las reuniones. Pero el acceso de Riemeck a los asuntos secretos de la Abteilung es un asunto diferente. ¿Quién, a fines de 1959, presentó a Riemeck en cooperación con el Comité para la Protección del Pueblo, ese vital subcomité del Presidium que coordina y discute los asuntos de nuestros organismos de seguridad? ¿Quién propuso que Riemeck tuviera el privilegio del acceso a los expedientes de la Abteilung? ¿Quién, en todas las etapas de la carrera de Riemeck, «desde 1959» (el año en que Mundt volvió de Inglaterra, ya recuerdan), le eligió para puestos de responsabilidad excepcional? Yo se lo diré —proclamó Fiedler—: el mismo hombre que tenía una posición única para defenderle en sus actividades de espionaje: Hans-Dieter Mundt. Recordemos cómo Riemeck entró en contacto con las agencias occidentales de información en Berlín; cómo buscó el coche de De Jong, cuando merendaba en el campo, y le puso dentro la película. ¿No les sorprende el conocimiento previo que tenía Riemeck? ¿Cómo podía haber sabido dónde encontrar ese coche, y en ese día preciso? Riemeck no tenía coche; no podía haber seguido a De Jong desde su casa de Berlín Occidental. Había sólo un modo de que pudiera saberlo: por mediación de nuestra propia policía de seguridad, que informaba sobre la presencia del coche de De Jong, siguiendo la costumbre, en cuanto el coche pasaba el puesto de control del Sector Internacional. Este conocimiento estaba disponible para Mundt, y Mundt lo ponía a disposición de Riemeck. Ésta es la acusación contra Hans-Dieter Mundt: ¡les digo que Riemeck era su personaje, el eslabón entre Mundt y sus jefes imperialistas!

Fiedler hizo una pausa, y luego añadió tranquilamente:

—Mundt-Riemeck-Leamas: ésa era la cadena de mando, y es axiomático en la técnica del espionaje, en el mundo entero, que cada eslabón de la cadena debe ignorar, mientras sea posible, a los demás. Así está bien que Leamas afirme que no sabe nada contra Mundt; esto es sólo la prueba de una buena seguridad por parte de sus jefes en Londres.

»Se les ha dicho también cómo todo el asunto conocido por Piedra Movediza se llevaba en condiciones de secreto especial, y cómo Leamas sabía, en términos vagos, que había una sección informativa, a cargo de Peter Guillam, que fingía ocuparse de la situación económica de nuestra república: una sección que, sorprendentemente, estaba en la lista de acceso limitado de Piedra Movediza. Permítanme recordarles que ese mismo Peter Guillam fue uno de los varios funcionarios de la seguridad británica que intervinieron en la investigación sobre las actividades de Mundt mientras estaba en Inglaterra.

El hombre juvenil, en la mesa, levantó el lápiz, y mirando a Fiedler con sus ojos fríos y duros bien abiertos, le preguntó:

—Entonces, ¿por qué Mundt liquidó a Riemeck, si Riemeck era su agente?

—No tenía otra alternativa. Riemeck era sospechoso. Su amante le había traicionado con indiscreciones jactanciosas. Mundt dio la orden de disparar contra él en cuanto le vieran, le mandó el recado a Riemeck de que escapara corriendo, y quedó eliminado el peligro de traición. Después, Mundt asesinó a la mujer.

»Quiero disertar un momento sobre la técnica de Mundt. Después de volver a Alemania en 1959, el Servicio Británico de Inteligencia jugó a la espera. Todavía estaba por demostrar que Mundt estuviera dispuesto a cooperar con ellos, de modo que le dieron instrucciones y esperaron, satisfechos con pagar su dinero y tener esperanzas de que todo fuera bien. Por aquel entonces, Mundt no era un alto funcionario de nuestro servicio —ni de nuestro Partido—, pero veía mucho, y lo que veía le servía para informar. Desde luego, se comunicaba con Londres sin ayuda. Hemos de suponer que se encontraban con él en el Berlín Occidental, y que en sus breves viajes al extranjero, a Escandinavia y a otros sitios, se ponían en contacto con él para interrogarle. Los ingleses al principio debieron de mostrarse desconfiados (¿quién no?): sopesaron con mucho cuidado lo que les daba, comparándolo con lo que ya sabían. Temían que hiciera un doble juego. Pero poco a poco se dieron cuenta de que habían encontrado una mina de oro. Mundt se aplicó a su traicionera labor con esa eficacia sistemática tan celebrada en él. Al principio es una suposición mía, camaradas, pero se basa en una larga experiencia en este trabajo y en las declaraciones de Leamas, en los primeros meses, no se atrevieron a establecer ninguna clase de red que incluyera a Mundt. Le dejaron como un lobo solitario; le atendieron, le pagaron y le instruyeron aparte de su organización de Berlín. Establecieron en Londres, a cargo de Guillam (pues fue él quien reclutó a Mundt), una pequeña sección de cobertura cuya función no se conocía siquiera dentro del servicio, salvo en un círculo muy selecto. Pagaron a Mundt por un sistema especial que llamaron Piedra Movediza, y no cabe duda de que trataron con enorme precaución la información que él les daba. Esto, ya lo ven, está de acuerdo con la insistencia de Leamas de que la existencia de Mundt le era desconocida, aunque, como verán, no sólo le pagaba, sino que al fin, «recibía efectivamente de Riemeck y pasaba a Londres la información que obtenía Mundt».

»A finales de 1959, Mundt informó a sus jefes de Londres de que había encontrado en el Presidium a un hombre que actuaría como intermediario entre él y Leamas. Ese hombre era Karl Riemeck.

»¿Cómo encontró Mundt a Riemeck? ¿Cómo se atrevió a averiguar si Riemeck estaba dispuesto a cooperar?

Deben recordar la excepcional posición de Mundt: tenía acceso a todos los expedientes de seguridad, podía controlar teléfonos, abrir cartas, emplear vigilantes; podía interrogar a cualquiera sin discusión, y tenía ante él el cuadro más detallado de su vida privada. Sobre todo, podía silenciar las sospechas en un momento volviendo contra el pueblo la misma arma —la voz de Fiedler temblaba de furia— que debía servir para su protección.

Retomando sin esfuerzo su anterior estilo racional, continuó:

—Ahora pueden ver lo que hicieron los de Londres. Conservando siempre en secreto la identidad de Mundt, estuvieron de acuerdo en alistar a Riemeck e hicieron posible que se estableciera contacto indirecto entre Mundt y el comando de Berlín. Ésa es la importancia del contacto de Riemeck con De Jong y Leamas. Así es como se habrían de interpretar las declaraciones de Leamas; así es como se habría de medir la traición de Mundt.

Se giró y, mirando cara a cara a Mundt, gritó:

—¡Ahí está vuestro saboteador, vuestro terrorista! ¡Ahí está el hombre que ha vendido los derechos del pueblo!

»Casi he terminado. Sólo falta por decir una cosa. Mundt conquistó fama de leal y astuto protector del pueblo, e hizo callar para siempre a las lenguas que podían traicionar su secreto. Así mató en nombre del pueblo para proteger su traición fascista y hacer avanzar su carrera dentro de nuestro servicio. No es posible imaginar un crimen más terrible que éste. Por eso, al fin, después de haber hecho todo lo que podía para proteger a Karl Riemeck de las sospechas que poco a poco le rodeaban, dio la orden de disparar contra él. Por eso dispuso el asesinato de la amante de Riemeck. Cuando hayáis de dar vuestro veredicto al Presidium no temáis reconocer toda la bestialidad del crimen de este hombre. Para Hans-Dieter Mundt, la muerte es una pena misericordiosa.

El testigo

La presidenta se volvió hacia el hombrecillo vestido de negro que se sentaba enfrente mismo de Fiedler.

—Camarada Karden, usted habla en representación del camarada Mundt. ¿Desea interrogar al testigo Leamas?

—Sí, sí, me gustaría hacerlo dentro de un momento —contestó él, poniéndose laboriosamente de pie y pasando sobre las orejas las patillas de sus gafas con cerco de oro. Era una figura amable, un poco rústica, con el pelo blanco—. La afirmación del camarada Mundt —empezó, con su benigna voz gratamente modulada— es que Leamas miente, que el camarada Fiedler, por su intención o por su mala suerte, ha sido atraído a una conspiración para destrozar la Abteilung y hacer caer en descrédito los organismos de defensa de nuestro Estado socialista. No discutimos que Karl Riemeck fuera un espía británico: está demostrado. Pero discutimos que Mundt estuviera en alianza con él, o aceptara dinero por traicionar a nuestro Partido. Decimos que no se puede demostrar objetivamente esta acusación, y que el camarada Fiedler está envenenado por sueños de poder y cegado al pensamiento racional. Afirmamos que Leamas, desde el momento en que volvió de Berlín a Londres, vivió fingiendo un papel, que simuló una rápida caída en la degeneración, en el alcoholismo y el endeudamiento; que atacó a un tendero a plena vista de la gente y ostentó sentimientos antiamericanos, todo ello únicamente para atraer la atención de la Abteilung. Creemos que el Servicio británico de inteligencia ha tejido deliberadamente en torno al camarada Mundt una madeja de indicios circunstanciales: el pago de dinero a bancos extranjeros, retirado en coincidencia con la presencia de Mundt en los países en cuestión; la casual indicación de oídas, por parte de Peter Guillam; la reunión secreta entre Control y Riemeck, en que se discutieron asuntos que Leamas no podía escuchar: todas estas cosas han proporcionado una falsa cadena de pruebas, aceptada por el camarada Fiedler, con cuyas ambiciones contaban con tanta seguridad los ingleses; y así entró a formar parte de una conspiración monstruosa para hundir (para asesinar, en realidad, pues Mundt ahora está en riesgo de perder su vida) a uno de los más celosos defensores de nuestra república.

»El hecho de que los ingleses discurrieran esta conspiración, ¿no está de acuerdo con su historia de sabotajes, subversión y tráfico humano? ¿Qué otro camino les queda, ahora que se ha construido el bastión a través de Berlín, y se ha controlado el flujo de espías occidentales? Hemos sido víctimas de su conspiración; el camarada Fiedler, en el mejor de los casos, es culpable de un error muy grave: en el peor de los casos, de connivencia con espías imperialistas para minar la seguridad del Estado de los trabajadores y verter sangre inocente.

»Tenemos también un testigo —inclinó la cabeza amablemente hacia el tribunal—. Sí, también nosotros tenemos un testigo. Pues ¿suponen ustedes realmente que durante todo ese tiempo el camarada Mundt ha ignorado la febril conspiración de Fiedler? ¿Lo suponen de veras? Durante meses, se ha dado cuenta del cambio de ánimo de Fiedler. Fue el propio camarada Mundt quien autorizó el acercamiento de Leamas a Inglaterra... ¿Creen ustedes que se hubiera arriesgado tanto si él mismo hubiera estado implicado?

»Y cuando llegaron al Presidium los informes del primer interrogatorio de Leamas en La Haya, ¿suponen que el camarada Mundt tiró el suyo sin leerlo? Y después de que Leamas llegó a nuestro país y Fiedler se embarcó en el interrogatorio por su cuenta, ¿creen ustedes que el camarada Mundt, al ver que no llegaban más informes, fue tan tonto que no comprendió lo que incubaba Fiedler?

»Cuando llegaron de La Haya los primeros informes de parte de Peters, Mundt no tuvo más que mirar las fechas de las visitas de Leamas a Copenhague y Helsinki para darse cuenta de todo el asunto para colocar pruebas falsas; pruebas para desacreditar al propio Mundt. En efecto, esas fechas coincidían con las visitas de Mundt a Dinamarca y a Finlandia: las habían elegido en Londres por esa misma razón. Mundt había conocido esas «tempranas indicaciones» igual que Fiedler; recuérdenlo. También Mundt buscaba un espía entre los altos cargos de la Abteilung...

»Y así, cuando Leamas llegó a la Alemania Democrática, Mundt observó con fascinación cómo Leamas alimentaba las sospechas de Fiedler con sugerencias e indicaciones oblicuas: jamás exageradas, ya entienden, jamás acentuadas, sino dejadas caer acá y allá con pérfida sutileza. Y para entonces, el terreno ya estaba preparado; el hombre del Líbano, con el milagroso «pisotón» a sus noticias, pareciendo confirmar la presencia de un espía en un alto puesto de la Abteilung...

»Se hizo maravillosamente bien. Podría haber convertido, podría convertir todavía, en notable victoria la derrota que sufrieron los ingleses con la pérdida de Karl Riemeck.

»El camarada Mundt tomó una sola precaución, mientras los ingleses, con ayuda de Fiedler, planeaban asesinarle.

»Mandó que se hicieran escrupulosas averiguaciones en Londres. Examinó todos los pequeños detalles de esa doble vida que llevaba Leamas en Bayswater. Buscaba, ya comprenden, algún error humano en un proyecto de sutileza casi sobrehumana. En algún sitio, pensaba, en la larga permanencia de Leamas en el desierto, habría quebrantado la fidelidad a su juramento de pobreza, embriaguez y degeneración, y sobre todo, de soledad. Necesitaría algún compañero, una amante, quizás: anhelaría el calor del contacto humano, anhelaría mostrar una parte de la otra alma que guardaba en el pecho.

»El camarada Mundt tuvo razón, ya lo verán. Leamas, ese agente hábil y experto, cometió un error tan elemental, tan humano, que... —Sonrió—. Oirán al testigo. Pero todavía no. El testigo está aquí: lo ha traído el camarada Mundt. Fue una precaución admirable. Después llamaré... a ese testigo. —Esbozó una expresión un poco maliciosa, como diciendo que había que permitírsele una bromita—. Mientras tanto, si puedo, me gustaría hacer una pregunta o dos a este acusador de mala gana, el señor Alec Leamas.

—Dígame —empezó—, ¿es usted hombre de medios?

—No me venga con majaderías —dijo Leamas con brusquedad—: ya sabe cómo me recogieron.

—Sí, desde luego —afirmó Karden—, aquello fue magistral. ¿Quiere decir eso, entonces, que no tiene dinero en absoluto?

—En efecto.

—¿Tiene usted amigos que le presten dinero, que se lo den quizá, que paguen sus deudas?

—Si los tuviera, no estaría aquí.

—¿No los tiene? ¿Podemos imaginar que algún benévolo bienhechor, acaso alguien de quien se ha olvidado usted, se preocupara tal vez de ponerle en pie... pagando las deudas a los acreedores y toda esa clase de cosas?

—No.

—Gracias. Otra pregunta: ¿conoce a George Smiley?

—Claro que sí. Estaba en Cambridge Circus.

—¿Se ha marchado ahora del Servicio Británico de Inteligencia?

—Hizo el petate después del caso Fennan.

—Ah, sí..., el caso en que estuvo implicado Mundt. ¿Le ha visto usted alguna otra vez?

—Una vez o dos.

—¿Le ha visto después de marcharse usted de Cambridge Circus?

Leamas vaciló.

—No —dijo.

—¿No le visitó en la cárcel?

—No. Nadie me visitó.

—¿Y antes de entrar en la cárcel?

—No.

—Después de salir de la prisión, concretamente el día que le pusieron en libertad, ¿no es verdad que se lo llevó consigo uno llamado Ashe?

—Sí.

—Almorzó con Ashe en el Soho. Después de separarse de él, ¿adónde fue usted?

—No lo recuerdo. Probablemente fui a un bar. Ni idea.

—Permítame que le ayude. Acabó por ir a Fleet Street y cogió un autobús. A partir de allí, parece haber ido en zigzag, en autobús, en metro y en coche particular, de un modo un tanto inexperto para un hombre de su experiencia, hasta Chelsea. ¿Lo recuerda? Le puedo mostrar el informe si quiere: lo tengo aquí.

—Probablemente tiene razón. ¿Y qué?

—George Smiley vive en Bywater Street, casi en la esquina con King's Road, eso es lo que quiero decir. Su coche se metió por Bywater Street, y nuestro agente ha informado que se bajó en el número 9. Da la casualidad de que ésa es la casa de Smiley.

—Eso son bobadas —dijo Leamas—. Yo creo más bien que iría al Ocho Campanas; es uno de mis bares favoritos.

—¿En coche particular?

—Eso también es una tontería. Seguramente fui en taxi, supongo. Cuando tengo dinero, lo gasto.

—Pero ¿por qué todo ese correr dando vueltas antes?

—Eso es una idiotez. Seguramente se habrían equivocado y seguirían a otro. Eso sería típico.

—Volviendo a mi pregunta del principio, ¿no puede imaginar que Smiley se hubiera tomado algún interés por usted, después de marcharse usted de Cambridge Circus?

—No, demonios.

—¿Ni en su bienestar, después que le metieron en la cárcel, ni que gastara dinero por sus familiares, ni que quisiera verle después de encontrar a Ashe?

—No. No tengo la menor idea de lo que trata de decir, Karden, pero la respuesta es que no. Si hubiera conocido a Smiley, no lo preguntaría. Somos lo más diferente que pueda imaginarse.

Karden pareció más bien contento con esto, sonrió y asintió para sí mientras se ponía las gafas y consultaba despacio su expediente.

—Ah, sí —dijo, como si hubiera olvidado algo—; cuando le pidió al tendero que le fiara, ¿cuánto dinero tenía?

—Nada... —dijo Leamas despreocupadamente—. Llevaba una semana en bancarrota. Más, creo yo.

—¿De qué había vivido?

—De restos y trozos. Había estado malo: un poco de fiebre. Llevaba una semana casi sin comer... Supongo que eso también me puso nervioso..., fue la gota que colmó el vaso.

—Desde luego, todavía le debían dinero en la biblioteca, ¿no?

—¿Cómo lo ha sabido? —preguntó Leamas bruscamente—. ¿Ha estado...?

—¿Por qué no fue a cobrarlo? Entonces, no habría tenido que pedir que le fiaran, ¿no es cierto, Leamas?

Él se encogió de hombros.

—No lo recuerdo. Quizá porque la biblioteca estuviera cerrada los sábados por la mañana.

—Ya veo. ¿Está usted seguro de que estaba cerrada los sábados por la mañana?

—No. Es sólo una suposición.

—Muy bien. Gracias, eso es todo lo que tengo que preguntar.

Leamas se iba a sentar, cuando se abrió la puerta y entró una mujer. Era grande y fea, vestida de mono gris con insignias en una mano. A su lado estaba Liz.

La presidenta

Entró en la sala despacio, mirando a su alrededor, con los ojos muy abiertos, como un niño a medio despertar entrando en un cuarto muy iluminado. Leamas había olvidado qué joven era. Ella, cuando le vio sentado entre dos guardias, se detuvo.

—¡Alec!

El guardia que había a su lado le puso la mano en el brazo y la guió hasta el punto donde había estado antes Leamas. Había un gran silencio en la sala.

—¿Cómo se llama? —le preguntó bruscamente la presidenta.

Las largas manos de Liz colgaban a sus lados, con los dedos rectos.

—¿Cómo se llama? —repitió, esta vez con voz fuerte.

—Elizabeth Gold.

—¿Es miembro del Partido Comunista británico?

—Sí.

—¿Y ha estado pasando unos días en Leipzig?

—Sí.

—¿Cuándo entró en el Partido?

—En 1955. No, en el 54, me parece que fue...

Le interrumpió el ruido del movimiento, el rechinar de unos muebles apartados a la fuerza, y la voz de Leamas, áspera, aguda, fea, llenando la sala:

—¡Hijos de puta! ¡Dejadla en paz!

Liz se volvió aterrorizada y le vio en pie, con la cara blanca manchada de sangre y la ropa revuelta; vio que un guardia le pegaba casi derribándole; entonces cayeron los dos guardias sobre él y le levantaron, sujetándole los brazos detrás de la espalda. Leamas dejó caer la cabeza sobre el pecho, con sacudidas laterales como de dolor.

—Si se mueve otra vez, llévenselo —ordenó la presidenta, y movió la cabeza en señal de amonestación, diciendo—: Usted puede volver a hablar después si lo desea. Espere. —Luego, volviéndose a Liz, dijo con brusquedad—: ¿Seguramente sabe cuándo entró en el Partido?

Liz no dijo nada, y la presidenta, después de esperar un momento; se encogió de hombros. Luego, inclinándose hacia delante y mirando fijamente a Liz, preguntó:

—Elizabeth, ¿le han hablado alguna vez en su Partido de la necesidad del secreto?

Liz asintió.

—¿Y le han dicho alguna vez que no pregunte jamás a otro camarada sobre la organización y disposiciones del Partido?

Liz volvió a asentir.

—Sí —dijo—, desde luego.

—Hoy se la pondrá severamente a prueba en ese aspecto. Es mejor para usted, mucho mejor, que no sepa nada. Nada —añadió con énfasis repentino—. Baste esto: los tres de esta mesa tenemos un puesto muy alto en el Partido. Actuamos con conocimiento de nuestro Presidium, en interés de la seguridad del Partido. Hemos de hacerle algunas preguntas, y sus respuestas son de gran importancia. Contestando con veracidad y con valentía, ayudará a la causa del socialismo.

—Pero ¿quién... —susurró Liz—, quién ha sido acusado? ¿Qué ha hecho Alec?

La presidenta miró hacia Mundt, por encima de ella, y dijo:

—Quizá nadie sea el acusado. Ése es el asunto —añadió—, es una garantía de su imparcialidad que no lo sepa.

El silencio cayó por un momento sobre la pequeña sala; y entonces, con una voz tan suave hasta el punto que la presidenta inclinó instintivamente la cabeza hasta oír sus palabras, Liz preguntó:

—¿Es Alec? ¿Es Leamas?

—Ya le digo —insistió la presidenta—, más le vale, mucho más, que no lo sepa. Tiene que decir la verdad y marcharse. Es lo más prudente que puede hacer.

Liz debió de hacer alguna señal o susurrar algunas palabras que los demás no pudieron captar, pues la presidenta se inclinó hacia delante y dijo con gran intensidad:

—Escuche, muchacha, ¿quiere volver a casa? Haga lo que le digo y basta. Pero si usted... —Se interrumpió, señalando a Karden con la mano y añadiendo enigmáticamente—: Este camarada quiere hacerle unas preguntas, no muchas. Luego se marchará. Diga la verdad. Karden se volvió a levantar y sonrió con su amable sonrisa eclesiástica.

—Elizabeth... —preguntó—. Alec Leamas era su amante, ¿verdad?

Ella asintió con la cabeza.

—¿Le conoció en la Biblioteca de Bayswater, donde trabaja?

—Sí.

—¿No le había conocido antes? Ella negó con la cabeza.

—Nos conocimos en la biblioteca —dijo.

—¿Ha tenido usted muchos amantes, Elizabeth?

Contestara Liz lo que contestara, se perdió bajo el grito de Leamas:

—¡Karden, cerdo!

—No, Alec, se te llevarán de aquí.

—Sí —observó secamente la presidenta—: eso es.

—Dígame —continuó suavemente Karden—, ¿era comunista Alec?

—No.

—¿Sabía que usted era comunista?

—Sí, se lo dije.

—¿Qué dijo él cuando se lo dijo entonces, Elizabeth?

Ella no sabía si mentir, eso era lo terrible. Las preguntas llegaban tan deprisa que no tenía ocasión de pensar. Durante todo el tiempo, escuchaban, observaban, esperaban una palabra, un gesto, quizá, que pudiera hacerle un daño terrible a Alec. No podía mentir si no sabía de qué se trataba; seguiría adelante balbuciendo y Alec moriría, pues no había duda en su ánimo de que Leamas estaba en peligro.

—¿Qué dijo él entonces? —repitió Karden.

—Se rió. Él estaba por encima de todo ese tipo de cosas.

—¿Cree usted que estaba por encima de ello?

—Claro.

El joven de la mesa de los jueces habló por segunda vez:

—¿Lo considera como un juicio válido sobre un ser humano: que esté por encima del curso de la historia y de las necesidades de la dialéctica?

—No sé. Eso es lo que yo creía, nada más.

—No se preocupe —dijo Karden—; dígame, ¿era un hombre feliz, siempre riendo y todas esas cosas?

—No. No se reía a menudo.

—Pero se rió cuando usted le dijo que era del Partido. ¿Sabe por qué?

—Creo que despreciaba al Partido.

—¿Cree que lo odiaba? —preguntó Karden como si la pregunta no tuviera mucha importancia.

—No sé —contestó Liz patéticamente.

—¿Era hombre de fuertes simpatías y antipatías?

—No..., no, no lo era.

—Pero atacó a un tendero. Entonces, ¿por qué hizo eso?

De repente, Liz ya no se fió nada de Karden. No se fió de la voz acariciadora y la cara de geniecillo bondadoso.

—No sé.

—Pero ¿usted pensó sobre eso?

—Sí.

—Bueno, ¿a qué conclusión llegó?

—A ninguna —dijo Liz de plano.

Karden la miró pensativamente, quizás un poco decepcionado, como si ella se hubiera olvidado del catecismo.

—Usted —preguntó, como si fuera la más obvia de las preguntas—, ¿usted sabía que Leamas iba a pegar al tendero?

—No —contestó Liz, acaso con demasiada rapidez, de tal modo que en la pausa que vino después, la sonrisa de Karden dejó paso a un aire de curiosidad divertida.

—Hasta ahora..., hasta hoy —preguntó al fin—, ¿cuándo fue la última vez que vio a Leamas?

—No le volví a ver después de que entró en la cárcel —contestó Liz.

—Entonces, ¿cuándo fue la última vez que le vio? —La voz era amable pero insistente.

A Liz le molestaba dar la espalda a la sala: hubiera deseado volverse y ver a Leamas, verle quizá la cara, leer en ella alguna guía, alguna señal que le dijera cómo contestar. Empezaba a asustarse por ella misma, con esas preguntas que se referían a acusaciones y sospechas de que ella no sabía nada. Debían saber que ella quería ayudar a Alec, que tenía miedo, pero nadie la ayudaba..., ¿por qué no la ayudaba nadie?

—Elizabeth, ¿cuándo fue su último encuentro con Leamas hasta hoy? —Ah, esa voz, cómo la odiaba, cómo odiaba esa voz suave.

—La noche antes que ocurriera eso —contestó—, la noche antes de la pelea que tuvo con el señor Ford.

—¿La pelea? No fue una pelea, Elizabeth. El tendero no respondió en absoluto, no tuvo ocasión. ¡Poco deportivo!

Karden se echó a reír, y lo más terrible es que nadie se rió con él.

—Dígame, ¿dónde se reunió con Leamas esa última noche?

—En su piso. Él había estado enfermo, sin trabajar. Estuvo en cama, y yo había ido a hacerle la comida.

—¿Y a comprarle de comer? ¿Le hacía la compra?

—Sí.

—Qué amable. Le debió costar mucho dinero... —Karden la observó con comprensión—. ¿Podía usted mantenerle?

—Yo no le mantenía. Lo recibía de Alec. Él...

—Ah —dijo Karden con rapidez—, así que él tenía algún dinero, ¿eh?

«Dios mío —pensó Liz—, Dios mío, mi buen Dios. ¿Qué he dicho yo?».

—No mucho —dijo Liz deprisa—, no mucho, lo sé. Una libra o dos, nada más. No tenía más que eso. No podía pagar las cuentas, la luz eléctrica y el alquiler; ya ve, las pagó un amigo cuando él se fue. Tuvo que pagarlas un amigo, no Alec.

—Claro —dijo Karden, tranquilamente—, un amigo las pagó. Fue especialmente a pagar las cuentas. Algún viejo amigo de Leamas. Alguien que él conocería quizás antes de ir a Bayswater. ¿Conoció usted alguna vez a ese amigo, Elizabeth?

Ella movió la cabeza.

—Ya veo. ¿Qué otras cuentas pagó ese amigo? ¿Lo sabe?

—No..., no.

—¿Por qué vacila?

—He dicho que no lo sé —replicó con dureza Liz.

—Pero ha vacilado —explicó Karden—. Me preguntaba si pensaría otra cosa.

—No.

—¿Le habló alguna vez Leamas de ese amigo? ¿Un amigo con dinero, que sabía dónde vivía Leamas?

—Nunca mencionó a ningún amigo. No creo que tuviera amigos.

—Ah.

Se produjo un terrible silencio en la sala, más terrible para Liz porque, como un niño ciego entre videntes, estaba aislada de todos los que la rodeaban: ellos podían medir sus respuestas con algún patrón secreto mientras que ella, por ese temible silencio, no podía saber lo que habían averiguado.

—¿Cuánto dinero gana, Elizabeth?

—Seis libras por semana.

—¿Tiene ahorros?

—Unos pocos; unas libras.

—¿Cuál es el alquiler de su piso?

—Cincuenta chelines por semana.

—Es mucho, ¿no, Elizabeth? ¿Ha pagado el alquiler hace poco?

Ella movió la cabeza impotente. En un susurro, contestó:

—Tenía un arrendamiento. Alguien compró el piso y me mandó el título.

—¿Quién?

—No sé. —Le corrían las lágrimas por la cara—. No sé... Por favor, no me pregunten más. No sé quién fue..., lo mandaron hace seis semanas, un banco de la City..., alguna beneficencia lo había hecho..., mil libras. Les juro que no sé quién..., un donativo de una beneficencia, decían. Ustedes lo saben todo; díganme quién...

Sepultando la cara entre las manos, lloró, de espaldas a la sala, con los hombros moviéndose a causa de la agitación de sus sollozos. Nadie se movía; al fin, ella bajó las manos, pero sin levantar la mirada.

—¿Por qué no hizo averiguaciones? —preguntó Karden con sencillez—. ¿O está usted acostumbrada a recibir donaciones anónimas de mil libras?

Liz no dijo nada y Karden continuó:

—No hizo averiguaciones porque lo supuso. ¿No es verdad?

Ella asintió, volviendo a aproximar la mano a su cara.

—Supuso que venía de Leamas, o del amigo de Leamas, ¿no?

—Sí —se las arregló para responder ella—; oí decir en la calle que el tendero había recibido algún dinero, un montón de dinero, de algún sitio, después del juicio. Se habló mucho de ello, y yo comprendí que debía de ser el amigo de Alec...

—Qué extraño —dijo Karden casi para sí—; qué raro. —Y luego—: Dígame, Elizabeth, ¿alguien se puso en contacto con usted después que Leamas fue a la cárcel?

—No —mintió ella.

Ahora sabía, ahora estaba segura de que querían demostrar algo contra Alec, algo sobre el dinero o sus amigos, algo sobre el tendero.

—¿Está usted segura? —preguntó Karden, con las cejas levantadas sobre los cercos de oro de las gafas.

—Sí.

—Pero su vecino, Elizabeth —objetó Karden con paciencia—, dijo que vinieron a verla unos hombres, dos hombres, poco después de la sentencia de Leamas, ¿o eran simplemente amantes, Elizabeth?

¿Amantes de paso, como Leamas, que le dieron dinero?

—Alec no era un amante de paso —gritó ella—; ¿cómo puede...?

—Pero le dio dinero. ¿También los hombres le dieron dinero?

—¡Por Dios! —sollozó Liz—. No me haga más preguntas.

—¿Quiénes eran?

Ella no contestó, y entonces Karden gritó de repente, era la primera vez que elevaba la voz:

—¿Quiénes?

—No sé. Vinieron en un coche. Amigos de Alec.

—¿Más amigos? ¿Qué querían?

—No sé. Me estuvieron preguntando lo que él me decía..., me dijeron que me pusiera en contacto con ellos si...

—¿Cómo? ¿Cómo ponerse en contacto con ellos?

Ella, por fin, contestó:

—Él vivía en Chelsea..., se llamaba Smiley, George Smiley... Yo tenía que llamarle...

—¿Y le llamó?

—¡No!

Karden había dejado el expediente. Un silencio de muerte había caído sobre la sala. Señalando a Leamas, dijo Karden, con voz más impresionante por ser perfectamente contenida:

Smiley quería saber si Leamas le había contado demasiado a ella. Leamas había hecho una cosa que el Servicio Británico de Inteligencia nunca esperó que hiciera: se buscó una amante y le había llorado en el hombro.

Entonces Karden se echó a reír suavemente, como si todo eso fuera una broma estupenda:

—Igual que Karl Riemeck: la misma equivocación.

—¿Hablaba alguna vez Leamas sobre sí mismo? —continuó Karden.

—No.

—¿No sabe nada de su pasado?

—No. Sabía que había hecho algo en Berlín. Algo para el gobierno.

—Entonces hablaba de su pasado, ¿no? ¿Le dijo que había estado casado?

Hubo un largo silencio. Liz asintió.

—¿Por qué no le fue a ver después que le metieron en la cárcel? Podría haberle visitado.

—Me pareció que él no quería.

—Ya veo. ¿Le escribió usted?

—No. Sí, una vez..., sólo para decirle que le esperaría. No creí que le importara.

—¿No creyó que tampoco lo desearía?

—No.

—Y cuando él cumplió su condena, ¿no trató usted de entrar en contacto con él?

—No.

A dondequiera que fuera, ¿tenía un trabajo esperándole, amigos que le recibirían?

—No sé ..., no sé.

—En realidad, había terminado con él, ¿verdad? —preguntó Karden con una mueca burlona—. ¿Se había buscado usted otro amante?

—¡No! Yo le esperaba..., siempre le esperaré. —Se dominó—. Yo quería que volviera.

—Entonces, ¿por qué no le había escrito? ¿Por qué no trató de averiguar dónde estaba?

—Él no quería, ¿no lo ve? Me había hecho prometer..., no seguirle nunca..., nunca...

—Así que él esperaba ir a la cárcel, ¿eh? —preguntó Karden triunfante.

—No..., no sé. ¿Cómo puedo decirle lo que no sé?

—Y en esa última noche —insistió Karden, con voz áspera e intimidatoria—, la noche antes de pegar al tendero, ¿le hizo renovar su promesa? Bueno, ¿sí?

Con infinita fatiga, ella asintió en un gesto patético de capitulación.

—Sí.

—¿Y se despidieron?

—Nos despedimos.

—Después de cenar, desde luego. Era muy tarde. ¿O pasó la noche con él?

—Después de cenar. Me fui a casa..., no directamente a casa... Primero fui a dar un paseo, no sé por dónde. A pasear, sola.

—¿Qué motivo le dio él para romper su relación?

—No la rompió —dijo—. Nunca. Dijo solamente que había algo que tenía que hacer: algo que tenía que arreglar, costara lo que costara; y después, quizás algún día, cuando todo hubiera pasado..., él... volvería, si yo seguía allí y...

—Y usted dijo —sugirió Karden con ironía— que siempre le esperaría, sin duda, ¿no?; que siempre le querría.

—Sí —contestó Liz, con sencillez.

—¿Dijo que le mandaría dinero?

—Dijo..., dijo que las cosas no estaban tan mal como parecían..., que... que ya se cuidarían de mí.

—Y por eso no preguntó después, ¿no es verdad?, cuando una beneficencia de la City le dio por casualidad mil libras.

—Sí, sí, eso es... Ahora ya lo saben todo..., ya lo sabían todo. ¿Por qué me hicieron venir si ya lo sabían?

Imperturbablemente, Karden esperó que se detuvieran sus sollozos.

—Ésta —dijo finalmente ante el tribunal que tenía delante— es la prueba de la defensa. Lamento que una muchacha cuya percepción está nublada por sus sentimientos y cuya vigilancia está embotada por el dinero, sea considerada por nuestros camaradas ingleses como persona adecuada para un cargo en el Partido.

Mirando primero a Leamas y luego a Fiedler, añadió con brutalidad:

—Es una tonta. Sin embargo, ha sido una suerte que la conociera Leamas. No es la primera vez que una conspiración revanchista se ha descubierto por la debilidad de sus organizadores.

Con una pequeña pero precisa inclinación hacia el tribunal, Karden se sentó.

Al hacerlo así, Leamas se puso en pie, y esta vez los guardias le dejaron en paz.

En Londres debían de haberse vuelto locos de atar. Se lo había dicho, eso era lo peor, les había dicho que la dejaran en paz. Y ahora estaba claro que desde ese momento, desde el mismo momento en que salió de Inglaterra, antes de eso, incluso, en cuanto fue a la cárcel: algún maldito idiota había ido dando vueltas a ponerlo todo en orden, a pagar las cuentas, a indemnizar al tendero, y sobre todo, a ver a Liz. Era de locos, era fantástico. ¿Qué trataban de hacer, matar a Fiedler, matar a su propio agente? ¿Sabotear su propia operación? ¿Era sólo Smiley? ¿Su desgraciada conciencia le había impulsado a eso? Había sólo una cosa que hacer: sacar del bote a Liz y a Fiedler, y cargar con el lío. Probablemente, él de todas maneras ya estaba liquidado. Si podía salvarle el pellejo a Fiedler, si podía hacerlo, quizás habría una probabilidad de que escapara Liz.

¿Cómo demonios sabían tanto? Estaba seguro, estaba absolutamente seguro de que no le habían seguido hasta la casa de Smiley aquella tarde. Y el dinero..., ¿de dónde habían sacado la historia de que él robaba dinero en Cambridge Circus? Aquello estaba pensado para consumo interior... Entonces, ¿cómo? Por amor de Dios, ¿cómo?

Agitado, furioso y horriblemente avergonzado, bajó despacio por la pasarela, rígido, como alguien que va al patíbulo.

Confesión

—Muy bien, Karden.

Su cara estaba blanca y dura como la piedra; tenía la cabeza un poco echada hacia atrás, en la actitud de un hombre que escucha un sonido lejano. Había en él una espantosa calma, no de resignación, sino de dominio sobre sí mismo, de tal modo que todo su cuerpo parecía estar bajo la férrea presión de su voluntad.

—Muy bien, Karden, déjela que se vaya.

Liz le miraba fijamente, con la cara arrugada y afeada, y los oscuros ojos llenos de lágrimas.

—No, Alec..., no —dijo.

No había nadie más en la sala: sólo Leamas, alto y erguido como un soldado.

—No se lo digas —dijo ella elevando la voz—, sea lo que sea, no se lo digas sólo por mi culpa... A mí ya no me importa, Alec: te aseguro que no.

—Calla, Liz —dijo Leamas torpemente—. Ya es tarde.

Volvió los ojos a la presidenta.

—Ella no sabe nada. Nada en absoluto. Sáquenla de aquí y mándenla a casa. Yo les diré lo demás.

La presidenta lanzó una breve mirada a los hombres que estaban a ambos lados de ella. Deliberó y luego dijo:

—Puede salir de la sala, pero no puede volver a su casa hasta que acaben las declaraciones. Entonces ya veremos.

—Ella no sabe nada, se lo digo yo —gritó Leamas—. Karden tiene razón, ¿no lo ven? Ha sido una operación, una operación planeada. ¿Cómo podía saberlo ella? Ella no es más que una chiquilla frustrada en una biblioteca absurda: ¡no les sirve para nada!

—Es un testigo —replicó la presidenta con brevedad—. Quizá Fiedler quiera interrogarla.

Ya no era el «camarada Fiedler». Al oír mencionar su nombre, Fiedler pareció despertar de la abstracción en que había caído, y Liz le miró conscientemente por vez primera. Los profundos ojos oscuros de Fiedler se posaron en ella un momento y sonrió muy ligeramente, como reconociendo su raza. Fiedler —pensó ella— era una pequeña figura abandonada, extrañamente en calma.

—Ella no sabe nada —dijo Fiedler—. Leamas

tiene razón; déjenla marchar. —Su voz estaba fatigada.

—¿Se da cuenta de lo que dice? —preguntó la presidenta—. ¿Se da cuenta de lo que eso significa? ¿No tiene preguntas que hacerle?

—Ella ha dicho lo que tenía que decir.

Fiedler había cruzado las manos sobre las rodillas y las observaba como si le interesaran más que lo que ocurría en la sala.

—Se ha hecho todo de un modo muy astuto —asintió—. Déjenla marchar. No puede decir lo que no sabe. —Con un cierto formalismo burlón, añadió—: No tengo preguntas que hacer a la testigo.

Un guardia abrió la puerta y gritó hacia el pasillo lateral. En el silencio absoluto de la sala, oyeron la voz de una mujer que contestaba, y sus pesados pasos acercándose. Fiedler se puso en pie repentinamente y, tomando del brazo a Liz, la condujo a la puerta. Ella, al alcanzarla, se volvió a mirar a Leamas, pero él tenía la mirada fijamente desviada, como uno que no puede soportar ver sangre.

—Vuélvase a Inglaterra —le dijo Fiedler—. Vuélvase a Inglaterra.

De pronto, Liz empezó a sollozar inconteniblemente. La guardiana le echó un brazo por el hombro, más como apoyo que como consuelo, y la sacó de la sala. El guardia cerró la puerta. El rumor de su llanto fue disipándose poco a poco.

—No hay mucho que decir —empezó Leamas—; Karden tiene razón. Ha sido un trabajo de simulación. Cuando perdimos a Karl Riemeck, perdimos a nuestro único agente decente en la Zona. Todos los demás ya habían desaparecido. No podíamos entenderlo: Mundt parecía localizarlos casi antes de que los reclutáramos. Volví a Londres y vi a Control. Peter Guillam estaba allí, y George Smiley. George, en realidad, estaba retirado, haciendo algo muy interesante, filología o algo así.

»En cualquier caso, a ellos se les ocurrió esta idea. Hacer que un hombre se metiera él mismo en la trampa, eso es lo que dijo Control. Fingirlo, a ver si picaban. Entonces lo organizamos hacia atrás, por decirlo así. «Inductivo», lo llamó Smiley. Si Mundt fuera agente nuestro, cómo le habríamos pagado, cómo estarían los expedientes, etc. Peter se acordó de que un árabe había tratado de vendernos una descripción de la Abteilung, hacía un año o dos, y le habíamos mandado al cuerno. Luego advertimos que nos habíamos equivocado. Peter tuvo la idea de encajarlo dentro; como si lo hubiéramos rechazado porque ya lo sabíamos. Eso fue astuto.

»Ya se pueden imaginar lo demás. La ficción de estar haciéndome pedazos: la bebida, los apuros de dinero, los rumores de que Leamas había robado del cajón. Todo iba en concordancia. Hicimos que Elsie, en Contabilidad, ayudara las cháchara s, y uno o dos más. Lo hicieron muy bien —añadió, con un toque de orgullo—. Luego elegí una mañana..., un sábado por la mañana, con mucha gente alrededor..., y estallé. Salió en la prensa local..., hasta en el *Daily Worker*, creo; y para entonces ustedes ya se habían fijado. A partir de ese momento —añadió con desprecio— cavaron sus tumbas.

—La de usted —dijo Mundt con calma. Miraba pensativo a Leamas con sus ojos pálidos, pálidos—. Y quizá la del camarada Fiedler.

—Poca culpa le pueden echar a Fiedler —dijo Leamas con indiferencia—, dio la casualidad de que él era quien estaba en el lugar: no es el único hombre de la Abteilung que le ahorcaría de buena gana, Mundt.

—De todas maneras, a usted le ahorcaremos —dijo Mundt para tranquilizarle—. Ha asesinado a un guardia. Ha tratado de asesinarme a mí.

Leamas sonrió secamente.

—De noche, todos los gatos son pardos, Mundt... Smiley siempre dijo que podía salir mal. Dijo que acaso pondría en marcha una reacción que no podríamos detener. Ha perdido fuerza..., usted ya lo sabe. No ha vuelto a ser el mismo desde el caso Fennan..., desde el caso Mundt en Londres. Dicen que entonces le pasó algo..., que por eso dejó Cambridge Circus. Eso es lo que no puedo comprender, por qué pagaron las cuentas, la chica y todo eso. Debe de haber sido que Smiley echó a perder adrede la operación, eso debe de haber sido. Sin duda tuvo una crisis de conciencia, pensando que es malo matar, o algo así. Fue una locura, después de tanta preparación, tanto trabajo, echar a perder de ese modo una operación.

»Pero Smiley le odiaba, Mundt. Todos también, creo, aunque no lo decíamos. Planeamos la cosa como si fuera un juego..., es difícil explicarlo ahora. Sabíamos que estábamos entre la espada y la pared; habíamos fracasado contra Mundt y ahora íbamos a tratar de matarle. Pero no dejaba de ser un juego.

Volviéndose hacia el tribunal, añadió:

—Se equivocan ustedes sobre Fiedler; no es de los nuestros: ¿por qué Londres iba a tomarse esa clase de riesgo con un hombre de la posición de Fiedler? Admito que contaban con él. Sabían que odiaba a Mundt, ¿por qué no iba a odiarle? Fiedler es judío, ¿no? Ya saben, deben de saberlo todos, lo que piensa él de los judíos.

»Les voy a decir algo que no les dirá nadie más, así que lo haré yo: Mundt le dio una paliza a Fiedler, y todo el tiempo, mientras lo hacía, Mundt le insultaba y se burlaba de él porque era judío. Todos ustedes saben qué clase de hombre es Mundt, pero le toleran porque vale mucho en su trabajo. Pero... —Vaciló un momento, y luego continuó—: Pero, por Dios, ya se ha enredado bastante gente sin que caiga al cesto la cabeza de Fiedler. Fiedler está muy bien, se lo digo yo..., ideológicamente sano, ¿no es ésa la expresión, eh?

Miraba al tribunal. Ellos le observaban impasibles, casi con curiosidad, con la mirada fija y fría. Fiedler, que había vuelto a su silla y escuchaba con despego bastante afectado, miró a Leamas con aire ausente.

—Y usted lo enredó todo, Leamas, ¿es así? —preguntó—. Un perro viejo como Leamas, empeñado en la operación que ha de coronar su carrera, ¿cae por..., cómo la ha llamado..., una chiquilla frustrada en una biblioteca absurda? Londres debe de haberlo sabido: Smiley no podría haberlo hecho solo. —Fiedler se volvió hacia Mundt—: Aquí hay una cosa rara, Mundt: ellos debían de haber sabido que usted iba a comprobar todas las partes del relato de Leamas. Por eso Leamas vivió esa vida. Pero después mandaron dinero al tendero, pagaron el alquiler y le compraron el piso a la chica. De todas las cosas extraordinarias que pueda hacer..., gente de la experiencia que tienen ellos..., ¡pagar mil libras a una chica, «miembro del Partido», que tenía que hacer creer que él estaba en bancarrota! No me diga que la conciencia de Smiley llega hasta ahí... Londres tiene que haberlo hecho. ¡Qué riesgo!

Leamas se encogió de hombros.

—Smiley tuvo razón. No pudimos detener la reacción. Nunca esperamos que me trajeran aquí: a Holanda, sí, pero aquí no. —Quedó un momento en silencio, y luego continuó—: Y nunca pensé que traerían a la chica. He sido un maldito idiota.

—Pero Mundt no lo ha sido —intervino Fiedler rápidamente—. Mundt sabía de qué tenía que ocuparse: muy listo, debo decirlo yo por Mundt. Incluso estaba enterado de lo del piso; realmente sorprendente. Quiero decir, cómo podría él averiguarlo: ella no se lo había dicho a nadie. Conozco a esa chica, la comprendo..., ella no era capaz de decírselo a nadie. —Lanzó una ojeada hacia Mundt—. ¿Quizá Mundt nos puede decir cómo lo sabía?

Mundt vaciló más de lo debido, pensó Leamas.

—Fue por su suscripción —dijo—; hace un mes aumentó su cuota del Partido en diez chelines al mes. Yo lo supe. Y traté de averiguar cómo podía permitírselo. Tuve éxito.

—Una explicación magistral —respondió fríamente Fiedler.

Se produjo un silencio.

—Creo —dijo la presidenta lanzando una ojeada a sus dos colegas— que el Tribunal ahora está en situación de hacer su informe al Presidium. Mejor dicho —añadió volviendo hacia Fiedler sus ojos pequeños y crueles—, a no ser que tenga algo más que decir.

Fiedler movió la cabeza. Parecía que le seguía divirtiendo algo.

—En ese caso —continuó la presidenta—, mis colegas están de acuerdo en que el camarada Fiedler quede separado de sus obligaciones hasta que el comité disciplinario del Presidium haya considerado su situación. Leamas ya está detenido. Deseo recordarles a todos que este tribunal no tiene poderes ejecutivos. El fiscal del pueblo, en colaboración con el camarada Mundt, considerará sin duda qué acción se ha de tomar contra un agente provocador inglés, un asesino. Miró hacia Mundt, más allá de Leamas. Pero Mundt miraba a Fiedler con la consideración desapasionada de un verdugo que toma la medida a su víctima para la cuerda.

Y de repente, con la tremenda lucidez de un hombre a quien se ha engañado demasiado tiempo, Leamas comprendió todo el diabólico plan.

La comisaria

Liz estaba junto a la ventana, de espaldas a la guardiana, y miraba sin comprender el diminuto patio de fuera. Suponía que los presos hacían ejercicio allí. Estaba en el despacho de alguien; había alimentos en la mesa junto a los teléfonos, pero no podía tocarlos. Se sentía mareada y muy cansada, físicamente cansada. Le dolían las piernas: notaba la cara áspera y rígida a causa de las lágrimas. Se sentía sucia y le apetecía un baño.

—¿Por qué no come? —volvió a preguntar la mujer—. Todo ha pasado ya.

Lo decía sin compasión, como si la muchacha fuera tonta por no comer estando allí la comida.

—No tengo hambre.

La guardiana se encogió de hombros.

—Quizá tenga que realizar un largo viaje —observó—, y no hay mucho que comer en el otro lado.

—¿Qué quiere decir?

—Los trabajadores se mueren de hambre en Inglaterra —afirmó con complacencia—. Los capitalistas les hacen morirse de hambre.

Liz estuvo a punto de decir algo, pero parecía inútil. Además, quería saber; tenía que saber, y esa mujer se lo podía decir.

—¿Qué lugar es éste?

—¿No lo sabe? —se rió la guardiana—. Tendría que preguntárselo a los del otro lado. —Señaló con la cabeza hacia la ventana—. Ellos le pueden decir qué es.

—¿Quiénes son ésos?

—Presos.

—¿Qué clase de presos?

—Enemigos del Estado —contestó ella con prontitud—. Espías, agitadores.

—¿Cómo sabe que son espías?

—El Partido lo sabe. El Partido sabe de la gente más que ellos mismos. ¿No se lo han dicho? —La guardiana la miró, movió la cabeza y observó—: ¡Los ingleses! Los ricos se les han comido el porvenir y ustedes los pobres les han dado la comida: eso es lo que les ha pasado a los ingleses.

—¿Quién se lo ha dicho?

La mujer sonrió y no dijo nada. Parecía contenta de sí misma.

—¿Y ésta es una cárcel para espías? —insistió Liz.

—Es una cárcel para los que no son capaces de

reconocer la realidad socialista, para los que creen que tienen derecho a errar, para los que retardan la marcha. Traidores —concluyó con brevedad.

—Pero ¿qué han hecho?

—No podemos edificar el comunismo sin eliminar el individualismo. No se puede planear un gran edificio si algún cerdo construye su pocilga en su terreno. Liz la miró asombrada.

—¿Quién le ha dicho todo eso?

—Soy comisaria aquí —dijo con orgullo—. Trabajo en la prisión.

—Es usted muy lista —apuntó Liz abordándola.

—Soy una trabajadora —contestó agriamente la mujer—. El concepto de los intelectuales como categoría superior ha de ser destruido. No hay categorías, sino sólo trabajadores; no hay antítesis entre el trabajo mental y el físico. ¿No ha leído a Lenin?

—Entonces, ¿la gente de esta cárcel son intelectuales?

La mujer sonrió.

—Sí —dijo—, son reaccionarios que se llaman progresistas defienden al individuo contra el Estado... ¿Sabe lo que dijo Kruschev sobre la contrarrevolución en Hungría?

Liz negó con la cabeza. Debía mostrar interés, debía hacer hablar a la mujer.

—Dijo que no habría sucedido nunca si se hubiera fusilado a tiempo a un par de escritores.

—¿Ahora a quién fusilarán —preguntó rápidamente Liz— después del proceso?

—A Leamas —respondió ella con indiferencia—, y a ese judío, Fiedler.

Liz creyó por un momento que se iba a caer, pero encontró con la mano el respaldo de una silla, y se las arregló para sentarse.

—¿Qué ha hecho Leamas? —susurró.

La mujer la miró con sus ojillos astutos. Era muy corpulenta, de pelo escaso, repartido por la cabeza hasta reunirse en un moño sobre su gruesa nuca. Tenía la cara pesada y su aspecto era flácido y acuoso.

—Mató a un guardia —dijo.

—¿Por qué?

La mujer se encogió de hombros.

—En cuanto al judío —continuó—, hizo una acusación contra un camarada leal.

—¿Por eso van a fusilar a Fiedler? —preguntó Liz incrédula.

—Los judíos son todos iguales —comentó la mujer—. El camarada Mundt sabe muy bien lo que hay que hacer con esa gente. No necesitamos a nadie así. Si entran en el Partido, creen que es propiedad suya. Si se quedan fuera, piensan que todo es conspirar contra ellos. Se dice que Leamas y Fiedler conspiraron juntos contra Mundt... ¿Se va a comer esto? —preguntó señalando la comida en la mesa.

Liz negó con la cabeza.

—Entonces, tendré que comérmelo yo —dijo con una grotesca muestra de que lo haría de mala gana—. Le han dado patatas. Debe de tener un amante en la cocina.

El humor de esa observación la animó hasta que se acabó del todo la comida de Liz. Ésta se volvió hacia la ventana.

En la confusión de ánimo de Liz, en su torbellino de vergüenza, dolor y miedo, predominaba el recuerdo aterrador de Leamas tal como le había visto por última vez en la sala, sentado rígidamente en la silla y con los ojos apartados de los suyos. Ella le había fallado y él no se atrevía a mirarla antes de morir: no quería dejarle ver el desprecio, el miedo quizá, que estaba escrito en su cara.

Pero ¿qué otra cosa podría haber hecho? Si por lo menos Leamas le hubiera dicho lo que él iba a hacer —ni siquiera ahora le resultaba claro a Liz—, hubiera mentido y hecho trampas por él, cualquier cosa, con tal de que se lo hubiera dicho. Seguro que él lo comprendía: seguro que la conocía lo bastante bien como para darse cuenta de que al fin ella haría todo lo que él dijera; de que ella asumiría su forma y su ser, su voluntad, su vida, su imagen, su dolor, si pudiera: de que sólo rezaba por tener ocasión de hacerlo. Pero, si no se lo decía, ¿cómo iba a saber contestar a esas preguntas, veladas e insidiosas? La ruina que le había causado parecía no tener fin.

Recordaba, en la situación febril de su ánimo, que de niña le había horrorizado llegar a saber que con cada paso que daba, millares de pequeñas criaturas quedaban destruidas bajo sus pies; y ahora, tanto si mentía como si decía la verdad —o incluso, estaba segura, si se callaba—, se había visto obligada a destruir un ser humano; quizá dos, pues, ¿no estaba también el judío, Fiedler, que había sido amable con ella, cogiéndola del brazo y diciéndole que volviera a Inglaterra? Fusilarían a Fiedler, eso es lo que decía la mujer. ¿Por qué tenía que ser Fiedler? ¿Por qué no el viejo que hacía las preguntas, o el rubio de la fila de delante entre los guardias, el que sonreía todo el tiempo? A dondequiera que se volviese observaba su cabeza rubia y lisa y su rostro liso y cruel, sonriendo como si fuera una broma estupenda. La consoló que Leamas y Fiedler estuvieran del mismo bando. Se volvió otra vez a la mujer y preguntó:

—¿Por qué esperamos aquí?

La guardiana apartó el plato y se puso de pie.

—Esperamos instrucciones —contestó—. Están decidiendo si debe usted quedarse.

—¿Quedarme? —repitió Liz sin comprender.

—Es cuestión de declaraciones. Quizá sometan a juicio a Fiedler. Ya se lo dije: sospechan de una conspiración entre Fiedler y Leamas.

—Pero ¿contra quién? ¿Cómo podía conspirar en Inglaterra? ¿Cómo vino aquí? Él no es del Partido.

La mujer movió la cabeza.

—Es secreto —replicó—. Es sólo asunto del Presidium. Tal vez el judío le trajo aquí.

—Pero usted sí lo sabe —insistió Liz con una nota de halago en la voz—; usted es comisaria en la prisión. Seguramente se lo han dicho.

—Quizá —contestó la mujer, ufana—. Es un asunto muy secreto —repitió.

Sonó el teléfono. La mujer lo cogió y escuchó. Al cabo de un momento, lanzó una ojeada a Liz.

—Sí, camarada. En seguida —dijo, y colgó.

—Se va a quedar —añadió con brusquedad—. El Presidium va a considerar el caso de Fiedler. Mientras tanto, se quedará aquí. Ése es el deseo del camarada Mundt.

—¿Quién es Mundt?

La mujer puso cara astuta.

—Es el deseo del Presidium —dijo.

—No quiero quedarme —gritó Liz—. Quiero...

—El Partido sabe de nosotros más que nosotros mismos —replicó la mujer—. Debe quedarse aquí. Es el deseo del Partido.

—¿Quién es Mundt? —le volvió a preguntar Liz, pero la otra siguió sin contestar.

Lentamente, Liz la siguió a lo largo de pasillos interminables, a través de verjas vigiladas por centinelas, pasando ante puertas de hierro de las que no salía ningún ruido, bajando escaleras que no se acababan, cruzando campos enteros muy por debajo de la tierra, hasta que creyó haber llegado a las entrañas del mismo infierno: nadie le diría cuándo habría muerto Leamas.

No tenía idea de qué hora era cuando oyó los pasos en el corredor de fuera de su celda. Podrían ser las cinco de la tarde; podría ser medianoche. Estaba despierta, mirando fijamente la oscuridad negra, ansiando un ruido. Nunca había imaginado que el silencio pudiera ser tan terrible. Había gritado una vez, y no había recibido ni el eco, nada. Sólo el recuerdo de su propia voz. Se había imaginado el sonido rompiendo contra la oscuridad maciza como un puño contra una roca. Había movido las manos a su alrededor, sentada en la cama, y le había parecido que la oscuridad las hacía pesadas, como si fuera a tientas por el agua. Sabía que la celda era pequeña, que contenía la cama en que estaba sentada, una palangana sin grifos y una tosca mesa: lo había visto al entrar. Luego la luz se había apagado, y ella echó a correr locamente adonde sabía que estaba la cama, golpeándose las espinillas con ella, y se había quedado allí, con escalofríos de miedo. Hasta que oyó los pasos, y la puerta de su celda se abrió de repente.

Le reconoció en seguida, aunque sólo podía discernir su silueta contra la pálida luz azul del pasillo: la figura esbelta y ágil, la línea clara de la mejilla y el corto pelo rubio, apenas acariciados por la luz de atrás.

—Soy Mundt —dijo—. Venga conmigo, en seguida.

Su voz, era despectiva pero contenida, como si estuviera afanoso de que no le oyera nadie más.

Liz, de repente, se sintió aterrada. Recordó lo de la guardiana: «Mundt sabe qué hay que hacer con los judíos». Se quedó de pie junto a la cama, mirándole pasmada, sin saber qué hacer.

—Deprisa, tonta. —Mundt se adelantó y la agarró por la muñeca—; deprisa.

Ella dejó que la sacara al pasillo. Desconcertada, observó cómo Mundt volvía a cerrar silenciosamente la puerta de su celda. Él la cogió rudamente del brazo y la obligó a avanzar con rapidez por el primer pasillo, medio corriendo, medio andando.

Liz oía el zumbido lejano de los acondicionadores de aire; y, de vez en cuando, el ruido de otros pasos desde pasillos que desembocaban en el de ellos. Se dio cuenta de que Mundt vacilaba, e incluso se echaba atrás, al llegar a otros pasillos; luego seguía adelante, se aseguraba de que no viniese nadie, y entonces le hacía señal de continuar. Parecía suponer que ella querría seguir, que sabría el motivo. Era como si la tratara igual que a un cómplice.

Y de repente se detuvo y metió una llave en la cerradura de una sucia puerta de metal. Liz aguardó con pánico. Él empujó brutalmente la puerta hacia fuera, y el aire dulce y fresco de un atardecer de invierno sopló contra la cara de Liz. Él le hizo otra vez señas, siempre con la misma urgencia, y Liz le siguió bajando dos escalones hasta un sendero de grava que se prolongaba a través de un descuidado huertecillo.

Siguieron el camino hasta una complicada puerta gótica que daba a la carretera, atrás. Ante la puerta había aparcado un coche, y a su lado, de pie, estaba Alec Leamas.

—Manténgase a distancia —la avisó Mundt cuando Liz empezaba a adelantarse—. Espere aquí.

Mundt se adelantó y, durante lo que le pareció un siglo, observó a los dos hombres de pie, juntos, hablando tranquilamente entre ellos. El corazón le latía locamente; todo su cuerpo era un puro escalofrío de miedo y frío. Por fin volvió Mundt.

—Venga conmigo —dijo, y la llevó adonde estaba Leamas.

Los dos hombres se miraron un momento.

—Adiós —dijo Mundt con indiferencia—. Es usted tonto, Leamas —añadió—. Ésta no es más que basura, como Fiedler.

Y se volvió sin decir una palabra más, para desaparecer rápidamente en la luz crepuscular.

Ella extendió la mano y le tocó, y él se volvió a medias, apartándole la mano al abrir la puerta del coche. Leamas le hizo una señal con la cabeza para que entrara, pero Liz vaciló.

—Alec —susurró—, Alec, ¿qué haces? ¿Por qué te deja ir?

—¡Calla! —siseó él—. No pienses siquiera en eso, ¿oyes? Entra.

—¿Qué es lo que ha dicho de Fiedler? Alec, ¿por qué nos deja marchar?

—Nos deja marchar porque hemos hecho nuestro trabajo. ¡Métete en el coche, deprisa!

Bajo la sugestión de su extraordinaria voluntad, ella se metió en el coche y cerró la puerta. Leamas se sentó a su lado.

—¿Qué pacto has hecho con él? —insistió con la sospecha y el miedo elevándose en su voz—. Dijeron que habíais tratado de conspirar contra él, tú y Fiedler. Entonces, ¿por qué te deja marchar?

Leamas había puesto en marcha el coche y pronto avanzaba deprisa por la estrecha carretera. A ambos lados, campos desnudos; a lo lejos, negras colinas monótonas se mezclaban con la oscuridad que se espesaba. Leamas miró el reloj.

—Estamos a cinco horas de Berlín —dijo—. Tenemos que llegar a Köpenick a la una menos cuarto. Deberíamos hacerlo fácilmente.

Durante algún tiempo, Liz no dijo nada; miró pasmada por el parabrisas la carretera vacía, confusa y perdida en un laberinto de pensamientos. Una luna llena había surgido y la escarcha se posaba en largos sudarios a través de los campos. Desembocaron en una autopista.

—¿Me tenías en la conciencia, Alec? —dijo ella por fin—. ¿Por eso hiciste que Mundt me dejara marchar? Leamas no dijo nada.

—Tú y Mundt sois enemigos, ¿no?

Él siguió sin decir nada. Ahora corría deprisa: la aguja marcaba ciento veinte por hora; la autopista estaba llena de baches y jorobas. Ella observó que Leamas llevaba las luces largas, sin molestarse en cambiarlas ante la circulación que venía por el otro lado. Conducía rudamente, inclinado hacia delante, casi con los codos en el volante.

—¿Qué le pasará a Fiedler? —preguntó de repente Liz.

Y esta vez Leamas contestó:

—Le fusilarán.

—Entonces, ¿por qué no te fusilan a ti? —continuó Liz rápidamente—. Tú conspiras con Fiedler contra Mundt, eso es lo que dicen. Mataste a un guardia. ¿Por qué te ha dejado marchar Mundt?

—¡Muy bien! —gritó Leamas de repente—. Te lo diré. Te diré lo que no tenías que saber nunca, nunca, ni yo tampoco. Escucha: Mundt es el hombre de Londres, su agente: le compraron cuando estaba en Inglaterra. Somos testigos del asqueroso final de una asquerosa y sucia operación para salvarle el pellejo a Mundt; para salvarle de un pequeño judío listo, de su propio departamento, que había empezado a sospechar la verdad. Nos han obligado a matarle, ya lo ves, matar al judío. Ahora ya lo sabes, y que Dios nos ayude a los dos.

El muro

—Si así es, Alec —dijo Liz por fin—, ¿cuál fue mi papel en todo esto?

Su voz era tranquila, casi normal.

—Sólo lo puedo suponer, Liz, por lo que sé y por lo que me dijo Mundt antes de separarnos. Fiedler sospechaba de Mundt: pensaba que Mundt hacía el doble juego. Le odiaba, desde luego (¿por qué no iba a odiarle?), pero tenía razón también: Mundt era un agente de Londres. Fiedler era demasiado poderoso para que Mundt lo eliminara por sí solo, de modo que Londres decidió hacerlo por él. Aún me parece que les estoy viendo: tan condenadamente académicos como son. Les estoy viendo alrededor del fuego en uno de sus asquerosos clubes elegantes. Sabían que no bastaba con eliminar sólo a Fiedler: podría haber hablado con amigos, publicado acusaciones: tenían que eliminar la sospecha. Una rehabilitación pública, eso es lo que le organizaron a Mundt.

Pasó a la izquierda para adelantar a un camión

con remolque. Al hacerlo así, el camión le cerró el paso inesperadamente, de modo que tuvo que frenar con violencia sobre unos baches para evitar ser lanzado contra la valla divisoria de setos a su izquierda.

—Me dijeron que le preparara la trampa a Mundt —dijo con sencillez—, dijeron que había que matarle, y yo acepté. Iba a ser mi último trabajo. Así que me «dejaron para que fuera a menos», y le pegué al tendero... Ya sabes todo eso.

—¿Y también hiciste el amor? —preguntó Liz en voz baja.

Leamas movió la cabeza.

—Pues ésa es la cuestión, ya ves —continuó—, Mundt lo sabía todo: conocía el plan; él me hizo recoger, él y Fiedler. Luego dejó a Fiedler que se ocupara del asunto, porque sabía que al fin Fiedler se haría ahorcar. Mi trabajo era hacerles pensar lo que en realidad era verdad: que Mundt era un espía inglés. —Vaciló—. Tu trabajo consistía en hacer que no me creyeran. Fiedler será fusilado y Mundt se habrá salvado, providencialmente librado de una conspiración fascista. Es el viejo principio del amor de rebote, el éxito por carambola.

—Pero ¿cómo podían saber de mí, cómo podían saber que íbamos a estar juntos? —gritó Liz—. Por Dios, Alec, ¿saben incluso predecir cuándo la gente se va a enamorar?

—Eso no importaba: no dependía de eso. Te eligieron porque eras joven y bonita y del Partido, porque sabían que vendrías a Alemania si te enviaban una invitación. El hombre de la Oficina de Empleo, Pitt, fue quien me envió allá: sabían que yo debía trabajar en la biblioteca. Pitt estuvo en el servicio durante la guerra y supongo que se habían puesto de acuerdo con él. No tenían más que ponernos a ti y a mí en contacto, aunque fuera por un día, no importaba; luego podían ir a verte después, mandarte el dinero, hacer que pareciera un asunto amoroso aunque no lo fuera, ¿no lo ves? Quizás hacer que pareciera un antojo. El único punto vulnerable era que después de reunirnos te habrían de mandar dinero como si fuera a petición mía. En realidad, se lo pusimos demasiado fácil...

—Sí, demasiado. —Y luego añadió—: Me siento sucia, Alec, como si me hubiera revolcado en el estiércol.

Leamas no dijo nada.

—¿Eso le tranquilizó la conciencia a tu departamento: explotar... a alguien del Partido, en vez de a cualquier otra persona? —continuó Liz.

Leamas contestó:

—Quizá. Realmente, ellos no piensan en tales términos. Fue una conveniencia personal.

—Me podría haber quedado en esa prisión, ¿no?

Eso es lo que quería Mundt, ¿no? No veía motivo para asumir el riesgo: tal vez habría oído demasiado, adivinado demasiado. Después de todo, Fiedler era inocente, ¿no? Pero, claro, es un judío. —Añadió nerviosa—: Así que no importa mucho, ¿verdad?

—Ah, demonios —exclamó Leamas.

—De todos modos, parece raro que Mundt me deje ir, aun como parte del trato contigo —caviló—. Ahora soy un peligro, ¿no? Cuando vuelva a Inglaterra, un miembro del Partido que sepa todo esto... No parece lógico que me deje marchar.

—Espero —contestó Leamas— que utilice nuestra escapatoria para demostrar al Presidium que hay otros Fiedlers en su departamento a los que hay que cazar.

—¿Y otros judíos?

—Eso le resulta una oportunidad inmejorable para consolidar su posición —contestó Leamas.

—¿Matando más gente inocente? No parece preocuparte mucho...

—Claro que me preocupa. Me pone enfermo de vergüenza y de rabia y... Pero a mí me han educado de otro modo, Liz; yo no puedo ver en blanco y negro. La gente que juega a esto acepta sus riesgos. Fiedler ha perdido y Mundt ha ganado. Londres ha ganado..., ésa es la cuestión. Ha sido una operación sucia, muy sucia. Pero ya está saldada, y ésa es la única regla.

Al hablar fue elevando la voz, hasta que al fin casi gritaba.

—Tratas de convencerte a ti mismo —gritó Liz—. Has hecho una cosa mala. ¿Cómo puedes matar a Fiedler? Era bueno, Alec: sé que lo era. Y Mundt...

—¿De qué diablos te quejas? —preguntó ásperamente Leamas—. Tu Partido siempre está en guerra, ¿no? Sacrificando el individuo a las masas. Eso es lo que dice. La realidad socialista: luchar día y noche, la batalla infatigable; eso es lo que dice, ¿no? Por lo menos, tú has sobrevivido. Nunca he oído decir que los comunistas respetaran la dignidad de la vida humana; quizá lo he entendido mal —añadió sarcásticamente—. Sí, de acuerdo, sí, podrías haber quedado destruida. Eso era lo normal. Mundt es un cerdo maligno: no le veía el sentido a dejarte sobrevivir. Su promesa (suponiendo que prometiera hacer lo mejor por ti) no valía gran cosa. Así, podrías haber muerto, hoy, el año que viene, o dentro de veinte años, en una prisión del paraíso de los trabajadores. Y yo también. Pero me parece recordar que el Partido tiende a la destrucción de toda una clase. ¿O lo he entendido mal?

Sacó un paquete de cigarrillos de la chaqueta y le alargó dos, junto con una caja de cerillas. Los dedos de Liz temblaban cuando los encendió y le devolvió uno a Leamas.

—Lo has pensado bien todo, ¿no? —preguntó Liz.

—Por casualidad, encajábamos en el molde —insistió Leamas—, y lo lamento. Lo lamento también por los demás, los demás que encajan en el molde. Pero no te quejes de las condiciones, Liz; son condiciones del Partido. Un pequeño precio por un gran beneficio. Uno sacrificado por muchos. No es agradable, ya lo sé, elegir quién va a ser, convertir el plan en personas.

Ella escuchaba en la oscuridad, sin darse cuenta de nada, durante un momento, de nada que no fuera la carretera que se desvanecía ante ellos y del sordo horror en su ánimo.

—Pero me han permitido quererte —dijo Liz por fin—. Y tú me dejas creer en ti y quererte.

—Nos han utilizado —replicó Leamas despiadado—. Nos han estafado a los dos porque era necesario. Fiedler ya estaba condenadamente cerca del blanco, ¿no lo ves? Habrían cazado a Mundt, ¿no puedes comprenderlo?

—¿Cómo puedes volver del revés el mundo? —gritó Liz de repente—. Fiedler era amable y decente: no hacía más que su trabajo, y ahora le has matado. Mundt es un espía y un traidor, y le proteges. Mundt es un nazi, ¿lo sabes? Odia a los judíos... ¿De qué lado estás tú? ¿Cómo puedes...?

—Hay sólo una ley en este juego —replicó Leamas—. Mundt es su agente: les da lo que necesitan. Es bastante fácil de entender, ¿no? Leninismo: la conveniencia de las alianzas transitorias. ¿Qué te imaginas que son los espías: sacerdotes, santos y mártires? Son una lamentable procesión de memos vanidosos, y traidores, además; sí: maricas, sádicos, borrachos, gente que juega a indios y vaqueros para iluminar sus putrefactas vidas. ¿Crees que están sentados como monjes, en Londres, sopesando el bien y el mal? Yo habría matado a Mundt si hubiera podido; le odio; pero ahora no. Da la casualidad de que le necesitan. Le necesitan para que la gran masa de imbéciles que admiras pueda dormir tranquilamente en sus camas por la noche. Le necesitan para la seguridad de la gente corriente y moliente como tú y como yo.

—Pero, y de Fiedler, ¿qué? ¿No sientes nada por él?

—Es una guerra —contestó Leamas—. Es desagradable y demasiado visible porque se lucha a pequeña escala, de cerca; se lucha a veces, lo admito, desperdiciando alguna vida inocente. Pero eso no es nada, nada en absoluto, al lado de otras guerras..., la pasada o la próxima.

—Dios mío —dijo Liz suavemente—. No entiendes. No quieres entender. Tratas de convencerte a ti mismo. Es mucho más terrible lo que hacen éstos: encontrar la humanidad en la gente, en mí o en cualquiera a quien usen, y usarla como un arma en sus manos, y usarla para herir y matar...

—¡Válgame Dios...! —gritó Leamas—. ¿Qué otra cosa han hecho los hombres desde que empezó el mundo? Yo no creo en nada, ¿no lo ves?; ni siquiera en la destrucción o la anarquía. Estoy harto, harto de ver matar, pero no veo qué otra cosa pueden hacer. No hacen prosélitos, no se suben a púlpitos ni tribunas del Partido a decirnos que luchemos por la paz o por Dios o por lo que sea. Son los pobres zoquetes que tratan de evitar que los predicadores se hagan volar unos a otros por los aires.

—Te equivocas —afirmó Liz desesperada—, son peores que todos nosotros.

—¿Porque te hice el amor cuando creías que yo era un vagabundo? —preguntó Leamas con ferocidad.

—Por el desprecio que tienen ellos —replicó Liz—; desprecio por todo lo verdadero y lo bueno; desprecio por el amor, desprecio...

—Sí —asintió Leamas, de repente fatigado—; ése es el precio que pagan: despreciar a Dios y a Karl Marx en la misma frase. Si es eso lo que quieres decir.

—Os hace ser a todos lo mismo —continuó Liz—; lo mismo que Mundt y todos los demás... Yo debería saberlo; yo he sido la que ellos han hecho dar vueltas a patadas, ¿no? Por ellos, por ti, porque no te importa. Sólo a Fiedler le importó... Pero a todos los demás..., todos me habéis tratado como si fuera... nada..., solamente moneda con que pagar... Sois todos lo mismo, Alec.

—Ah, Liz —dijo él desesperado—; por Dios, créeme. Lo odio, lo odio todo completamente; estoy cansado. Pero es el mundo, es la Humanidad que se ha vuelto loca. Somos un precio pequeño que pagar... pero en todas partes es lo mismo; la gente estafada y extraviada; vidas enteras tiradas por ahí: gente fusilada y en la cárcel, clases y grupos enteros de hombres eliminados por nada. Y tú, tu Partido... Dios sabe si está construido sobre los cadáveres de gente corriente. Tú nunca has visto morir a los hombres como yo, Liz...

Oyéndole, Liz recordó el patio gris de la prisión, y la guardiana que decía: «Es una prisión para los que retardan la marcha..., para los que creen tener derecho a errar».

De repente, Leamas se puso tenso, escudriñando a través del parabrisas. En las luces del coche, Liz distinguió una figura de pie en la carretera. Tenía en la mano una pequeña luz que encendía y apagaba cuando se acercó el coche.

—Es él —murmuró Leamas.

Quitó el contacto de los faros y el motor, y se dejó ir silenciosamente adelante. Al llegar a su lado, Leamas se echó atrás y abrió la puerta trasera.

Liz no se volvió a mirarle cuando entró. Miraba rígidamente hacia delante, la lluvia que caía por la calle.

—Marche a treinta por hora —dijo el hombre con voz tensa y asustada—. Le diré el camino... Cuando lleguemos al sitio, tiene que salir y correr al muro. El reflector estará encendido en el punto en que tiene que trepar. Póngase en la luz del reflector. Cuando la luz empiece a girar, apartándose, empiecen a trepar. Tendrán noventa segundos para pasar. Usted vaya delante —dijo a Leamas—, y que la chica le siga. Hay salientes de hierro en la parte baja: después de eso, tienen que subir como puedan. Tendrá usted que sentarse encima y tirar de la chica hacia arriba. ¿Comprendido?

—Comprendido —dijo Leamas—. ¿Cuánto tenemos que conducir aún?

—Si marcha a treinta, estaremos allí dentro de unos nueve minutos. El reflector estará en el muro a la una y cinco exactamente. Le pueden dar noventa segundos. Nada más.

—¿Qué pasa después de noventa segundos? —preguntó Leamas.

—Sólo le pueden dar noventa segundos —repitió el hombre—, si no, es demasiado peligroso. Sólo se han dado instrucciones a un destacamento. Creen que le mandan a infiltrarse en Berlín Occidental. Les han dicho que no se lo pongan demasiado fácil. Noventa segundos son suficientes.

—Espero que sí, demonios —dijo Leamas secamente—. ¿A qué hora lo pone?

—He ajustado mi reloj con el del sargento que manda el destacamento —contestó el hombre. Una luz se encendió y se apagó rápidamente en la parte de atrás del coche—. Son las doce cuarenta y ocho. Debemos salir a la una menos cinco. Siete minutos que esperar.

Quedaron en silencio total, salvo por la lluvia que golpeaba el techo. La carretera de adoquines se extendía recta ante ellos, cortada cada cien metros por sucios faroles. No había nadie por allí. Encima, el cielo estaba iluminado por la luz artificial de los reflectores. De vez en cuando, el foco de un reflector centelleaba en lo alto y desaparecía. Muy a la izquierda, Leamas observó una luz que fluctuaba sobre el horizonte, cambiando constantemente de intensidad, como el reflejo de un fuego.

—¿Eso qué es? —preguntó señalándolo.

—El Servicio de Información —contestó el hombre—. Un andamiaje de luces. Envían noticias breves a Berlín Este.

—Claro —murmuró Leamas.

Estaban muy cerca del final de la carretera de adoquines.

—No es posible volver atrás —continuó el hombre—. ¿No se lo dijo él? No hay segunda oportunidad.

—Lo sé —contestó Leamas.

—Si algo va mal, si se caen o se hacen daño, no vuelvan atrás. Les dispararán en cuanto les vean en el terreno del muro. «Tienen» que pasar.

—Lo sabemos —repitió Leamas—; él me lo dijo.

—Desde el momento en que salgan del coche estarán en el terreno del muro.

—Ya lo sabemos. Ahora cállese —replicó Leamas. Y luego añadió—: ¿Se vuelve atrás con el coche?

—En cuanto bajen del coche, me lo llevaré. Es peligroso para mí también —contestó el hombre.

—Lástima —dijo secamente Leamas.

Hubo otro silencio; luego, Leamas preguntó:

—¿Tiene pistola?

—Sí —dijo el hombre—, pero no se la puedo dar: él dijo que no debería dársela..., que era seguro que usted me la pediría.

Leamas rió sin hacer ruido.

—Sí que se lo habrá dicho —comentó.

Leamas se puso en camino: el coche avanzó lentamente con un ruido que parecía llenar la calle.

Habían avanzado unos trescientos metros cuando el hombre susurró excitado:

—Tuerza a la derecha, y luego a la izquierda.

Se metieron en una estrecha bocacalle. Había puestos vacíos de mercado a un lado y a otro, de manera que el coche pasaba entre ellos casi rozándolos.

—¡A la izquierda aquí, ahora!

Torcieron otra vez, deprisa, esta vez entre dos altos edificios, por lo que parecía un callejón sin salida. Había ropa tendida a través de la calle, y Liz se preguntó si pasarían por debajo. Al acercarse a lo que parecía el final sin salida, el hombre dijo:

—Otra vez a la izquierda: siga el camino.

Leamas se metió por la acera, cruzó el pavimento y siguieron un sendero ancho, bordeado por una tapia derrumbada a la izquierda, y un edificio alto y sin ventanas a la derecha. Oyeron un grito desde no se sabía dónde, por encima de ellos, una voz de mujer, y Leamas masculló:

—Ah, cierra el pico —mientras torcía torpemente en ángulo recto por un recodo del sendero, entrando inmediatamente en una calle importante—. ¿Por dónde? —preguntó.

—Cruce derecho: más allá de la farmacia, entre a farmacia y la oficina de Correos... ¡ahí!

El hombre se inclinaba tanto hacia delante que enía la cara casi a la altura de la de ellos. Señaló por delante de Leamas, con la punta del dedo apretada contra el parabrisas.

—Échese atrás —siseó Leamas—. Quite la mano. ¿Cómo diablos voy a ver si agita la mano por ahí de ese modo?

Cambiando ruidosamente de velocidad, avanzó cruzando deprisa la ancha carretera. Echando una mirada a la izquierda, le asombró distinguir la maciza silueta de la puerta de Brandenburgo, a unos trescientos metros, con el siniestro grupo de vehículos militares.

—¿Adónde vamos? —preguntó Leamas de repente.

—Casi hemos llegado. Ahora vaya despacio... ¡A la izquierda, a la izquierda! —gritó, y Leamas dio una sacudida al volante en el último momento.

Por una estrecha entrada, penetraron en un patio. La mitad de las ventanas faltaban o estaban clausuradas con tablas: las puertas vacías les miraban como ciegas, con la boca abierta. En el otro extremo del patio había una salida abierta.

—Por allí —llegó la orden susurrada, apremiante en la oscuridad—; luego todo recto. Verá a la derecha un farol, quite el contacto al motor y siga hasta que vea una bomba de agua. Ése es el sitio.

—¿Por qué demonios no ha llevado el coche usted mismo?

—Él ha dicho que lo llevara usted: dijo que era más seguro.

Pasaron por la salida y volvieron bruscamente a la derecha. Estaban en una calle estrecha, en una oscuridad absoluta.

—¡Apague las luces!

Leamas las apagó, y avanzó lentamente hacia el primer farol. Delante, veían apenas el segundo farol. Sin el contacto, siguieron impulsados lentamente hacia delante, hasta que, a unos veinte metros de él, distinguieron la confusa silueta de una boca de incendios. Leamas frenó y el coche acabó quedándose quieto.

—¿Dónde estamos...? —susurró Leamas—. Hemos cruzado la Leninallee, ¿no?

—En Greifswalderstrasse. Luego hemos doblado al norte. Estamos al norte de Bernauerstrasse.

—¿En Pankow?

—Por ahí. Mire.

El hombre señaló una bocacalle a la izquierda. En el extremo vieron un breve trecho de muro, pardo gris en la fatigada luz de los focos. Por encima corría una triple barrera de alambre de espino.

—¿Cómo va a pasar la chica por encima del alambre?

—Ya ha sido cortado por donde van a trepar.

Hay una pequeña abertura. Tienen un minuto para alcanzar el muro. Adiós.

Salieron del coche, los tres.

Leamas cogió del brazo a Liz, y ella se sobresaltó como si le hubiera hecho daño.

—Adiós —dijo el alemán.

Leamas susurró solamente:

—No ponga en marcha ese coche hasta que hayamos pasado.

Liz miró un momento al alemán en la pálida luz. Tuvo la breve impresión de una cara joven, preocupada: la cara de un muchacho que trata de ser valiente.

—Adiós —dijo Liz.

Se desprendió del brazo y siguió a Leamas a través de la calle y por el estrecho callejón que llevaba al muro.

Al entrar en el callejón oyeron que el coche se ponía en marcha detrás de ellos, daba la vuelta y se marchaba rápidamente en la dirección por donde habían venido.

—Nos dejas en la estacada, hijo de perra —murmuró Leamas volviendo los ojos hacia el coche que se retiraba.

Liz apenas le oyó.

Noventa segundos

—Caminaban deprisa: Leamas lanzaba ojeadas de vez en cuando por encima del hombro para asegurarse de que ella le seguía. Al llegar al final del callejón, se detuvo, se metió en el hueco de una puerta y miró el reloj.

—Dos minutos —susurró.

Liz no dijo nada. Miraba fijamente adelante, hacia el muro y las negras ruinas que se elevaban detrás.

—Dos minutos —repitió Leamas.

Ante ellos quedaba una franja de unos treinta metros, que bordeaba el muro en ambos sentidos. A unos setenta metros quizás, a la derecha, había una torre de vigilancia: el haz del reflector se movía por esa franja. La lluvia fina parecía suspensa en el aire, de modo que la luz de los reflectores era lívida y como de yeso, haciendo de pantalla ante el mundo de más allá. No se veía a nadie; no se oía un ruido. Un escenario vacío.

El reflector de la torre de vigilancia empezó a moverse como a tientas por el muro, hacia ellos, vacilante: cada vez que se detenía, veían los ladrillos separados y las descuidadas líneas de mortero puesto a toda prisa. Mientras observaban, el haz del reflector se detuvo delante mismo de ellos. Leamas miró el reloj.

—¿Preparada?

Liz asintió.

La cogió del brazo y empezó a andar cuidadosamente a través de la franja. Ella quería correr, pero él la sujetaba con tanta fuerza que no pudo hacerlo. Ya estaban a medio camino del muro y el brillante semicírculo de luz les atraía hacia delante, con el haz por encima mismo de sus cabezas. Leamas estaba decidido a conservarla muy cerca de él, como si tuviera miedo de que Mundt no cumpliera su palabra, y de algún modo se la arrebatara en el último momento.

Casi estaban junto al muro cuando el foco se disparó hacia el norte, dejándoles momentáneamente en la oscuridad total. Sin soltar el brazo de Liz, Leamas la guió hacia delante a ciegas, con la mano izquierda avanzada hasta que de repente notó el contacto áspero y fuerte del ladrillo ceniciento. Ahora podía distinguir el muro, y, mirando hacia arriba, el triple tendido de alambre y los crueles ganchos que lo sostenían. En el ladrillo había cuñas de metal clavadas, como clavos de alpinista. Agarrándose al más alto, Leamas se encaramó rápidamente hasta lo alto del muro. Dio un fuerte tirón a la barrera inferior del alambre, que cedió hacia él, ya cortada.

—Adelante —susurró con urgencia—, empieza a trepar.

Se tumbó y estiró la mano hacia abajo, agarró la que ella le tendía y empezó a tirar de ella lentamente hacia arriba, cuando Liz encontró con el pie el primer saliente de metal.

De repente, el mundo entero pareció estallar en llamas: de todas partes, de arriba y de los lados, convergían macizas luces abalanzándose contra ellos con feroz precisión.

Leamas quedó cegado, volvió la cabeza, tirando locamente del brazo de Liz. Ella ya se estaba soltando: él creyó que Liz había resbalado y la llamó frenéticamente, sin dejar de tirar de ella hacia arriba. No podía ver nada: sólo una loca confusión de colores bailando en sus ojos.

Entonces se oyó el aullido histérico de las sirenas, y órdenes vociferadas furiosamente. Medio arrodillado, sobre el muro, agarró con un brazo los dos de ella, y empezó a izarla poco a poco, a punto de caer él mismo.

Entonces dispararon; disparos sueltos, tres o cuatro, y él la sintió estremecerse. Sus delgados brazos se le escapaban a Leamas de la mano. Oyó una voz en inglés desde el lado occidental del muro:

—¡Salta, Alec! ¡Salta, hombre!

Ahora todos gritaban, en inglés, en francés y en alemán mezclados; oyó desde muy cerca la voz de Smiley:

—La chica, ¿dónde está la chica?

Haciéndose visera en los ojos, miró al pie del muro y por fin consiguió verla, inmóvil. Vaciló un momento, luego volvió a bajar lentamente por los mismos salientes de metal, hasta que quedó de pie a su lado. Estaba muerta: tenía la cara vuelta a un lado, con el pelo negro sobre la mejilla como para protegerla de la lluvia. Parecieron vacilar antes de disparar otra vez: alguien gritó una orden, nadie disparaba. Por fin, dispararon contra él, dos o tres balas. Se quedó quieto, lanzando ojeadas alrededor, como un toro herido en la plaza. Al caer, Leamas vio un coche pequeño acorralado entre grandes camiones y unos niños agitando la mano alegremente por la ventanilla.

Índice